トリプルA
小説 格付会社（上）

黒木　亮

幻冬舎文庫

トリプルA 小説 格付会社 （上）

目次

主な登場人物

乾慎介……和協銀行行員
香……乾のガールフレンド
水野良子……マーシャルズの格付アナリスト
梁瀬次郎……マーシャルズの駐日代表
沢野寛司……日比谷生命社員
アレキサンダー・リチャードソン
……マーシャルズ本社ストラクチャード・ファイナンス部門の幹部

格付けとは、科学的なものでもなければ、公明正大なものでもありません。
これはあくまで格付機関の意見、つまりアナリストの意見でしかないのです。

ムーディーズ・ジャパン代表（一九九七年六月）

プロローグ

ニューヨーク連邦準備銀行（FRB）は、「ウォール街」のあるロウアー・マンハッタンのナッソー街とウィリアムズ街に東西から挟まれ、正面はハドソン川とイースト川を結ぶように東西に延びるリバティー通りに面している。

一九二四年に竣工《しゅんこう》した十三階建ての石造りのビルは、フィレンツェにあるストロッツィ宮殿を模したもので、開口部の少ない厚い壁やアーチ形の窓など、中央銀行にふさわしい堅牢《けんろう》なロマネスク・リヴァイヴァル様式の特徴を備えている。正面の三階付近の壁には、赤青白のコントラストが鮮やかな星条旗が翻り、地下の大金庫には約八〇〇〇トン（時価約二十二兆円）の金地金が保管されている。

休日のウォール街は、人気《ひとけ》が少なく閑散としていた。

そそり立つ摩天楼群が頭上の秋空を四方八方から切り取り、地上ではヘルメットに黒い防弾チョッキの武装警官がマシンガンを構えている。風に乗って運ばれてくるのは、大西洋の汐《しお》の匂いと、グラウンド・ゼロで動き続ける重機のエンジン音である。

二〇〇八年九月十四日、日曜日——

ニューヨーク連銀の一室に、男たちが集まっていた。

天井が高い会議室の壁には米国の国鳥である白頭鷲《はくとうわし》が大きく浮き彫りにされ、その下のスタンドに星条旗が掲げられていた。

重厚なマホガニー材のテーブルを囲んでいたのは、財務長官ヘンリー（愛称ハンク）・ポールソンによって招集をかけられた銀行家たちだった。シティグループCEO（最高経営責任者）ヴィクラム・パンディット、JPモルガン・チェースの投資銀行部門共同CEOスティーブン・ブラック、バンク・オブ・アメリカのCEOケネス・ルイス、メリルリンチCEOジョン・テイン、UBSの米国における会長ロバート・ウォルフなど十数人である。休日なので、ほぼ全員がノーネクタイにジャケットだった。

破綻《はたん》の瀬戸際に追い込まれたリーマン・ブラザーズを英国の大手商業銀行バークレイズが一株当たり約五ドルで買収する意向を表明し、その条件としてリーマンの不良資産五百五十億ドルから六百億ドル（約五兆九千百億円〜六兆四千五百億円）を会社から分離することを求めた。銀行家たちはポールソンから、買収を実現するために不良資産の受け皿会社に対して融資をするよう要請され、この日、話し合いの末、約三百億ドルの融資を行うことにほぼ同意した。

ポールソンらは上の十三階で、英国の金融監督当局であるＦＳＡ（金融サービス機構）長官カラム・マッカーシーと電話で話し合いを続けていた。この日の朝になって、バークレイズ社長の米国人ロバート・ダイヤモンドが、「ＦＳＡが買収を認めないといっている」と連絡してきたためだった。

予定の午前十時を少し過ぎたとき、禿頭《とくとう》に縁なし眼鏡をかけた大柄なポールソンが、ＳＥＣ（米証券取引委員会）委員長のクリストファー・コックス、ニューヨーク連銀総裁ティモシー・ガイトナーを伴って会議室に姿を現した。

「ジェントルメン、アイヴ・ゴット・バッド・ニューズ（皆さん、悪い報《しら》せがあります）」

テーブルの中央にすわったポールソンは、おなじみのかすれ声でいった。

「イギリスのＦＳＡが、バークレイズによるリーマンの買収は認められないといっています」

室内がざわめき、ため息が漏れる。

「ＦＳＡの見解によれば、バークレイズ銀行はリーマンを吸収するのに必要な資本を有していないため、買収については、通常どおりの株主総会の承認が必要であるということです」

しかし、リーマン・ブラザーズの手持ち資金はすでに底をつき、今日、買収が正式決定しないと、破綻は免れない。破綻すれば、六千百三十億ドル（約六十四兆円）という天文学的な負債を抱えた史上最大の倒産になる。

「我々は、FSAとの問題を解決すべく、全力を尽くすつもりです。……これからもう一度電話で話し合いをしますので、その間、皆さんは、融資の詳細をさらに詰めてください」

小柄なニューヨーク連銀総裁、ティモシー・ガイトナーがいった。

ポールソンらは、再び十三階の小会議室に戻り、午前十一時半少し前に、アレスター・ダーリング英国財務相に電話をかけた。英国は午後四時半である。

「アレスター、我々は、FSAがこんな土壇場になって、バークレイズのリーマン買収を認めないといってきたことに驚愕《きょうがく》している」

受話器を耳にあてたポールソンは、相手を非難するようにいった。

そばにすわったコックスとガイトナーが、二人の会話に耳を傾ける。

「アメリカの法律は、連銀が投資銀行の債務を保証することを認めていない。ここでバークレイズに手を引かれると、リーマンを救済する方法がなくなる」

「ハンク、率直にいって、バークレイズが今日リーマン買収を決めるのは無理だ」

ダウニング街十一番地の財務相公邸にいるダーリングの口調には遠慮がなかった。

少しは申し訳なさそうにいうかと思っていたポールソンは不快感を募らせる。

「バークレイズはまだリーマンのデューディリジェンス（買収監査）もきちんとやっていない。買収でバークレイズが傾くようなことになれば、イギリス政府は税金を投入しなくてはならなくなる。アメリカ政府がリーマンに対するリスクを何もとらず、イギリスの納税者がそれをとるというのは、話がおかしくないかね？」

「………」

「我々はむしろ、リーマンの破綻でイギリスの金融システムにどんな影響が及ぶのか、非常に心配している。リーマンのイギリスでのオペレーションは非常に大きい。彼らが破綻した場合、アメリカ政府はどのような対応策をとるつもりなんだ？」

「いや、我々としては……」

逆に質問されるとは予想していなかったポールソンが苦しい説明をする。

しばらく話し合ったあと、ポールソンは苦々しげな顔つきで受話器を置いた。

「ダーリング・ズ・ノット・ゴーイング・トゥ・ヘルプ。……イッツ・オーバー（ダーリングに俺たちを助けようとする気は微塵《みじん》もない。……終わりだ）」

コックスとガイトナーが深刻な面持ちでうなずく。

すでにホワイトハウスの首席補佐官ジョシュア・ボルテンをつうじ、最悪の場合は、リーマンの破綻やむなしというジョージ・W・ブッシュ大統領の了解は取り付けてある。

「糞っ、イギリス人どものおかげで、とんだ時間の無駄をさせられた！」

ポールソンらは過去数日間、リーマンの救済買収を実現させるためにバークレイズと話し合いを続けてきた。

(リーマンが潰《つぶ》れると……次は、どこが危ない？)

ポールソンは苦虫を噛み潰したような顔で自問する。

破綻が決定的となった今、米国政府としてやるべきは、その連鎖的波及を食い止めることだ。

「テインを呼べ」

ポールソンがいった。

頬骨の張った面長の顔に縁なし眼鏡をかけたメリルリンチCEOジョン・テインはただちに階下の会議室からやって来た。父親は裕福なユダヤ人の医者で、ハーバード・ビジネス・スクールを卒業している。ポールソンがゴールドマン・サックスのCEO時代にCO－COO（共同最高執行責任者）を務め、その後、ニューヨーク証券取引所のCEOを経て、昨年十月にサブプライム関連商品などによる巨額損失の責任をとって辞任したスタン・オニールの後任としてメリルリンチのCEOに就任した。

「ジョン、宿題はやったか？」

ポールソンは、ゴールドマンの後輩で九歳年下の相手に単刀直入に訊《き》いた。

先日来、メリルリンチの買い手を見つけるようテインに助言していた。

「ハンク、アイム・ノット・シック（thick＝愚鈍）」

テインはややむっとした顔で答えた。「あなたと話したことはちゃんと憶《おぼ》えている。やるべきことはちゃんとやってるさ」

ポールソンはテインの顔をじっと見つめた。

「バンカメか？」

「イエス」

禿頭の財務長官は満足そうにうなずいた。

「安心したぞ。……リーマンの次はメリルが危なそうだからな」

抜け目のないテインの目がきらりと光った。

「リーマンが潰れるのか？」

ポールソンが無言でうなずくと、テインの両目が大きく見開かれた。

ポールソンらは階下の会議室に戻った。

「ジェントルメン、バークレイズによるリーマン買収の目は完全になくなりました」

会議用テーブルの中央にすわったポールソンがいうと、銀行家たちはため息を漏らした。

しかし、ある程度予想していたことなので、ショックを受けた様子の人間はいない。

融資をしなくて済むので、ほっとしたような顔つきの者もいる。

「これでリーマンを買収する金融機関はなくなりました。……我々は自力で事態に対処しなくてはなりません」

リーマン・ブラザーズから出席していた社長兼COOのバート・マクデードら三人の顔から血の気が引いていた。無謀な経営で会社を危機に陥れた「帝王」リチャード・ファルド会長は、ミッドタウンにある本社三十一階の象牙の塔で会議の結果を待っている。

（お前たちには気の毒だが……俺は、リーマンには政府の金は絶対に使わん）

ポールソンはマクデードら三人に冷ややかな視線を注いだ。

（破綻は自業自得だ。馬鹿のファルドの傲慢《ごうまん》さの結果だ）

ポールソンの脳裏に、リーマンのリチャード・ファルド会長兼CEOとの苦々しい夕食の記憶がこびり付いていた。

それは半年ほど前のことで、ポールソンがKDB（韓国産業銀行）からの出資交渉を進めて会社を立て直すことを勧めたのに対し、ファルドは「企業のトップとしてのキャリアは、わたしのほうがきみより長い。余計な口出しは無用にしてもらおう」と応じた。その瞬間、ポールソンのリーマンに対する肚《はら》は決まった。

　ポールソンはジョージ・W・ブッシュ大統領から「ベアー（・スターンズ）を救って、リーマンを救わない理由をちゃんと国民に説明できる？」と訊かれ、「イエス・サー。ベアーにはJPモルガン・チェースという買い手がいましたが、リーマンにはおりません。したがって、法律の許す範囲内で事態に対処するしかありません」と即答していた。

　また、二ヶ月後に大統領選挙を控え、共和党のジョン・マケイン候補が民主党のバラク・オバマ候補に世論調査で水を開けられている中で、リーマンを安易に救済して批判を招くような危険は冒せない。

「AIGはどうする⁉」

　突然、誰かが叫ぶようにいった。

　米国の保険会社AIG（アメリカン・インターナショナル・グループ）は、リーマンを参照リスクとするものなど、CDS（クレジット・デフォルト・スワップ）だけで四千四百億ドル（約四十六兆円）という途方もない額のリスクを引き受けている。

「そうだ。リーマンを潰したら、AIGも潰れるぞ！」

「ハンク、AIGを何とかしてくれ。そうしないとみんな共倒れだ！」

会議室に不安と焦燥感が渦巻き始めた。

三十時間後——

時差が十三時間先の東京は、敬老の日の休日明け（火曜日の朝）だった。

東京・飯田橋駅に近い老舗《しにせ》格付会社富士見格付事務所のオフィスで、金融機関の格付けを担当している四十七歳のアナリスト、乾慎介《いぬいしんすけ》がオフィスの隅にあるポットから、朝のコーヒーをカップに注いでいた。

富士見格付事務所は従業員が二十人弱の小さな格付会社である。企業の変化は必ず財務内容に表れてくるという考えにもとづき、有価証券報告書や年次報告書を徹底的に分析して格付けを行なっている。事務所の収入源は投資家が払うレポート購読料（一社当たり年間六十三万円）のみで、格付対象企業から手数料はとらない。

「乾君、ちょっと……」

そばの社長室の出入り口から社長が顔を覗《のぞ》かせた。

東大法学部を卒業して野村証券に入社し、証券アナリストとしてニューヨークなどで勤務したあと、三十五歳で富士見格付事務所を創業した人物だ。

小ぢんまりした社長室に入ると、社長は応接セットのそばのテレビを視線で示した。

「リーマンのチャプター・イレブン申請についてやってるよ」

ソファーにすわった社長は六十代後半だが、頭髪は豊かで、縁なし眼鏡をかけた下ぶくれの顔は色艶《いろつや》もいい。

チャプター・イレブンは、米連邦破産法十一条のことである。

「アメリカの月曜の朝二時に申請したそうだ」

「本当に、現実なんですねえ……」

スーツにネクタイ姿の乾はソファーに腰を下ろし、衝撃のあまり搾り出すようにいった。

スクリーンの中で、金髪の米国人女性アナウンサーが緊迫した様子でニュースを読み上げ、背景に、マンハッタンのミッドタウン西四十九丁目と五十丁目の間の七番街沿いに建つリーマン・ブラザーズのニューヨーク本社が映し出されていた。三十八階建てのビルの下のほうの階の前面に世界地図が描かれ、コバルトブルー地に「LEHMAN」と社名が入っている。ビルの窓の内側で、ワイシャツやスーツ姿の男たちが、呆然《ぼうぜん》と外を眺めたり、所在なげに集まって話をしたりしていた。

「これだけ大きな投資銀行が潰れるなんて、歴史上初めてじゃないですか？」

頭髪をきちんと整えた下がり眉の乾慎介がいった。浅黒い顔で左目の下に泣きぼくろがある。

リーマン・ブラザーズは、ドイツ南部からアラバマ州に移民としてやって来たリーマン三兄弟が設立した綿花取引会社から発展した投資銀行で、百五十八年の歴史がある。

「結局、ポールソンは、リーマンを見捨てたというわけだ」

去る三月に、準大手（米国第五位）の投資銀行ベアー・スターンズが経営危機に陥ったときは、米国政府が支援して、JPモルガン・チェースに吸収合併させた。

「まあ、頭金も要らない、所得証明も要らない、物件を差し出せば返済義務もないなんてサブプライムローンを束ねて証券化して、『トリプルA』だなんていって売って、売れ残りもごっそり抱えてたんだから、いつかは破綻する運命だったんだろうね」

昨年夏にサブプライム問題が発生して以来、リーマンは市場から常に不安視されていた。同社は問題債権の削減や資本調達に奔走し、四月と六月の二度にわたって増資も行なったが、昨年後半六十ドル台だった株価は紙屑《かみくず》同然の三ドル六十五セントまで落ちていた。

「KDBとの交渉が不調に終わったのが、破綻の引き金になったみたいですね」

リーマンはバークレイズと交渉をする以前に、韓国の政府系金融機関であるKDB（韓国産業銀行）から出資を受け入れるべく交渉を続けていた。KDBは二〇一一年に完全民営化される予定で、グローバルな投資銀行へ脱皮することを目指している。しかし、両社の交渉は、経営へのKDBの参加やリーマンの資産評価などで折り合いがつかず、九月九日（火曜日）に決裂した。

「乾君、これから何が起きると思う？」

社長が訊いた。

「やはり、気をつけるべきはデリバティブ、すなわちＣＤＳじゃないでしょうか。……どれくらい『リーマンの汚染』が広がっていて、どこまで連鎖破綻が起きるか」

ＣＤＳ（クレジット・デフォルト・スワップ）は、債務者の債務不履行による損害を補塡《ほてん》する一種の保証契約である。

「そのとおりだね」

「しかし……アメリカ政府がリーマンを破綻させたってことは、『リーマンの汚染』がそれほどでもないって判断したんですかね？」

「いや、そうじゃないだろう」

社長がいった。

「一九九〇年代後半から、デリバティブや証券化の手法が日進月歩で複雑化している。たった二日や三日じゃ、あの巨大なリーマンのデリバティブやコモディティ（商品）取引の全容を把握するのは不可能だ」

乾がうなずく。

「とにかく今後は、金融機関の動向に要注意だね」

リーマンの破綻で、銀行など金融機関が短期の資金を貸し借りするマネーマーケットで貸し渋りが起きることが予想され、資金繰りがつかなくなる金融機関が出てこないとも限らない。

「そろそろ場《ば》が開く時間ですね」

乾が腕時計に視線を落とした。

「証券会社や投資家にとっては、恐怖の一日の幕開けだね」

前日（九月十五日）のニューヨーク株式市場では、ダウ平均が暴落し、終値は先週末比五百四ドル四十八セント安の一万九一七ドル五一セントだった。二〇〇一年九月の同時多発テロ直後（六百八十四ドル安）以来、七年ぶりの大暴落になった。

同じ頃――

港区愛宕《あたご》二丁目にある米系格付会社マーシャルズの日本法人マーシャルズ・ジャパンの駐日代表室で、代表の三条誠一郎がパソコンのスクリーンを睨《にら》んでいた。

二十階にある部屋の窓からは、すぐ北側の曹洞宗《そうとう》青松寺の瓦《かわら》屋根の観音堂や境内の木々を見下ろすことができる。その先には四十二階建ての高層マンションが聳《そび》え、愛宕下通りを挟んだ向い側には、東京慈恵会医科大学附属病院南棟の白い建物（昭和五年竣工）が見える。

明け方から降っていた雨はそろそろ止《や》みそうな気配だった。

（糞っ、まさかリーマンを潰すとは！）

頭髪をきちんと撫《な》で付け、流行のセルフレームの眼鏡をかけたぬめっとした三条の顔に、苦渋の色が浮かんでいた。昨年後半以来、格付けの見直しや首切りなど、後ろ向きの仕事に追われ、疲労と鬱屈《うっくつ》が蓄積し、目の下にくっきりと隈《くま》ができていた。

（ベアーやファニーメイ〈連邦住宅抵当公庫〉は救ったのに、リーマンを潰すとは、いったいどういうロジックなんだ⁉）

血走った目に焦燥感が滲《にじ》む。

リーマンが破綻すれば、同社の取引金融機関が債権を取りはぐれ、マーシャルズは格下げをしなくてはならない。さらに景気が後退すると全産業に影響が出て、格下げ対象先の範囲が一気に広がる。そもそも既存先の格下げ作業は一円の手数料も入ってこない余計な仕事だ。

（ストファイ〈証券化〉の商売が大打撃を受けているときに……まったく何てことだ！）

三条は思わず舌打ちした。

（しかも去年から、うちは格下げに次ぐ格下げをしてきている。……まさか金融庁から、マーシャルズは何を見て格付けしてるんだと調査が入ったりしないだろうな……）

三条は嫌な予感にとらわれごくりと唾《つば》を飲んだ。


その日の夕方――

仕事を終えた乾慎介は、都営大江戸線の飯田橋駅にいた。

平成十二年に開業した新しい駅は、狭いホームの両端に沿って太いコンクリートの円柱が並び、台形に窪《くぼ》んだ天井を支えるモダンなデザインである。頭上には、黒地にオレンジと緑色の電光文字で「両国・大門方面行」、「都庁前」と、行き先と時刻が表示されている。

ホームは帰宅するサラリーマンや学生たちで混み合っていた。

乾は駅の近くでもらった日経新聞の号外を開いた。


『世界の株価急落』

『日経平均580円超安』

『リーマンが経営破綻』

『バンカメ、メリル救済合併』


特大の見出しが並び、シンガポール、台湾、インド、ドイツ、英国、米国など、世界中の市場で株価が棒下げしたことを示すグラフが掲載されていた。

　裏面には、金融機関が資金繰り破綻するのを防ぐためにＦＲＢ（米連邦準備銀行）が、七兆三千億円相当の資金を市場に供給し、大手保険会社ＡＩＧが格下げされないよう、ゴールドマン・サックスやＪＰモルガン・チェースなどに対して、七百億ドル～七百五十億ドルの融資枠を組成するよう要請していると報じられていた。

　ゴオーッという地鳴りのような音と、ウワァーンという大量の蜂《はち》が飛んでいるような独特な騒音とともに、クリーム色の車体に紅色と海老茶《えびちゃ》色の二本線が入った大江戸線の電車がホームに滑り込んできた。

　乾は読んでいた新聞を畳み、書類鞄の中に入れる。

　先ほどしまった定期入れが手に触れたので、何となく取り出して電車に乗った。

　茶色い革の定期入れには、去年の初めに妻と娘と一緒に神奈川県の七里ヶ浜で撮った一枚の写真が入っていた。

　冬にしては暖かい日で、乾の背中におぶわれた娘の華《はな》が、鉛色の波間に浮かぶ大勢のサーファーたちを見て、不自由な口で小さな言葉を発した。かたわらの妻の香《かおり》は「そうね。アシカみたいね」と微笑《ほほえ》んだ。香は華の言葉がよく分かる。

　波打ち際を歩くと、波が足元まで寄せては返し、かがんで手で触れると、海水は思ったより温かかった。

「華、海は生きてるね」

香が、足元で白い泡を立てる波を眺めて微笑んだ。

その日、三人は浜を歩いたあと、鎌倉プリンスホテルの「清水」という和食のレストランで食事をした。身体《からだ》が弱っていた華は、あまり食べなかった。

レストランの窓からは、海と、江ノ島の一部が見えた。視界の右手にようやく見える島影は、自分たちの前から去って行きつつある娘のようで、思わず涙がこぼれそうになった。香を見ると、目に一杯涙を溜《た》め、華に料理を食べさせていた。彼女も、別れの日が近い予感を抱いていた。十三歳の華は、まるで六歳か七歳の子供のように身体が小さく、手足は細かった。

時おり、周囲のテーブルの人々が、気の毒そうな視線を投げかけてきた。それは一家が常に浴びながら、生きてきた視線だった。

定期入れの写真は、懸命に生きた生の証《あかし》である。すべてが美しく、悲しい思い出だった。涙がこぼれそうになり、乾は、定期入れを畳んで、鞄の中にしまった。

(運命とは、なんと不思議なものなのか……)

電車に揺られながら考える。格付けの世界に入ったのは、娘に導かれたからのような気がする。おそらく一生をかけてやっていく仕事だろう。

　大江戸線の電車は、鉄路を踏み鳴らす規則正しい音を立てながら走り続けた。

「景気や相場の上下に合わせて格付けを上げ下げしてるんじゃ、格付アナリストじゃなくて、エクイティ（株式）アナリストだ」

「格付けは夢を買う話ではない」

「格付けとは、土砂降りの雨を想定し、そのときに持っている傘が役に立つかどうかを事前に評価するためのものだ」

　業界に入って間もない頃、格付けについて手ほどきをしてくれた堀川健史《ほりかわたけし》の口癖が脳裏に蘇《よみがえ》った。

　天気がよいから手持ちのボロ傘で問題ないと高格付けを与え、雨が降って雨漏りがし始めたら、格付けを下げていくやり方を批判したものだ。高い格付けを信じて傘を持っていた投資家を濡れネズミにするような格付けは、格付けではないという考え方である。

　今回のリーマン危機でも、格付業界の盟主マーシャルズが、リーマンの格下げの可能性に言及したのは、破綻するわずか三営業日前だった。

第一章　金融開国

1

一九八四年夏――

東京霞が関三丁目にある大蔵省（現財務省）の古い石造りの建物の会議室で、三人の男たちが額を突き合わせ、格付制度に関する対政府説明用の資料作りをしていた。

景気は上向いてきており、五年前に六千円台前半だった日経平均株価は、一万円の大台に乗せ、相場は徐々に過熱していた。一ドルは約二百四十円で、日本との貿易赤字に苛立《いらだ》つ米国から、円切り上げの要求が強まっている。

「……暑いねえ、今日は。何度くらいまでいくのかねえ」

ワイシャツを腕まくりした男の一人が、書類のページを繰りながら、ネクタイの襟元を緩めた。

建物の前庭のヒマラヤスギから、盛んに油蟬《あぶらぜみ》が鳴く声が聞こえてきていた。

「三十度は超えるんじゃない。朝から結構気温が高かったから」

テーブルの向いで、資料を前にした別の男もワイシャツを腕まくりしていた。

「ゆうべ、銀行さんの接待で飲みすぎたから、酒の汗が出るよ」

三人の男は苦笑しあった。全員三十代の働き盛りである。

「さて、と……で、ＳＢＪ（The Sangyo Bank of Japan, Ltd.＝日本産業銀行）のほうは、どうなの？」

証券局の男が書類から視線を上げて訊いた。

「ぼちぼち都銀とか生保に声をかけ始めたようだよ」

銀行局の男がいった。

「だいぶ本気になってきたわけ？」

「ああ。最初は、ちょっと腰が重かったけど、長銀にも格付会社を作らせるって話したら、俄然《がぜん》ムキになってきたよ」

「ははは……いつものパターンだね」

紙コップのインスタントコーヒーを手にした国際金融局の男が笑った。

「産銀のほうは、一応、日本インベスターズサービスとかいう社名も考えて、プロジェクトを進めてるようだ」

「へー、何となくマーシャルズに似てるね。対抗しようとしてるのかね？」

米国の格付会社マーシャルズの正式名称は、マーシャルズ・インベスターズ・サービスだ。

「SBJの連中はプライドが高いから。どうせ作るんなら、日本のマーシャルズにしようとか何とかいって、行内で気勢を上げてるんじゃないの」

「そりゃ、結構じゃない」

コーヒーをすすって、証券局の男がいった。

「だいたい、『アメリカに立派な格付会社があるんだから、日本はそれを使えばいい』なんて、スプリンケルもふざけたことというもんだよな」

ベリル・スプリンケルは米国の財務次官である。

「大場さんは、すぐに反論したんだろ？」

「うん。『冗談じゃない。日本にだって格付会社はある。一社で足りなければ、いくらでも作る』とその場で啖呵《たんか》をきったそうだ」

大場さんというのは、大場智満《ともみつ》財務官（一九五三年入省）のこと。

「まあ、アメリカのいうとおりにやってたら、国ごと乗っ取られるからな」

男たちが話し合っていたのは、先般開かれた「日米円ドル委員会」でのやりとりだった。

一九八〇年代に入って日本の国際収支の黒字が突出してきたため、米国は、国内の生産者や企業の不満を抑えるため、農産物、金融、流通などの分野の市場開放を強く要求し始めた。その一環として、金融分野の問題を協議するため、一九八三年十一月にレーガン大統領が訪日した際の両国蔵相の共同声明にもとづき、「日米円ドル委員会」が設置され、この年（一九八四年）の二月から六回にわたって話し合いがもたれた。話し合いの内容は、貿易不均衡是正のために適正な円ドル為替レートへの誘導、日本の金融市場の開放、ユーロ円市場の拡大などであった。

格付会社の問題は、起債基準とのからみで出てきた。すなわち日本では、大蔵省の「デフォルト（債務不履行）の可能性がある社債は発行させない」という方針にもとづいて、発行体（企業）の規模、純資産額、自己資本比率などの数値基準が設けられ、安全な企業にのみ起債が許されてきた。

これに対して、ジャンクボンド（投機的等級のくず債券）の発行も認められている米国側は、米系投資銀行が日本における引受業務を拡大するためにも、市場原理にもとづいた柔軟な起債制度にするよう求めた。そのため日本側は、従来の「適債基準」に代え、格付けによる債券発行制度への変換を決断せざるを得なかった。

「まあ、いずれにせよ、格付会社は、一社だけじゃ足りないよね」

銀行局の男が、資料のページに鉛筆で書き込みをしながらいった。

「そうそう。JBRIだけじゃ、日経新聞に債券市場を牛耳られちゃう可能性大だよな」

「あの会社は油断ならないからねえ」

と証券局の男。

「為替市場がロイターに牛耳られてるから、日経は、債券市場を獲《と》ろうと考えてるんだろうな」

JBRI（The Japan Bond Research Institute＝日本公社債研究所）は、一九七五年に日経新聞社内に設置された「公社債研究会」が前身で、転換社債の格付けなどを行なっている。

「東銀の進み具合はどうなの？」

証券局の男が扇子を使いながら訊いた。

「生損保にも声をかけて、幅広く出資を募るよう動き始めたところだね。大場さんが東銀の会長を呼んで、格付会社を作ってくれっていったら、『財務官からそういっていただけると、生保なんかをまとめやすくなります』といったそうだよ」

「トップはうちから出せるんだろ？」

「まあ、その点は大丈夫じゃないの」

東銀、長銀などが設立する予定の格付会社は国策会社として、政府機関（大蔵省系）の日本開発銀行もお目付け役として出資する。大蔵省は同社の社長職を天下りポストとして確保したいと考えている。

「さて、かたや外資は、マーシャルズ、S&Dにダフか……」

日本進出の意向を示している米国の格付会社は、マーシャルズとS&D（スタンダード&ディロンズ）の二大格付会社のほかに、中堅のダフ・アンド・フェルプス（本社シカゴ）である。

「これ、三つとも出てくるの？」

銀行局の男が訊いた。

「S&Dは、まだはっきりしてないけど、マーシャルズとダフは、来年くらいに、日本事務所を設立するそうだ」

「マーシャルズか……ここが一番曲者《くせもの》だよなあ」

国際金融局の男が、思案顔でいった。

「あいつら、アメリカ政府やウォール街とつながってるからなあ」

マーシャルズは一九〇〇年にジョン・マーシャルによってニューヨークに設立された格付

業界の盟主である。一九〇九年にＡａａやＢａなど、アルファベットを組み合わせた格付記号を考案し、鉄道会社二百五十社が発行している約千五百の債券を格付けした。その後、格付対象を、事業会社、地方公共団体、州などに広げていった。一九六二年に、米国の大手信用調査会社によって買収され、現在はその一〇〇パーセント子会社である。

一九七〇年代に入ると、ＣＰ（コマーシャルペーパー）とユーロ債の格付けを開始し、一九八〇年代になると、保険、銀行預金、ストラクチャード・ファイナンス（証券化商品）の格付けも始めた。現在、世界シェアの約四割を握っている。

「Ｓ＆Ｄのほうは、実態は一言でいうと出版社かねえ？」

証券局の男がいった。

「ま、Ｓ＆Ｄは、日経新聞と結構似てるんじゃない。……彼らも資本市場を牛耳ることには、大いに関心を持ってるよな」

業界二番手のＳ＆Ｄは、一八六〇年に米国で設立された金融情報会社に歴史をさかのぼる。親会社は米国の大手出版社で、マーシャルズに匹敵する世界シェアを持っている。格付事業のほかに、投資評価や金融指数事業も行なっており、マーシャルズに比べると事業範囲は広い。

「ウォール街の手先に出版社か……利益相反が色々ありそうだねえ」

大蔵省は、いかにして格付けの中立性を確保するかに注意を払っていた。米国政府やウォール街、あるいは親会社である出版社の思惑によって格付けが左右されたのでは、国益に反する。そのため、候補となる格付会社の事業内容や損益をチェックし、必要な措置を講じる腹づもりだった。

「ま、利益相反に関していえば、外資だけじゃなく日本勢もあり得るからねえ。……とにかく、早いとこ資料を作ってしまおうや」

一同はうなずき、再び作業にとりかかった。

2

翌年（一九八五年）――

四月下旬の明るい朝日が、横浜・馬車道沿いの街路樹に降り注いでいた。

国鉄（現ＪＲ）根岸線関内駅に近い尾上町《おのえちょう》交差点付近から港に向かって延びる馬車道は、かつて外国人たちが馬車で往来していたことから名づけられた。歩道には赤煉瓦《れんが》が敷き詰められ、ガス灯風の街灯や、旧横浜正金銀行本店（現神奈川県立歴史博物館）、旧川崎銀行横浜支店（現日本火災海上保険横浜支店）といった西洋ふう建築物が文明開化時代の面影を留《とど》めている。

「お早うございまーす！」

馬車道沿いにある和協《わきょう》銀行横浜支店の通用口を開け、スーツ姿の若い行員が勢いよく入ってきた。

新入行員の乾慎介であった。頭髪を銀行員らしく耳を出してきちんと刈り、中背の敏捷《びんしょう》そうな身体に紺色のスーツを着ていた。

「おっ、乾さん、お早う。相変わらず元気がいいねえ」

通用口を入ってすぐの宿直室にいた初老の庶務男性が、笑顔になる。

「元気だけが取り柄ですから。今日も頑張りましょう！」

乾は、ロッカー室のある二階へと階段を駆け上がって行く。

ロッカー室で着替えると、ワイシャツ姿になって三階の金庫へ向かった。

三十代半ばの支店長代理が、鍵と番号を合わせて、分厚い鋼鉄の大扉を開け、内側にある鉄格子の扉に鍵を差し込んでいるところだった。

「お早うございますっ！」

「おっ、お早う。相変わらず早いねえ」

スーツ姿の支店長代理は、乾を振り返ってにっこりした。

横浜支店は地域の母店で、金庫も大きい。入ると二十畳くらいの書庫になっていて、壁に沿って、日別・勘定科目別に綴《と》じられた伝票の束が整然と積み上げられ、床には、融資・渉外・預金・為替など各係の重要書類を保管する手押し式のキャビネットが並んでいる。

さらに奥に、鉄格子で仕切られた小部屋があり、現金が格納されている。

乾は、数千万円の現金が入った鉄製のキャビネットを押して金庫から出し、エレベーターで一階に降り、営業場の端にある高さ一・二メートルほどの仕切りで囲まれた一角に入って行く。出納係と呼ばれる部署であった。

乾は出納係の席につくと、押してきたキャビネットの中から現金を取り出し、前日の出納表との合致を確認しながら、券種・硬貨別に所定の場所に収めていく。乾の仕事は、支店の現金を一手に預かる「元締め」である。

午前八時前後から、行員たちが出勤してきて、金庫から出したキャビネットを所定の位置に置いたり、取引伝票を入力するコンピューター端末を立ち上げたり、電卓や印判類を机の上に並べたりし始めた。

テラー（窓口係）の女性たちは、それぞれの担当窓口で、各人のキャッシュ・ボックス（鉄製の小箱）に入った現金が、前日の残高と一致しているか確かめながら取り出し、カウンターの下にある仕切りのついた横長の現金入れに収めていく。

「よう、乾君、昨日は勘定合ったかね？」

外回りのベテラン行員の男性が、出納係の仕切りの上に両肘《ひじ》を乗せて声をかけた。

「ちょっと手間取りましたが、何とか四時半過ぎには合いました」

机の前にすわった乾は笑顔で答える。色が浅黒いスポーツマンタイプだが、下がり気味の眉が、相手に親しみを与える。

「そっか。入ってまだ一ヶ月にしちゃ、上出来じゃないの。……これ、頼むわ」

外回りの男は、仕切りの上から一枚の伝票を差し出した。「現金持出票」と呼ばれる伝票で、顧客に届ける現金を持ち出すためのものだ。

「はい、まいどー！」

乾は、伝票に役付者の検印と担当者の印鑑があるのを確認して、青いプラスチックの小皿の上に、百万円の束を二つ載せて差し出した。

その様子を、フロアーの扇の要《かなめ》の位置に並んですわった支店長と副支店長が、目を細めて見ていた。

「なかなかいい新人が入ってきたね」

緑茶をすすりながら支店長がいった。恰幅《かっぷく》のよい五十歳前後の男性で、金縁の眼鏡をかけていた。

「乾君は明るいし、根性もありますから、伸びるでしょうね」

隣りの席で、印鑑をつきながら渉外係員たちの日報を読んでいた副支店長がいった。縁なし眼鏡をかけた怜悧《れいり》な印象の人物で、年齢は四十代前半である。

「M大学の野球部にいたんだって？」

M大学は東京六大学の一つである。

「三年の途中までだそうです。レギュラーまであと一歩だったらしいですが、父親が急死したので退部して、卒業するまで上野の焼き鳥屋でアルバイトをして学費を稼いだそうです」

「ほう……結構苦労してるんだね」

支店長は、湯呑みを茶托《ちゃたく》に戻す。

「本人は『焼き鳥屋のおやじに跡を継がないかといわれた』なんて冗談をいってますが、好きな野球を断念して働かなきゃならなくなったわけですから、悔しかったと思いますよ」

「だろうね。……出身は群馬だったかな？」

「ええ。桐生《きりゅう》市です。野球の練習で、高校の近くの川の土手を赤城《あかぎ》おろしに吹かれながら走っていたそうです」

「なるほど。根性と体力がありそうだね」

「粘り強い男ですよ。粘着質といってもいいくらいです。ああして明るく振る舞ってますけど、負けん気も強くて、勘定が合わなければ徹底的に原因を調べて同じ間違いを犯さないですし、独身寮では睡眠時間を削って勉強しているようです」

支店長と副支店長の視界の中で、乾が出納係の仕切りの中で立ち上がり、テラーの一人に紙巻にした硬貨を渡していた。

「彼だったら、上位の都銀でも入れたんじゃないの？」

和協銀行は都銀の中では七、八番目といったところだ。

「学業成績がいまひとつだったそうです」

「ああ、そう。……しかしまあ、働きながら大学に行ってたわけだからねえ」

「上位都銀はまだかなり学歴信仰がありますからね。まずは、東大、京大、一橋、早稲田、慶応って感じで採用枠があって、M大だと年に二、三人ってとこじゃないですか」

「馬鹿馬鹿しいね」

支店長は軽蔑まじりにいった。

「僕も東大出てるけど、社会に出たら学歴なんて何の役にも立たないし、個人の能力にも関係ない。お客さんを見ても、学歴が高い人が成功しているわけでもないしねえ」

「乾君自身も、上位行じゃなきゃどうしても駄目とは考えていなかったようですね」

支店長はうなずく。

「ま、いずれにせよ、今年の部店対抗野球は楽しみだね」

二人は和やかに笑った。

和協銀行では、毎年五月から七月にかけて、週末にトーナメント形式で部店対抗野球大会が開催され、職場のムードを盛り上げる。


夕方――

仕事を終えた乾慎介は、銀行の支店から国鉄の線路を越えた先にある「野毛おでん」で人待ちをしていた。馬車道と国鉄の線路を挟んで反対方向に延びる歩行者天国の商店街「イセザキモール」を五〇メートルほど入って右に折れた路地の突き当たりの店で、葉が緑色の蕪《かぶ》の絵が付いた看板が出ている。明治三十六年創業の古いおでん屋である。

店内は、調理場と客席の間のカウンターの上に店名を染め抜いた茶色い暖簾《のれん》がかかり、白いかぶりものに、白い上着姿の中年の女性店員たちが、四人がけのテーブルの間を歩いて、注文をとったり、料理を運んだりしている。

客は、仕事帰りの男性サラリーマンが多いが、女性や主婦のグループもちらほらいる。おでん屋としては多少高級な部類である。

乾は、テーブルでビールを飲みながら、その日の新聞を読んでいた。

『和製格付会社の誕生、米からはマーシャルズとダフが進出』

経済面に四段抜きの見出しが出ていた。

（……へーえ、格付会社ねえ）

興味をひかれて、活字を目で追う。

『急ピッチで進む我が国金融界の国際化、自由化の中で、米国にならって債券の格付会社が登場した。海外で多い無担保社債が普及してくると、社債発行企業の信用状態も含めて、債券の格付けをする第三者的な機関が必要になる。

これまで我が国の債券市場においては、有力金融機関を中心とする「起債会」が市場の需給動向や起債申請のあった債券の内容を勘案しながら発行を調整してきた。今後はある意味で、格付会社がこれにとって代わる。

今般発足した和製格付会社は、日本インベスターズサービスと日本格付研究所の二社である。

日本インベスターズサービスは日本産業銀行が中心となり、東京銀行を除く都銀十二行や証券大手四社など百十八社が出資し、社長には前日銀政策委員の梶浦《かじうら》英夫氏（産銀出身）が就任した。

一方、日本格付研究所は、日本長期信用銀行が中心となり、東京銀行、日本開発銀行、日本生命など七十四社が出資し、社長には大蔵省の初代財務官で、アジア開発銀行総裁などを務めた渡辺武氏が就任した。』

（債券の発行が「起債会」の裁量から、原則自由になるわけか。……これって、どこかで聞いたような……）

乾は少し考えてから、三年前に米国で導入された「ルール４１５」（一括登録制度）による有価証券発行の自由化に似ているのに気づいた。

それまで米国では、株や債券を発行するためには、ＳＥＣ（米証券取引委員会）への登録書類作成に始まり、シ団（引受シンジケート団）組成などを経て発行に至るまで、二ヶ月くらいを要していた。しかし「ルール４１５」の導入で、いったんＳＥＣに「今後二年間に何億ドルの有価証券を発行します」と登録してさえおけば、一片の通知書を出すだけでただちに発行できるようになった。

（日本の金融業界も変わってくるんだなあ）

紙面に視線を落としたまま、ビールを口に運ぶ。

新聞には、日本勢に対抗して、マーシャルズとダフ・アンド・フェルプスの二社が日本に進出すると書かれ、このほど日本法人設立のために来日したマーシャルズ・ニューヨーク本社社長のインタビューが載っていた。

『……同社長は、インタビューの中で、現在は世界の金融市場が一つに統合される過程にあり、マーシャルズ社としても、活動基盤を欧州や日本に広げる必要が出てきたと述べた。

発言のあらましは、次のとおり。

①日本へ進出するのは、昨年から発行が自由になったユーロ円債（海外で発行される円建ての債券）について、十分な情報にもとづく格付けをするためだ。日本の機関投資家にどんな形で格付情報を提供するのがよいかも研究していく。

②日本法人の当面の活動の中心は、日本企業が発行する既発債も含めたユーロ円債に置く。すでに複数の有力企業から格付けの依頼を受けており、日本人アナリストも採用した。

③格付事業は安定した収益基盤を確立するのに時間がかかるビジネスであり、日本法人もすぐに収益が上がるとは考えていない。

④ユーロ債市場では、今後、様々な通貨で様々な形の債券が発行されるようになる。格付会社の重要性はさらに高まり……』

記事を目で追っていると、頭の上で、

「慎ちゃん」

という女性の声がした。

乾が視線を上げると、目の前の椅子に香《かおり》がすわるところだった。

大学時代から付き合っている女性で、現在は、新橋にある人材教育の会社で働いている。

「よう、お疲れ」

乾は微笑し、新聞を折り畳んだ。

「あ、いいなー、わたしもビール飲みたーい」

モスグリーンのカーディガンを着た香は、甘えるようにいった。

前髪を横に流し、「ボブ」より少し長めの髪が肩の上で揺れる。顔が小さく、目は大きく、そこそこの美人だが、ひょうきんで楽天的な性格である。周囲にいる人々の誰もが幸福になることを願っている心根の優しい女性である。

「どう、仕事のほうは？」

香が訊いた。

「今はとにかく勉強、勉強。来月から月に二日間、本店で財務分析の研修が始まるから、毎晩、寮の学習室にこもって、教科書読んでるよ」

戸塚駅から歩いて七、八分の独身寮には、テニスコートや学習室などの施設が整っている。

「身体にだけは気をつけてね。慎ちゃんは、すぐ無理するから」

「大丈夫だよ。俺は丈夫なだけが取り柄だから」

乾は笑った。左目の下に泣きぼくろがあり、泣き笑いのような笑顔が特徴である。

香のビールとおでんの皿が運ばれてきた。大根、竹輪《ちくわ》麩《ぶ》、卵などが、鰹《かつお》ダシのきいた醤油味のたれで煮込まれていた。

「俺さ……」

はんぺんを箸でつまみ、乾がいった。

「悔しかったんだよな」

「…………」

「もうちょっとでレギュラーになれるとこだったのに、親父が死んで、野球部をやめなけりゃならなかったから」

香はうなずき、グラスのビールを口に運ぶ。

「親父が死ななかったら、俺は、神宮球場に立っていたかもしれないって、ずーっと思ってたよ。……未練だよな」

自嘲《じちょう》するような苦笑を浮かべ、はんぺんに噛みつく。

「焼き鳥屋でアルバイトをしながら、早くハンデのある生活から抜け出して、ほかの奴らと同じスタート地点に立って、勝負したいと思ってた」

香はうなずく。

「銀行に入って、ようやくすべてがふっ切れたよ」

浅黒い顔に晴れやかな笑みを浮かべた。

「ああ、これで、金の心配をしないで、やるべきことに専念できるって思ったよ」

「よかったじゃない」

「うん」

乾は、ほっとしたような表情でうなずく。

「乾杯しようよ、乾君の前途に」

二人はビールのグラスを合わせた。

「それで新入行員の乾君、きみの将来の夢は何かな？」

香がおどけた口調で訊いた。

「そりゃあもちろん、頭取になることだよ」

野球で果たせなかった夢を、ビジネスマンとして果たそうと思っていた。

「結構、結構」

香が笑顔でうなずく。「でも、一足飛びには頭取になれないぞ。……五年後のきみの姿について、いってみなさい」

「五年後はね……」

乾は一瞬考える。

「本店営業本部で、不動産会社を担当しているね」

本店営業本部は、大企業取引を専門に行う、国内営業の花形部署だ。

「不動産会社？　……どうして不動産会社なの？」

香が小首をかしげた。

「俺、銀行の中で不動産のプロになろうと思うんだ」

乾は、迷いのない口調でいった。

「信託銀行と違って、都銀は不動産ビジネスが弱いんだよ。だからこの分野の専門家が絶対必要だと思うんだよね」

「ふーん……」

「今、株価が上昇してきて、企業の金回りがよくなってるだろ。きっとこの先、あまった金が株だけじゃなく、不動産に向かうと思うんだ」

日経平均株価は、一年前に比べて二千円ほど上昇し、一万二千円台になっていた。

「それに、こんな動きもある」

乾は、脇に畳んで置いてあった新聞を広げた。

「『和製格付会社の誕生、米からはマーシャルズとダフが進出』……」

香が声を出して見出しを読む。

「これ、日本の金融開国の一環なんだよ」

「ふーん」

「格付会社に限らず、これから色んな外資が入ってくる。彼らはいずれ日本の不動産にも投資を始めると思うんだ」

「このマーシャルズとダフっていうのは、外国の会社なわけ？」

「アメリカの格付会社だ」

「慎ちゃんは、こういう会社で働いてみたいとか思わないの？」

「えっ、何でだよ、唐突に？」

「いや、何となく訊いただけ。わたしの周《まわ》りに外資に就職した人がいるから」

大卒女子の就職先として、外資系企業は人気がある。

「外資なんて、働きたいと思わないよー」

乾は渋面《じゅうめん》を作って激しく片手を振った。

「俺は、ドメの銀行員一筋で行くよ」

ドメはドメスティック（国内派）の略称である。

「それに俺、英語が苦手だからさ。……日本人は日本企業で働くのが一番だよ」

乾は、昆布巻きにかぶりつく。

「慎ちゃん、英語が苦手だもんねー」

香が笑った。大学時代、乾の英語の試験勉強をよく手伝っていた。

「ところで、あたしたちの五年後はどうなるの？」

香が少し真剣な表情になって、乾を見詰めた。

「そりゃあ、まあ……なるようになるさ」

「なるようになる、って？」

「そりゃあ、だから、なるようになるんだろ」

「ずるーい！　ちゃんといってよ」

香が拳《こぶし》で乾を叩《たた》く真似をする。

乾は笑いながら、俺とお前は結婚するに決まってるだろう、と心の中で呟《つぶや》いていた。


その年の秋――

「こちらが今日から働くことになった水野さんです。ＦＩＧのアナリストです」

総務・人事部のマネージャーの男性が良子を紹介した。

「水野です。よろしくお願いします」

三十歳の水野良子は頭を下げた。すらりとした長身をグレーのスーツで包んでいた。

ＦＩＧ（Financial Institutions Group）は、金融機関の格付けを担当する部署である。部署といっても、主任アナリストと良子の二人がいるだけだ。

高いパーティションで仕切られたブースにすわっていた中年の男性が立ち上がって、

「はじめまして。よろしくお願いします」

と頭を下げ、名前を名乗った。運輸・小売業界を担当しているアナリストだった。

「以前は、どちらにお勤めだったんですか？」

相手が訊いた。

「扶桑《ふそう》証券で、金融機関担当の株式アナリストをやっていました」

良子が答える。扶桑証券は、準大手の証券会社である。

「そうですか。……僕は、東西信託銀行の審査部にいました。半年前からここで働いています。何か分からないことがあったら、遠慮なく訊いてください」

眼鏡をかけた男性は、非常に穏やかな雰囲気で、眠たいようにさえ見えた。

「有難うございます。よろしくお願いします」

良子はあらためて頭を下げた。

「ええと、こちらが、医薬品業界担当の……」

総務・人事担当マネージャーの男性が、隣りのブースにすわっていた女性を紹介する。

「水野です。よろしくお願いします」

水野良子は、米系格付会社マーシャルズの日本法人マーシャルズ・ジャパンに転職した。大学を卒業して扶桑証券に入社以来、株式アナリストを務めていたが、同僚の男性と結婚したため、会社の不文律で退職せざるを得なくなった。

設立されて半年あまりのマーシャルズ・ジャパンのオフィスは、帝国ホテルの有楽町駅寄りに建つ地上三十一階、地下四階のオフィス棟「インペリアルタワー」の中にあった。

エレベーターを降りて廊下を進むと受付があり、受付の背後が総務などの管理部門になっていた。格付部門、すなわちアナリストたちの部屋は、受付の向かって左手にあり、その奥に駐日代表の執務室があった。まだ総勢十五、六人の小所帯である。

（結構、草食動物系の人が多いんだなあ……）

良子は、一人一人に挨拶《あいさつ》をしながら、意外な思いにとらわれていた。

一般の日本人の間では無名だが、金融業界においてマーシャルズの名前は格付けの権威として轟《とどろ》いている。さぞかしエネルギッシュで、頭が切れて、個性も強い人々がいるのだろうと思っていた。

しかし、入社してみると、その手の人物はほとんどいなかった。皆、物静かで、争いは好まず、じっと机に向かって資料を分析するのが好きそうな人々だった。

いかにも他所《よそ》で務まらなくて転職してきたとか、仕事はできないが英語だけはできる「バナナ人間」（外見は黄色人種だが、中身は白人）といった感じの人々もいた。

「じゃあ今日は、これから入社にあたっての『バリュー・セッション』を受けていただきます」

全員への紹介が終わると、総務・人事担当マネージャーの男性がいった。

「ニューヨークでも受けられたと思いますが、日本では、日本の法律や規則にしたがわないといけないですから」

良子はうなずく。

マーシャルズの日本法人に着任する前に、水野良子は、ウォール街にあるニューヨーク本社で、一ヶ月間の研修を受けた。社内の格付委員会や、米国企業との質疑応答のミーティングに参加したり、本社でFIG（金融機関担当グループ）のトップを務めている人物や、良子のメンター（助言者）をしてくれた上級アナリストの米国人女性と実際の格付けについて議論したりした。格付手順や過去のレポートをもらったり、本社の幹部やサポート部隊（格付レポートの編集担当者など）との面談の機会もあった。日本での仕事がスムーズに進むように配慮された研修だった。

「じゃあ、こちらにかけてください」

総務・人事部の部屋に入ると、マネージャーの男性が椅子を示した。

「はじめまして。シルビアです」

隣りの椅子にすわった派手な風貌《ふうぼう》の女性が日本語でいった。中西という姓のハワイ生まれの日系三世で、広報担当として入社するという。

「それでは、『バリュー・セッション』を始めます」

二人の前の椅子にすわったマネージャーの男性がいった。

そばのデスクで、若い女性社員がパソコンに向かって仕事をしていた。総務・人事部は、マネージャーと若い女性の二人だけの部署だった。

「ご存知だと思いますが、マーシャルズの格付けが高い評価を得るきっかけになったのが、一九二九年十月二十四日の『ブラック・サーズデー（暗黒の木曜日）』に端を発する世界恐慌です」

マネージャーの男性は、膝《ひざ》の上でハンドブックらしきものを開いて話し始めた。

「全債券の三分の一がデフォルト（債務不履行）に陥る中、マーシャルズが高く格付けした債券ほど安全だったので、投資家は、我が社の格付けを最も信頼できる指標として用いるようになったのです」

良子とシルビア中西は手帖とペンを手にうなずく。

「わたしたちは、格付けを支える最も重要なものは、市場からの信頼だと考えています。それを確保するために、独立、中立、公正な立場で格付けを行う方針を持ち、厳格な倫理基準の下で会社を運営しています。そのため、社員には様々なルールが課されています」

マネージャーの男性は、証券取引法などの関係法令や規則を遵守するのはいうまでもなく、企業の株式を持っている場合は、自分の担当であるなしに関わらず、ただちに売ってしまうか、売るときは会社の許可を得てくださいと告げた。

「マーシャルズが、最も注意を払っているのが、社内の情報を外部に漏らさないことです」

マネージャーの男性は、格付けの手順や経緯などはもとより、それ以外のことも外部に一切漏らしてはならない、家族にさえも話してはならない、会社を辞めたあとも、会社でのことは一切話してはならないと雇用契約書に書かれているので、違反すると損害賠償や刑事告発の対象になると繰り返し説明した。

(これがマーシャルズの神秘のベールの源泉か……)

良子は、外部からしか見たことがなかった迷宮の内部に足を踏み入れたような気持ちだった。

3

「……thus, liberation and internationalization in Japan's financial sector are restlessly progressing.(以上のように、日本では、金融の自由化と国際化が着々と進んでいます。)銀行と証券、国内勢と外資の競争はますます激化すると予想されます。したがって、邦銀を取り巻く環境が厳しくなるのは、間違いありません」

水野良子がテーブルの上に身を乗り出すようにして、会議用電話機に向かって英語で話していた。

「I agree with you.(僕もそう思う。)で、第一陣で格付けを見直すべきは、どの銀行だと思う?」

灰色のヒトデ形の会議用電話機から、知性を感じさせる米国東部訛《なま》りの英語が流れてきた。マーシャルズのニューヨーク本社でＦＩＧ（金融機関担当グループ）のトップを務めているパトリック・ニューマンという米国人男性だった。企業分析が趣味だという職人的なアナリストで、肩書きはマネージング・ディレクターである。

「見直し対象は、東京銀行、日本長期信用銀行、三菱信託、三和の四行でどうでしょうか？」

マーシャルズ・ジャパンでＦＩＧのリード・アナリスト（主任アナリスト）を務めている三十代後半の日本人男性がいった。以前は、米系銀行東京支店の審査部にいた人物である。

「Well, BOT and LTCB are obvious ones.（まあ、東銀と長銀は明らかだね。）三菱信託と三和を格下げ候補に挙げる理由は？」

しわがれ気味の初老の男性の英語が電話機から流れてきた。本社格付委員会のチェアマン（委員長）を務める六十歳過ぎの米国人男性で、名前はピーター・サザランド。「マーシャルズの良心」と呼ばれる人物で、普段から資料を隅々まで読み、Ａ３かトリプルＢ１かというわずか一ノッチの話でも、青年のように熱く議論を展開する。普段は温厚で、部下の面倒見がよく、良子がニューヨークに出張したときは、自宅に招いてくれた。

「三菱信託のほうは、ある意味で長銀と似ています」

良子がいった。「都銀の業務拡大で、長期資金の供給者としての地位が低下してきています。また、店舗数が少ないことが、中小企業・個人取引市場におけるシェア拡大の足かせになっています」

「なるほど」

「三和は、都銀の中では大企業取引が最も弱い銀行です」

主任アナリストの日本人男性がいった。「これをカバーしようと、国際業務と債券業務を急ピッチで拡大しています。これは、リスクの高い資産が増えることを意味しています」

「オーケー、よく分かった。……四行とも、他の銀行とは少し違った『挑戦的な』経営をしているということだね」

サザランドがいった。

「はい。その点で一括《ひとくく》りにできると思います」

「じゃあ、この四つで行こう。二、三ヶ月後に東京に出張するから、四行との面会の手はずをお願いします」

パトリックがいって、電話会議を締めくくった。

一九八七年四月――

水野良子がマーシャルズ・ジャパンに入社して一年半あまりが過ぎた。

これまでマーシャルズ・ジャパンは、マスコミから特に注目されることはなかった。

しかし、少し変化が出てきた。大半がトリプルAだった邦銀の格付けを引き下げようと考え始めていたのだ。

背景には、急速に進む日本の金融自由化があった。一九八〇年に外為法が改正され、対外取引が原則禁止から原則自由になった。翌年には居住者外貨預金が自由化され、以後、海外CP・CD（譲渡性預金）の国内販売開始、銀行による公共債ディーリングの開始、大口定期預金（十億円以上）の金利自由化など、様々な施策が実行されている。

もともとマーシャルズが邦銀にトリプルAを与えたのは、大蔵省があるミーティングで「金融機関は潰さない」と発言したのが理由だった。しかし最近、大蔵省は、金融機関の自己責任を強調するようになり、風向きが微妙に変わっていた。

（さて、と……これで資料はだいぶ揃《そろ》ったかな）

電話会議のあと、高いパーティションで仕切られた自分の席に戻った良子は、ブラウン管式のパソコンの横に積み上げられた邦銀の有価証券報告書、アニュアルレポート（年次報告書）、新聞の切り抜き、経済誌や情報誌のコピーなどに視線をやった。

アナリストの一日は、企業の分析、格付先とのミーティング、企業や投資家からの質問への対応などが主な仕事である。

マスコミからの電話はアナリストには直接かかってこず、総務・人事部で受け付けている。この点、外部にアナリストの電話番号を公表しているS&D（スタンダード&ディロンズ）と異なり、マーシャルズは権威があり、近寄り難いというイメージづくりに貢献している。

新聞記者の「特落ち」（複数の他社が載せた特ダネを記事にしそこなうこと）ではないが、企業の信用力に関わる出来事を知らないでいると恥なので、担当企業の株価には常に注意を払い、一〇パーセント以上動いたときはすぐに電話して理由を訊く。

また、格下げ・格上げについては、他の格付会社、とりわけS&Dより先にやり、格付市場のリーダーであることが求められる。この点は、「タイムリー・サーベイランス」という人事上の評価項目にもなっている。

良子はパソコンを立ち上げ、スクリーンに書きかけの「リコメンデーション」を開いた。「リコメンデーション」は、格付委員会に提出する英文のレポートで、対象企業の格付けをどうすべきかリコメンド（提案）するものだ。

銀行の分析にあたっては、まず所在国のマクロ経済分析が基礎となる。

会社（銀行）は、所在国の格付けを上回ることができない。これを「ソブリン・シーリング（直訳は国家の天井）」と呼ぶ。現在（一九八七年四月）の日本国債の格付けは最高の「トリプルA（Aaa）」なので、日本企業（銀行）は、債務返済能力が高いと認められれば、トリプルＡを得ることができる。

しかし、日本国債の格付けがダブルＡに下がると、トヨタがいくら頑張っても、ダブルＡにしかならない。なおマーシャルズの格付けでは、トリプルＡは、Ａａａの一種類しかないが、ダブルＡ以下にはＡａ1〜Ａａ3といった具合に三段階がある。

次に、その銀行を取り巻く業界分析が行われる。すなわち、業種の重要度や安定性、規制の状況、国内外の競合状況などの分析・評価である。

以上をベースに、個別の銀行の評価がなされる。

マーシャルズでは、銀行の評価方法は「ＣＡＭＥＬ（キャメル）分析」と呼ばれる。

Ｃはキャピタルの略で、資本の充実度である。

Ａはアセット（資産内容）で、貸出資産の伸び・収益性・与信方針や不良債権の状況。

Ｍはマネジメントで、経営陣の能力、経営方針、営業ネットワーク、顧客基盤、リスク管理システムなど、その銀行の営業基盤全般を見る。これは経営陣と面談してチェックすることも多く、単に質問するだけでなく、ほめたり、けなしたり、相手の予期していない質問をしたりして、反応を見ながら評価する。

Ｅはアーニングスで収益力、Ｌはリクイディティで流動性（資金繰り）のことである。

ＣＡＭＥＬのうち、Ｍ（マネジメント）が最も重要で、全体の八割くらいの時間を費やして分析する。

担当アナリストは、以上のような分析を通常、八ページ程度の「リコメンデーション」にまとめ、社内の格付委員会に提出する。

格付委員会は、電話会議によって頻繁に開かれている。参加者は、本社側から委員長のサザランド、FIGのトップ（マネージング・ディレクター）のパトリック・ニューマンのほか、ニューヨーク本社のFIGのアナリスト二、三人である。日本側は、駐日代表の米国人、主任アナリストと良子の三人が参加する。日によっては、欧州のアナリストや本社の幹部、関連部門のアナリストたちが飛び入り参加することもある。

議論は「リコメンデーション」に対する質問や意見をもとに進められ、担当アナリストは、自分の「リコメンデーション」を擁護すべく議論を展開する。議論がピントから外れそうなときは、「マーシャルズの良心」ピーター・サザランドが「格付けは本来こうあるべき」とか、「五年後、十年後を見据えて評価するのが格付けである」といって軌道修正する。

格付決定に関しては、社内の地位に関わりなく、一人一票で投票する。議論が白熱し、五対五とか六対四に意見が分かれると、サザランドが、今日は投票をしないと決めることもある。

神秘のベールに包まれたマーシャルズの格付けであるが、実態は、銀行などが行なっている企業のリスク分析と大きくは変わらない。そもそも本社のアナリストたちは、米銀の審査部門の出身者が多い。ただ、それが業務の中心なので、情報収集量は多い。一方で、銀行が融資先から決算書をはじめとする様々な情報を入手したり、場合によっては人を送り込んだりできるのに対し、格付会社はそこまでの権限はない。

マーシャルズの格付過程では、意外と大雑把なところもあり、結局、格付けは、絵画や音楽コンクールの採点に似ていて、絶対的なものではなく、アナリストの主観や価値観が反映される。

以前、コンピューターで自動的に格付けを決めるプログラムを作ったことがあるが、まったく間違った答えが出てきて、機能しなかった。そもそも企業の信用リスクをすべて計量化できるはずがない。また、マーシャルズの知名度を高めようとか、収入を増やそうとか、米国政府との関係をよくしようとか、個人的な存在感を示したいといった意図が、議論の中で感じられることもあった。

同じ頃、千代田区大手町一丁目にある和協銀行本店の一室には、春の陽光が差し込み、磨き上げられた窓の向こうに皇居の満開の桜が見えていた。

真っ白なワイシャツにネクタイ姿の乾慎介は、同期生たちと一緒に講師の話に耳を傾けていた。

「……以上のように、我が国の金融市場においては、急激なピッチで自由化と国際化が進んでいます。今後、銀行が企業のニーズに応《こた》えていくためには、金融問題全般にわたって助言や提案ができるファイナンシャル・アドバイザーとなることが絶対的に必要であります。……その尖兵《せんぺい》としての役割が、あなたがたに期待されているわけです」

スーツ姿の講師は、本店調査部で次長を務めている中年男性だった。

三十人ほどの同期生の最前列中央で、乾は真剣な眼差しを講師に注いでいた。

和協銀行に入行して二年が経《た》ち、支店ではこの四月から待望の融資課に配属され、国内部門のエリート予備軍である「企業取引研修生」に選ばれた。

過去二年間、支店の仕事と職場のムード作りに奮闘し、人事考課もよく、支店長や人事部の部長代理からは、引き続き業務に精励し、不動産や融資の勉強を続けるよう励まされている。

月に五日間、仕事を離れて本店で受講する融資や企業取引に関する研修では、いつも最前列中央にすわり、定期的に実施される試験では、ほぼ満点の成績をとっている。

「企業の資金調達手段を、それぞれの特性に応じて整理すると……」

講師の男性が、黒いマジックペンでホワイトボードに「内部資金——内部留保・減価償却、外部資金——直接金融・間接金融」と書き、さらにそこから線を引いて、社債、外債、増資、などと書いていく。

乾はノートに鉛筆を走らせ、講師の説明を熱心に書き写す。

ノートのそばに、純銀製の洒落《しゃれ》た腕時計が置かれていた。融資課への異動祝いに、香がプレゼントしてくれたものだった。

「……では、事例研究の1を見てください」

講師がいい、若い銀行員たちは、一斉にテキストのページをめくる。

『事例1～社債発行のアドバイスにより、取引地位を高めたケース』

という表題があり、その下の四角い枠の中に、具体的事例が書かれていた。

乾は、視線で文字を追う。

『甲銀行と乙銀行は、かつて上場企業A社の並行主力銀行であった。数年前、A社は大型設備投資を計画し、その所要資金の調達方法について……』

4

七月——
部屋の広い窓から差し込む陽光は、新たな年度が始まる希望と緊張感に満ちていた。

水野良子は、ニューヨークから出張してきた格付委員会のチェアマン、ピーター・サザランド、FIG（金融機関担当グループ）のトップを務めるパトリック・ニューマン、FIGの上級アナリストの米国人女性、駐日代表の米国人、同時通訳の女性など七人と一緒に、大手町にある大手邦銀を訪問した。今回、格下げを予定している銀行の一つであった。

すでにネガティブ・ウォッチ（格下げ方向で見直す）と発表しているので、案内係の企画部の若手男性行員は、硬い表情をしていた。

「あ、水野様、こちらでございます」

二十階でエレベーターを降りると、企画部の男性が丁重に会議室を示した。

（水野様だなんて……）

グレーのスーツに長身を包んだ水野良子は苦笑した。

扶桑証券の株式アナリストだったときは、この銀行を訪問しても「ふーん、女の子が来たのか」と、鼻で笑われるような感じで、出てくるのも精々一人か二人、肩書きは次長か、よくて部長止まりだった。格付業界の盟主、マーシャルズの看板の霊験はあらたかである。

「わたしちょっと、手洗いに寄りたいんだけど」

上級アナリストのセーラがいった。ニューヨーク本社の研修で、良子のメンター（助言者）をしてくれた三十代後半の米国人女性である。

「じゃあ、わたしがご案内します」

良子が先に立って歩く。

トイレに入ると、金髪で面長のセーラは、姿見の前で、ハンドバッグの中からコンパクトを取り出した。両目が吊り上がり、鼻が高いので、多少きつそうな印象を与える顔だ。

「ゆうべ、眠れなくてねえ……アジアに来ると、昼夜が逆転するから大変だわ。あーあ、肌が荒れちゃって、もう」

ぼやきながら、パフで頬を叩く。

良子も、並んで身だしなみをチェックし、ショートカットの髪をブラシでさっと梳《と》かした。

「ところで、この銀行なんだけど、シカゴにノンバンクの子会社を持っているから、そこの資産はどうなっているかって質問したらどうかしらね？」

ブラシをしまいながら、良子が訊いた。件《くだん》のノンバンク子会社は航空機のリースやLBO（レバレッジド・バイ・アウト）を手がけている。

「うん、いいんじゃない。……あんた、どんどん質問してよ。あたし、日本の銀行のことなんか、なーんにも知らないんだから」

男まさりのセーラはゴミ入れに片足をかけ、ストッキングに伝線が入っていないかチェックする。

「あ、それとね、あんたにだけはいっとくけど、こういうときの質問は、三つのコツがあってね……」

①こちらが分かっていないと、相手に分からせては駄目、②相手が思わず口をすべらせるような質問であること、③上司にアピールする質問であること。

「さあ、頑張りましょうか」

セーラは、コンパクトをしまうと、書類鞄をぽんと叩いた。

窓から皇居の緑を望む、見晴らしのよい会議室には、長テーブルが口の字形に並べられ、廊下側を背にして、企画部や国際部の幹部やスタッフたち二十人ほどが待っていた。役員、部長、次長クラスはテーブルにすわり、後方に、課長以下の実務スタッフが控える政府審議会スタイルだ。

間もなく、企画部門担当の副頭取が、お供をしたがえてやって来た。白髪まじりの頭髪をきちんと撫で付け、ダークスーツを着て紳士然としているが、黒縁眼鏡をかけた両目には、出世争いを勝ち抜いてきた油断のない光を湛《たた》えている。頬骨が張った長い顔は馬のようだ。

対峙《たいじ》する窓側には、「マーシャルズの良心」ピーター・サザランドが中央にすわった。灰色の髪に少しウェーブがかかり、がっしりした体格の六十歳過ぎの米国人男性である。

名刺交換と簡単な挨拶の後、企画部のスタッフが、あらかじめ用意した英文の資料を全員に配った。銀行の経営計画や収益動向、流動性、資産負債管理などについての資料だった。

「Let us first explain the situation of our bank.（それでは、最初に、当行の現状について、簡単にご説明させていただきます）」

取締役企画部長が、資料を見ながら英語で話し始めた。禿頭の丸顔で銀縁眼鏡をかけていた。

「当行は、この四月にスタートした新経営計画において、収益全体に占める国際業務と証券業務の比率を、それぞれ二五パーセントと一五パーセントに高めることを掲げています。金融の国際化、自由化が進展している昨今の環境において、新収益分野に注力することは、当然のことだと思います」

企画部長は、資産内容は健全で、手元流動性にも問題はなく、この三月期は、昨年九月にカリフォルニア州の地銀を買収した際に払った暖簾代八十七億円を一括償却したにもかかわらず、連結純利益は八百三十八億円で、三菱銀行に次いで邦銀第二位であったと述べた。

「……国内の融資におきましては、不動産を中心とした担保をしっかりとる方針でやっており、保全には問題がありません。融資に対する保全状況については、資料の八ページのとおりです。また、流動性につきましては、全国的な支店網があり、預金ベースはきわめて堅固で……」

企画部長は、時おりマーシャルズの八人に、銀縁眼鏡の奥からじろりとした視線を注ぐ。今や、国際金融市場で飛ぶ鳥を落とす勢いの当行に、格下げなど馬鹿なことをいわないでくれと顔に書いてあった。

ここ二年ほどで、国際市場における邦銀の存在感は急速に高まっている。英仏海峡トンネル建設のための五十億ポンド（約一兆二千億円）の融資では、長銀、三和、東銀、産銀の四行が幹事団に加わり、米国の地方債の保証業務におけるシェアでは、邦銀が五〇〜六〇パーセントを占め、米銀の三〇パーセントを大きく上回っている。一方で、採算を度外視した「ハラキリ・スワップ」の提供で、市場の顰蹙《ひんしゅく》を買ったりもしている。

「……当行は、国際業務と証券業務においても、適切な手法でリスクを管理しており、新規分野だからといって、過大なリスクをとっているとのご批判は、あたらないと信じます。また、従来、貴社などからご指摘があった、自己資本の低さについては、これに対処すべく……」

ピーター・サザランドは、頬に片手をあて、メモをとったり、うなずいたりしながら聴いている。

やがて企画部長は説明を終え、

「当行からのご説明は以上のとおりです。ご質問がありましたら、何なりとお訊きくださ い」

といって、マーシャルズの八人に視線を向けた。

「Thank you for your explanation. I'd like to ask first……（ご説明有難うございます。まず最初に……）」

サザランドが穏やかなしわがれ声で話し始めた。

「自己資本の充実策について、より具体的に、お聴きしたいのですが」

マーシャルズ側の同時通訳の女性が日本語に訳すと、副頭取がうなずいて企画部長に目配せし、企画部長は部下の一人に目配せした。

（目配せのリレー……邦銀的だなあ）

良子は、心の中で苦笑した。

トップ自ら答えずに、部下任せにしていることは、マイナスの印象を与える。

「当行は、現在、時価発行増資と、外貨建て転換社債の発行を計画しております。それぞれ一千億円程度、合計で二千億円の調達になる予定です」

企画部の次長クラスと思《おぼ》しい四十代の男性が日本語でいった。

マーシャルズの米国人たちは、通訳者の女性の英語を、頭に着けたヘッドフォーン型イヤホンで聴く。

「外貨建て転換社債の一千億円はデット（債務）ですので、当面の自己資本増に寄与するのは、時価発行増資の一千億円だけということになりますね？」

　ＦＩＧのトップのパトリックがいった。「一千億円だけでは、不十分ではないかと思いますが、いかがでしょうか？」

　そもそも、その一千億円自体も、マーシャルズのネガティブ・ウォッチに慌てふためいて、急遽《きゅうきょ》計画したものだ。

「当行には、膨大な株式の含み益があります。これを加算すれば、自己資本比率は八パーセントを超え、大手米銀と比較しても遜色《そんしょく》のない水準になります」

　馬面に黒縁眼鏡の副頭取がいった。

　この銀行の今年（一九八七年）三月期の有価証券含み益は、二兆五千二百六十九億円ある。しかし、これを加算しないと、自己資本比率は三パーセント前後にしかならない。

「株式の含み益は、相場次第で、ゼロやマイナスになってしまうもので、それに頼った経営は危険ではないかと思いますが、いかがでしょうか？」

「確かに、理論的にはそうかもしれないが……」

　副頭取が尊大な眼差しをパトリックに向ける。

「日本経済の成長ぶりを見てもらえれば、株価は当然の水準、いや、まだまだ安いといえるんじゃないのかね？　わたしは、日経平均は、年内に三万円になってもおかしくないと思っている。株価が上昇すれば、転換社債の転換も促進される」

不敵ともいえる自信を漲《みなぎ》らせて笑った。馬が笑っているようだった。

日経平均株価は、二年前は一万二千円程度だったが、その後、急激な上昇に転じ、現在は、二万四千円前後の水準に達している。

「副頭取は、株価は永遠に上がり続けるとお考えですか？」

金髪のセーラが、顔に皮肉を滲ませて訊いた。

「愚問だね。無論、永遠にということはない」

馬面の副頭取は不快感を隠そうともしない。

「わたしがいいたいのは、現在の株価水準でも安すぎるということだ。そして、多大な株の含み益を持った当行には、資本政策について、じっくり考える時間があるということだよ」

（これは、バツだな……）

過度に楽観的で、論理性に欠ける発言は、経営者として減点だ。

良子がマーシャルズの米国人たちの顔を一瞥《いちべつ》すると、一様に白けた表情をしていた。

「融資の保全状況についてお聴きしたいのですが」

良子がいった。

「国内融資、特に中小企業向け融資については、不動産を中心とした担保をとられていることを資料で拝見しました。堅実な融資ぶりであると、わたしどもは思っております」

副頭取と企画部長は、我が意を得たりとばかりに、大きくうなずいた。

（これもバツ）

二人の様子を見て、マーシャルズの一同は、無言でメモをとる。

良子がいった言葉は引っかけの質問だった。安易に同意することは見識の欠如とみなされる。

「ただ、株式同様、不動産価格も上下しますが、この点、どのようにお考えでしょう？」

去る七月一日、国土庁は、東京都内の基準地価が過去一年間で八五パーセント強上昇し、坪一億円以上の土地が、銀座と新宿で登場したと発表した。マーシャルズは、日本の不動産価格は、明らかに過熱していると考えていた。

良子の問いに対し、融資部長が口を開いた。

「わたしどもは、日本の不動産価格の上昇傾向は、今後十年間程度は続くと見ています。というのは、戦後のベビーブーマーといわれる人々が、マイホーム取得の時期にきているからです」

　融資部長は、浅黒い顔の五十がらみの男性だった。

「不動産価格は、ここのところ確かに上昇していますが、GDPの伸びほどではありませんし、一九七〇年代からの長期的スパンで見れば、価格の上昇はごくゆるやかなものです」

　融資部長は、用意してきた資料を全員に配布した。A4判の横書きの用紙に、一九七〇年を百としたGDPと六大都市市街地価格指数（住宅地）の伸びが、緑と赤の折れ線グラフで示されていた。

　GDPの指数は、現在、だいたい六百で、市街地価格指数は四百くらいである。

　確かに、GDPの伸びのほうが大きいが、土地の価格が十七年間で四倍になったというのも、かなりの上昇ぶりだ。

（もっともらしい理屈をつけて説明すれば、我々が納得するとでも思っているのだろうか？この人たち、世の中を舐《な》めてるんじゃないの？）

　大手邦銀の内向きで独善的な発想を目の当たりにした気分である。

「担保不動産価格の評価は、どのようにされているのでしょうか？」

　マーシャルズ・ジャパンの主任アナリストの男性が訊いた。

「原則一年ごとに担保価値を見直しています。担保不足があれば、ただちに追加で差し入れてもらうか、融資を返済してもらいます」

融資部長がいった。

「本当に、一年ごとに見直しがなされているのでしょうか？　実は、わたしの友人に、こちらの銀行の支店に勤務している方がいるのですが、預金獲得や融資の売込みで忙しくて、担保不動産の評価は、三年に一度くらいやればましなほうだと聞いています」

日本人主任アナリストは、意地の悪そうな視線を投げかけた。コネを使って、事前に下調べをしてきたようだ。上司にアピールする質問の例である。

「三年に一度というのは……ずいぶんひどい話ですね。どの支店なのか、是非とも教えてもらいたいもんですなあ」

融資部長は、戸惑った顔に空虚な笑いを浮かべた。


その晩——

良子たちは、サザランドらを夕食に招いた。場所は、台東区入谷にある天麩羅《てんぷら》屋だった。

店内には十席の白木のカウンターとテーブルが二卓あり、内装は簡素で清潔感があった。

もともとは三ノ輪にあったが、四代目にあたる現在の主人になって、入谷に移ってきた下町の老舗である。値段は、一人五、六千円の手ごろな水準だった。かねがねサザランドが、格付けにたずさわる者は、質素を旨とすべしといっているので、その方針に合う店を選んだ。

サザランドは、韓国の銀行を訪問したとき、贈られたプレゼントをすべて自費で送り返したこともある。

「……the deputy president was hopeless, wasn't he?（あの副頭取は、救いようがなかったねえ）」

カウンターにすわったパトリックが呆《あき》れたようにいい、白魚の天麩羅を箸でつまんで口に運ぶ。

「だいたい、国際業務や証券業務に出ていこうっていうのに、外からの人材を登用しないで、生え抜きの日本人中心でやっていこうっていうんだから、無理がありすぎるよ。傲慢すぎる」

パトリックは苦々しげにいった。

「彼らが相手にしなけりゃならないアメリカの投資銀行は、金融工学で武装した海千山千の連中なんだから」

米国の資本市場は、オプション理論や証券化の技術を駆使するソロモン・ブラザーズやドレクセル・バーナムといった群雄が割拠する戦国時代だ。

「ほんとよねえ。株価にしても不動産価格にしても、よくあそこまで楽観的になれるもんだわ」

男まさりのセーラは、手酌で熱燗《あつかん》を飲んでいた。

「しかし、ほかの銀行も、ニュアンスに多少の差こそあれ、だいたい似たようなことをいっていたね。……日本人は、本当に株や不動産が下がらないと思っているんだろうか？　それとも、わたしたちが何かを見落としているんだろうか？」

カウンターの上に置いた舞茸《まいたけ》と穴子の天麩羅を、塩でゆっくりと味わいながらサザランドがいった。

「バンカーたちに限らず、日本人は、好景気に浮かれて、真実を見失っているのかもしれません」

良子がいった。

日本経済はバブルの様相を呈してきていた。二月にNTT株が新規上場されると、財テクブームに乗って、百六十万円の初値が付いた。イタリアン・スーツにスイス製腕時計を身に着けた地上げ屋たちが銀座の高級クラブにベンツで乗り付け、巷《ちまた》では、輸入車、大型テレビ、ブランド商品、一食千円のインスタントラーメンなど、ハイグレード商品に人気が集まっている。扶桑証券の国際引受部に勤める良子の夫は、発行案件が山ほどあって目が回るほど忙しく、しょっちゅう深夜まで残業し、カプセルホテルに泊まっている。誰もが株と地価の永遠の上昇を信じ、ＯＬまでが借金をして、株やワンルームマンションを買っている。

「怖いのは、アメリカも日本も、戦後、大きな暴落を一度も経験していないことだね。だから、株価や地価が永遠に上がり続けるという幻想を抱くのだろう」

四十年近く世界経済を見詰めてきたサザランドがいった。

「まあ、米銀でトリプルAは一行しかないし、S&Dも邦銀の格付けはダブルA止まりが大半だ。我々の格付けが、少し甘すぎたのかもしれないね」

サザランドの言葉に、良子たちはうなずいた。

米銀でトリプルAはJPモルガン一行だけで、シティバンク、セキュリティ・パシフィックはダブルA、中南米向け焦付債権に苦しむバンク・オブ・アメリカはトリプルBである。また、S&Dがトリプル Aを与えている邦銀は、産銀と農林中金だけで、それ以外は、ダブルA以下だ。

「格付けは、株や不動産のマーケットが最悪になるという、いわば土砂降りの雨の中で、持っている傘が役に立つかどうかを評価するものだ。日本の株価や不動産価格が最悪になったと仮定して、邦銀の信用力を、虚心坦懐《きょしんたんかい》に評価してみようじゃないか」

サザランドは、日焼けした大きな手で箸を持ち、穴子の天麩羅を口に運ぶ。

胡麻《ごま》油とコーン油をブレンドした油で揚げた天麩羅は、からりとしていた。

「ところで、ピーター、週末はどうされるんですか?」

良子が訊いた。サザランドは、週末を日本で過ごし、月曜日の便でニューヨークに戻ることになっている。

「せっかく日本に来たので、富士山に登ってみようと思ってるよ」

「あ、そうなんですか」

良子は、六十歳を過ぎたサザランドの若さにあらためて驚く。

「リョーコは、富士山に登ったことはあるんだろ？　どうだったかね？」

「いえ、わたしは、まだ登ったことはありません」

「えっ、本当⁉　なぜ？　リョーコは、日本人なんだろう？」

両目をまじまじと見開き、隣りの良子を見詰める。

「え、ええ。もちろんそうです」

良子は、サザランドの驚き方に驚いた。

「じゃあ、どうして富士山に登らないんだ？　富士山は、日本の象徴なんだろう？　日本人は、全員富士山に登るんじゃないのか？」

サザランドは、愕然《がくぜん》とした顔つきである。

「いえ、今まで機会がなくて……」

戸惑いながら答えた。

「じゃあ、一緒に行こう。きみのハズバンド（夫）も連れてきたらいい」

我ながらいいアイデアという顔つきでいった。


土曜日――

水野良子は、富士宮《ふじのみや》口新五合目のレストハウスの前に立っていた。帽子、長袖シャツにベスト、厚手のズボン、登山靴、背中にザックという格好で、ほとんどすべて買ったばかりの新品だった。同い年で、扶桑証券に勤務する夫も一緒である。

新五合目は標高二四〇〇メートルで、三島駅発の登山バスで来ることができる。ここから徒歩による登山が始まる。

「OK, Let's go!」

レストハウスから登山姿のピーター・サザランドが出てきて、意気軒昂《けんこう》な様子で歩き始めた。

つばのついた登山帽は、年季が入って煮しめたような色で、茶色い登山靴には、無数の細かい傷がついていた。ゲートルのようにズボンの上からはいた靴下は、分厚い柄物である。

石ころまじりの道を、三人は歩いてゆく。道のそばに、黄色い高山植物が生えていた。周囲で、ザックを背負った登山者たちが歩いている。杖《つえ》をついている人もちらほらいる。

天気は快晴で、空に白い雲が浮かんでいた。澄んだ空気が肺の隅々まで沁《し》み渡る。

雲海荘と宝永山荘の二軒の山小屋がある新六合目（標高二四九〇メートル）までは、ゆるやかな上り坂だった。山小屋の前の木製のベンチで人々が休息していた。そのあたりから勾《こう》配《ばい》がきつくなり、本格的な登山が始まる。足元は、砂礫《されき》と岩が混じり合っていて、滑りやすい。

隣りの夫を見ると、緊張した面持ちで、黙々と歩いていた。学生時代は、ハンドボールの選手だったが、社会人になってからあまり運動をしていない。

新七合目（二七八〇メートル）にさしかかる頃になると、二人とも息切れがしてきた。大柄なサザランドは、相変わらず前方を軽々と歩いていて、とても六十歳過ぎとは思えない。

元祖七合目（三〇三〇メートル）に着いたとき、出発してから二時間が経過していた。

「ちょっとここで一休みしよう。ほら、素晴らしい眺めだよ」

サザランドが立ち止まって、麓《ふもと》のほうを指で示した。

なだらかな緑の裾野《すその》が遠くまで続き、途中の空に白い雲が浮かび、遥か彼方に、伊豆半島を挟んで、左手に相模《さがみ》湾、右手に駿河《するが》湾が鈍い青色に光っていた。雄大な景観で、都会で積もり積もった疲労や倦怠《けんたい》感が、消えていくような気分だった。

「しかし、体力あるなあ。あれで還暦過ぎてるっていうんだから……」

ミネラルウォーターを飲みながら、夫がサザランドを横目で見る。

サザランドは背筋をぴんと伸ばし、満足そうな表情で麓のほうを眺めていた。

「ピーターの凄《すご》いところは、体力もさることながら、腹が据わっていることね」

ハンカチで顔の汗を拭きながら、良子がいった。

「腹が据わっている？」

「ええ。彼は、どんなときでも平静なの。格付けという仕事では、とても重要な資質だと思うわ」

企業を取り巻く環境は、当然のことながら、いいときも悪いときもある。いいときには、プラスの方向に、悪いときには、マイナスの方向に、偏向をもって見るのが人の常だ。しかし、サザランドの場合、どのような事態であろうと、周囲の人間がどのように慌てふためこうと、判断がまったくぶれない。おそらく、様々な経験や修羅場を経てきたためだと思われる。

「腹が据わってるっていえば、前にいってた、アシカと泳いだ話は凄かったなあ」

夫が、感嘆半分、呆れ半分の口調でいった。

「そうね」

良子は、くすりと笑った。

今年の春先に、米国西海岸にサザランドと一緒に出張したときのことだった。邦銀の現地法人などとのミーティングが終わったあと、サザランドの妻も合流して、週末を一緒にすごすことになった。

三人で、海を眺めながら散歩していると、沖のほうに、アシカが何十頭も泳いでいるのが見えた。

サザランドは突然「彼らと話してくる」といって、服を脱ぎ始めた。

季節はまだ春先で、海水はかなり冷たかった。しかし、サザランドは、平気で海の中に入って行こうとする。妻と良子は、「危ない。あなたは年齢も年齢だし、水も冷たい。心臓麻《ま》痺《ひ》になったり、海流に流されたりしたら、わたしたちは助けられない」と必死で止めた。しかし、サザランドは、「自分は、学生時代にバスケットボールの選手だったし、普段から鍛えているから大丈夫だ。万一、心臓麻痺になっても、それはそれで本望だから、別に助ける必要もない」といって、どんどん沖のほうに泳いで行ってしまった。妻と良子は、呆然として見送るしかなかった。

双眼鏡を持っていたので、岸辺から二人で心配しながら、代わる代わる様子を見ていると、サザランドは、本当に沖のアシカの群れの中に入って行って、アシカの頭を撫でたりし始めた。双眼鏡の中に見える表情は実に楽しそうで、ずいぶん長いことそうしていた。良子は、見ている自分のほうが寒くなりそうで、サザランドの生命力に、ただただ圧倒される思いだった。

「マーシャルズ・ジャパンの人たちは、他の外資で働いた人たちも多くて、日本人だというだけで軽く見られたり、差別的な扱いを受けたりして悔しい思いをした経験があるけれど、みんな『ピーターからは、そんな扱いをされたことは一度もない。彼は、人間を平等に扱う人だ』って、口を揃えていってるわ」

　良子がいうと、夫は深くうなずいた。

「たぶん、すべての人や物に対して一切の偏見なく、公平に接するというのが、彼の流儀なんだろう。……さすがだね」

　あたりを、涼しい風が吹き抜け、周囲の空は、抜けるように青かった。

「さあ、そろそろ出発しようか」

　サザランドが朗らかにいった。

5

八月下旬——

マーシャルズ・インベスターズ・サービスは、三和、三菱信託両行の格付けを、トリプルAから一ノッチ下げて、Aa1に、長銀の格付けを二ノッチ下げて、Aa2に、Aa1だった東銀の格付けを、一ノッチ下げて、Aa2にした。

格下げのプレスリリースは、最初に良子が英文で書き、社内の承認を得てから、マーシャルズ・ジャパンの格付部門の翻訳者が日本語に直した。

プレスリリースは、ごくあっさりした内容で、長銀を例にとると、次のようなものだ。

『マーシャルズ、日本長期信用銀行の長期格付けをAa2に引下げ』

表題のあとに、本文が続く。

『一九八七年（昭和六十二年）八月二十六日・東京、マーシャルズ・インベスターズ・サービスは、日本長期信用銀行の一般社債格付けと、長期預金債務に関する格付けを、Aaaから Aa2に引き下げた。同時に、同社が保証している子会社の長期格付けも、Aa1からAa2に引き下げた。

マーシャルズによると、この格下げは、日本の金融システムにおける長信銀の将来的役割の不透明さにもとづいている。また、日本の債券市場の自由化、および企業の資金調達の証券化の進展により、国内金融市場における同行の重要性が低下する可能性があり、国内の支店網が主要都銀に比べて限られているため、リテール（小売）、およびミドル（中堅・中小企業）・マーケットに食い込むことはより困難であろうという見方によるものである。』

英文も和文も、それぞれ一ページの簡単なものだった。

社内では、「プレスリリースの内容は、可能な限り、曖昧《あいまい》な表現にすること」と口を酸っぱくしていわれている。昔、ある金融機関を格下げしたとき、プレスリリースに「これこれの不良債権があるので、格下げする」と書いたところ、「その不良債権は、すでに処理した」と反論された失態の反省によるものだ。

マーシャルズは、四行の格下げと同時に、第一勧銀、産銀、住友信託、三井信託の格付けを、格下げ方向で見直すと発表した。


プレスリリースを出す直前に、良子が邦銀の担当者に電話をして内容を伝えると、相手は激しく憤慨し、抗議してきた。

「発表の十分前になって、内容を連絡してくるとは、どういうことですか！　まるでだまし討ちじゃないですか！」

「いえ、事前にお伝えしたのは、あくまで貴行の便宜のためです。当社はいったん格付けを決定した場合、格付先からクレームがあっても、変更はしません」

良子は、努めて冷静にいった。

S&Dや日本の格付会社は、格付けに不満があるとき、格付先に反論の機会を与える「アピール」という制度を設けているが、マーシャルズにはそのような制度はない。

「だいたい、アメリカが金融の自由化や市場開放を要求してきたんじゃないか！　アメリカのいうことを聞いて、それに沿った経営計画を立てたら、途端にアメリカの格付会社が格下げをいってくるなんて、罠《わな》か詐欺だ！　お前ら、ウォール街と結託して、日本の銀行の足を掬《すく》おうって魂胆なんだろう⁉」

「わたしどもの格付けは、純粋にわたしどもの判断によるものです。外部からの影響は一切受けておりません」

格付委員会における議論は、学術的なほど純粋なものだ。ただ、マーシャルズの社長は国務省の出身者で、本社でどのような影響を及ぼしているかは、日本にいる良子からは見えない部分である。

「格下げで、資金調達コストは上がるし、アメリカの地方債の引受業務にも影響が出るんだぞ！　どうしてくれるんだ⁉　場合によっては、損害賠償を請求させてもらうからな！」

「格付けは、単なる我々の意見の表明です。意見を表明する権利は、アメリカや日本の憲法で保障されています」

これまでマーシャルズは、格下げで損害をこうむったという企業から何度も訴えられた。

しかし、「格付けは、単なる意見の表明で、合衆国憲法修正第一条で保護されている『言論の自由』である」と主張して、ことごとく訴訟に勝ってきた。また、米国の判例は、格付会社の記録の提出さえも不要としている。

「あんたがたは、単なる意見の表明というが、現実に、我々に不利益を及ぼすんだぞ！　事実を見れば、単なる意見の表明で済まされないのは明らかだろ！　現実を見てみろよ！　影響を考えろよ！」

「…………」

確かに、格付けの影響は大きい。この点は、良子も、単なる意見の表明で済ませていいのだろうかと思うことがある。

しかし、マーシャルズでは、会社の主張と違う発言を外部に対してするのは、厳しく禁じられている。

「申し訳ありませんが、格付けは、単なる意見の表明であるというのが、わたしどもの一貫した立場です。これ以上のことは、わたしには申し上げられません」

良子は、会社の主張を繰り返した。

「うちは、邦銀の中でもトップクラスの収益で、ぴかぴかの銀行なんだぞ！　こんなわけの分からない格付けをしてたら、信用をなくして、自分たちの首を絞めるぞ！」

相手はますます激昂《げっこう》してきた。もはや議論にならない。

「日本人のくせに、外資の手先になりやがって。恥を知れ、恥を！」

企画部の幹部は、乱暴な音を立てて電話を一方的に切った。

三和、三菱信託、長銀、東銀の格下げは、マスコミでも少なからず話題になった。

読売新聞が、『米マーシャルズが邦銀四行の長期債を格下げ、リスク増大、備え不十分と』、朝日新聞が、『邦銀の格付け引下げ、米での営業圧迫か』などと報じた。

ある経済誌は、『邦銀狙い撃ち〜世界的格付会社マーシャルズの役割』という見出しで、三ページにわたる特集を組んだ。

『格付会社マーシャルズ・インベスターズ・サービスが、有力邦銀の長期債格付けを次々と下げ始めた（短期債務の格付けは、最上級のP1に据え置き）。

格下げされた銀行の組み合わせをよく見ると、都銀、長信銀、信託という三つの業態から、それぞれ一、二行ずつとり上げている。次回についても同様だ。これは邦銀全体に網をかけようとする「邦銀狙い撃ち」である。

一方で、邦銀の海外での行き過ぎた活動や、証券部門の毎年の収益のぶれ、自己資本比率の低さなどが従来から指摘されているのは事実である。

現在、ＢＩＳ（国際決済銀行）の銀行規制監督者会議（クック委員会）で、銀行の自己資本比率に関する国際的統一基準を作ろうという話し合いがなされている。邦銀にとっての最大の関心は、株式の含み益を自己資本比率の算定に含むことができるかどうかである。

しかし、米国の銀行は株を持つことができないし、欧州の銀行は株をあまり持っていない。邦銀の主張がすんなり認められることはまずないだろう。

金融革命は予想以上のテンポで進んでいる。今回のマーシャルズの格下げを待つまでもなく、より健全な銀行経営が求められるのは、いうまでもない。』

第二章　勝手格付け

1

一九八八年秋——

大手生命保険会社・日比谷生命の大卒新入社員・沢野寛司《かんじ》は、大きなミカンの段ボール箱を抱えて、宇都宮市内の支部と呼ばれる営業所のドアを開けた。

栃木県の県庁所在地・宇都宮市は人口約四十五万人で、北関東最大の都市である。江戸時代に奥州街道と日光街道の分岐点の宿場町として栄え、第二次大戦中は中島飛行機などの軍需産業が盛んだった。戦後、中国大陸から復員した元兵士たちが餃子屋を始め、今は餃子の町として全国的に知られる。

「こんちわー！　支社の沢野でーす」

紺色のスーツ姿の沢野は、元気よく挨拶した。

「あーら、寛ちゃん、いらっしゃーい」

「相変わらず男前ねー」

十人ほどいたセールスレディのおばさんたちから、親しげな声が上がる。彼女たちはデスクで獲得した契約書の内容をチェックしたり、化粧を直したり、顧客名簿を見て電話をしたりしていた。残りの十人ほどは営業活動のために外出中だ。

「皆さん、いつもお疲れさまです。支社からの陣中見舞いを持ってまいりましたっ」

沢野は、一人一人のテーブルの上に、網の袋に入ったミカンを配って歩く。

「新入社員は大変ねー。頑張ってよー」

おばさんの一人が、夏の契約獲得キャンペーンのときに配った団扇《うちわ》で、沢野を扇《あお》ぐ。

「寛ちゃんの実家って、東京の佃煮《つくだに》屋さんなんでしょ？　何か安くていい佃煮ない？　よくお客さんを紹介してくれる人に、お礼に持って行きたいんだけど」

今野さんという女性が訊いた。四十代前半の真面目な女性である。サラリーマンの妻で、家の住宅ローンを払うために生保レディになった。

「あ、今度、親父に訊いときます。うちの佃煮は、まあ、何でも美味《うま》いですけど」

髪をきちんと刈った一昔前の時代劇の若侍ふうの顔の沢野は、段ボール箱を手に答える。

「あ、寛ちゃん、東京の人なのー。だから話し方がしゃきしゃきしてて、顔もちょっと昔っぽい醬油顔なんだ。……何で栃木みたいな田舎に配属されたのよ？」

別の女性が訊いた。

「何でといわれましても……えー、まあ、東大卒じゃないからですね」

東大出の新入社員のうち半分は日比谷にある本社に配属されるが、私大卒は、全員が支社に配属される。栃木県内には、一つの支社と、二十六の支部（営業所）がある。

「ところで寛ちゃん、旅行の行き先は決まったのぉ？」

渡辺さんという五十代半ばの女性が訊いた。この道二十年のベテランで、相手を吸い寄せるような目でじっと見る癖がある。契約者はその視線に負けて、思わず判をついてしまうといわれる。

旅行というのは、社内で「施策旅行」と呼ぶ成績優秀者を一泊で招待する温泉旅行のことだ。

「はい、一応ですね、山形県の銀山温泉に行く予定をしております」

山形県東部の尾花沢市の山間《やまあい》にある温泉地で、大正時代の面影を残す古い町並みが残っている。

昨年の旅行先の熱海が月並みだと不評だったので、趣向を変えた。

「宿は、混浴風呂があるところにしてよね。あたし、寛ちゃんと一緒に入るからさぁ」

渡辺さんがいうと、賑《にぎ》やかな笑い声が上がった。

「は、はい。混浴風呂がある宿にするよう、支社長に進言いたします」

顔を赤くして、沢野はミカンを配り続けた。


三時間後——

「ただ今、戻りましたー」

五つの支部にミカンを配り終えた沢野は、宇都宮駅前の目抜き通りである大通りに面した、日比谷生命栃木支社に戻った。

栃木支社は、県内にある二十六支部を統括しており、内勤の職員が約三十名いる。そのうち大卒男性社員は七名である。

「おー、お疲れ。さっき古谷さんから、『ご依頼の件は、明日、ご報告します』って電話があったぞ」

五年次上の先輩がいった。

古谷さんというのは、保険の調査員だ。

「あっ、そうすか。分かりました」

返事をして、自分の席にすわる。

古谷氏の電話は、ある新規の生命保険契約に関する調査のことだった。被保険者と保険金受取人がまったく別姓の男女で、担当のセールスレディによると、二人は近々結婚する予定であるという。しかし、保険金詐欺の可能性もあるので、本当に結婚するのかどうか、調査員に調べさせることにした。

沢野の仕事の一つは、新規契約の形式（印鑑もれや記入もれがないか等）や契約内容をチェックすることである。

「おお、日経平均が、二万七四〇〇円かぁ。いったいどこまで上がるのかねえ」

隣りの席の関谷さんが、日経新聞を見ながら、緑茶をすすった。のんびりした性格で、あまりうだつが上がらない中年男性である。

昨年（一九八七年）十月二十日に、米国の「ブラック・マンデー」のあおりで、三千八百三十六円四十八銭安という未曾有《みぞう》の暴落を記録した日経平均株価は、その後、再び上昇に転じていた。今年に入ってからは、一本調子の上げで、このままいくと、年末には三万円の大台に乗りそうな勢いである。

おかげで生命保険は売れに売れ、日比谷生命の栃木県内の各支部でも、増員に次ぐ増員で、支社の数を二つに増やすことを計画している。

「ところで、寛ちゃんさ、例のグラフできたか？」

五年次上の先輩が訊いた。

「あ、もうちょっとです。あと三、四十分もあれば」

「遅くとも今日中には頼むぞ」

「はい、すぐやります」

スーツの上着を脱ぎ、机の上に置いてあった資料の束を手に立ち上がる。

室内の片隅に一台だけ置いてあるブラウン管式のパソコンの前にすわって、スクリーンを立ち上げた。

膝の上に載せた資料のページを繰って視線を落とし、キーボードを叩き始める。新規契約獲得状況のグラフで、各支部にはっぱをかけるために作るものだ。

（あーあ、ミカン配ったり、グラフ作ったりするのもいいけど、もうちょっと知的な仕事がしたいなあ……）

キーボードを叩きながら、心の中でぼやいた。

2

「……今、ちょうど読んだところだ。とにかく、厄介なことになったな。極秘裏に処理しようとしていたのに。……そうか、河村社長がコメントを出すのか。……ああ、そうしてくれ」

住之江《すみのえ》銀行常務取締役企画部長・西脇一文は、戦国武将のような顔に緊張感を漂わせ、受話器を置いた。

十年ほど前から住んでいる東京都調布市にある二階建ての大きな邸宅の居間には、そろそろ花芽を付ける月下美人の鉢が三つ置かれていた。テニスでインターハイに出場したこともあるスポーツマンだが、現在の趣味は花を育てることだ。

朝餉《あさげ》のテーブルの上に開いていた日経新聞の朝刊に、再び視線を落とす。

まがまがしい見出しが躍っていた。

『伊藤萬、土地・債務圧縮急ぐ——住之江銀行、融資規制受け協力』

一九九〇年五月二十四日、木曜日——

中堅総合商社・伊藤萬《いとうまん》の巨額債務問題がすっぱ抜かれた。同社の主力銀行は住之江銀行である。

伊藤萬は、明治十六年に、伊藤萬助が船場《せんば》で創業した繊維商「伊藤萬商店」を前身とする東証一部上場企業だ。一九七三年の第一次オイルショックで経営が悪化したため、住之江銀行の常務だった河村良彦が社長として送り込まれ、経営を建て直した。

その後、河村は独裁化し、バブルの波に乗って拡大路線を突っ走った。山口組と親交が深い前科一犯の伊藤寿永光《すえみつ》を企画監理本部の顧問として入社させ、許永中《きょえいちゅう》のような怪しい人物と取引を始め、土地、株、ゴルフ会員権、絵画、骨董《こっとう》品などに巨額の投資を行なった。その多くが、不良債権化している。

厄介なことには「住之江銀行の天皇」と呼ばれる会長の磯野《いその》一郎の長女がセゾングループ系の高級美術品販売会社で働いており、河村を通じて、伊藤萬に巨額の美術品を売っていた。河村は、磯野の長女の夫が設立した会社を、伊藤萬挙げて支援し、磯野一郎と癒着して、住之江銀行から巨額の融資を引き出した。


『中堅商社の伊藤萬と主取引銀行の住之江銀行は伊藤萬の過大な保有不動産の処分と負債削減を急ぐことになった。（中略）借入金は連結決算ベースで一兆二千億円程度に達している。これに対し大蔵省が三月末から不動産関連融資の総量規制に踏みきったため、住之江銀行の全面協力を得て財務内容改善に取り組むことにした。（中略）こうした借入金の増加分の大半は不動産投資に充《あ》てられている。しかし取得した不動産の多くが商品化していないのが実状で、今年に入ってからの金利上昇で、金利負担が急速に重くなる恐れも出てきた。』

西脇は、日経新聞から視線を上げると、濃紺のスーツを着て、書類鞄を提げ、玄関に向かった。

夫人に見送られて玄関を出ると、待っていた黒塗りの車に乗り込む。

空はよく晴れ、爽《さわ》やかな初夏の風が吹いていた。

（また、不良債権処理か。今度も厄介な仕事になりそうだな。……何から手をつけるべきか……）

リアシートに背中を預けたまま、考えを巡らせる。

昭和三十六年に大阪大学法学部を卒業して住之江銀行に入行し、大阪市大正区の支店に三年、調査部に八年、東京の融資部に三年勤務した。入行十五年目（一九七五年）に、カナダの大型製油所向け融資の焦げ付きから経営危機に陥った下位総合商社・安宅《あたか》産業の問題を処理するため、精鋭部隊の融資第三部が新設されると、初代次長に就いた。部を担当する副頭取は磯野一郎だった。西脇は、実務を取り仕切り、伊藤忠商事による安宅産業吸収合併のシナリオを描いて、実行した。

一九八六年十二月に、住之江銀行が平和相互銀行を吸収合併すると、西脇は「出世の登竜門」である丸の内支店長を一年で切り上げ、本部に呼び戻された。企画部長兼融資企画部長として、金屏風《きんびょうぶ》事件に象徴される平和相互銀行の内紛と乱脈融資によってもたらされた五千億円に上る不良債権を処理し、人員削減などの大規模なリストラを行なった。

（果たして、伊藤萬は自主再建できるような状態なのだろうか？）

西脇は、口を真一文字に結んで考える。

伊藤萬には、ただちに約三十人からなる住之江銀行の部隊が送り込まれ、徹底調査することになっている。報道されたことで、会長の磯野一郎に遠慮する必要がなくなったことだけは、幸いだった。

（とにかく、住之江銀行への負担を、最小限に食い止めなければ……）

西脇を乗せた車は、爽やかな五月下旬の朝日の中を、都心に向けて走り続けた。

二時間後——

千代田区内幸町《うちさいわいちょう》一丁目の「インペリアルタワー」の十三階にあるマーシャルズ・ジャパンの会議室で、水野良子とＦＩＧ（金融機関担当グループ）の主任アナリストの日本人男性が話をしていた。

「……特に嫌なのは、検察が動き出してるっていう話があることですね」

目の前のテーブルの上には、伊藤萬の一兆二千億円の借入と不動産在庫の不良債権化を報じる日経新聞の朝刊が置かれていた。

「犯罪行為があるっていうこと？」

主任アナリストの男性が、表情を曇らせる。

「三千億円くらいの金が、伊藤萬を介して、暴力団とか闇社会に流れていて、回収不能という噂があるそうです」

「ほんと⁉」

主任アナリストの男性は、顔を顰《しか》めた。

「有価証券報告書を見ても、この一年間で、ノンバンク子会社のイトマンファイナンスへの貸付金が五千五百六億円も増加しています。子会社をつうじて、投機的な投資や、闇社会との取引をやっているんだと思います」

良子が、赤鉛筆で印を付けた「関係会社貸付金明細表」を開いた。

イトマンファイナンス以外にも、伊藤萬不動産販売へ千七百九十八億円、名古屋伊藤萬不動産へ千九十二億円、エムアイクレジットへ千八百三十億円と、貸付金が爆発的に増えていた。

「住之江銀行は、伊藤萬に対して、どれくらいの債権を持ってるの？」

「公表はされていませんが、五千億円程度のようです。伊藤萬の借入が一兆二千億円なら、メーンバンクがそれくらい融資していてもおかしくないですよね」

伊藤萬には常務以上の役員が十八人いるが、そのうち八人が住之江銀行出身者だ。それ以外に、七人の平取締役が住之江銀行から送り込まれ、銀行の子会社化している。

「仮に回収不能額が半分の二千五百億円だとしても、銀行の屋台骨を揺るがしかねない金額だと思います」

住之江銀行の自己資本は、三千四百四十二億円である。

「伊藤萬だけじゃなくて、大蔵省の総量規制で、今後、不動産価格が下がる可能性がありますから、不良債権がますます増加するおそれもあると思うんです」

去る三月に、大蔵省は銀行局通達を出し、不動産向け融資の伸び率を、総貸出しの伸び率以下に抑える「総量規制」を金融機関に求めた。

「株価も下がってるしなあ」

主任アナリストは、冴えない表情で、プラスチックカップのコーヒーをすする。

昨年（一九八九年）十二月二十九日の大納会で、三万八九一五円の史上最高値（終値）を付けた日経平均株価は、年が明けてから下げる一方で、現在、三万二一八四円まで落ちてきていた。

「株価も不動産価格も一時的な調整局面で、また上昇に転じるっていう意見もあるようですが、格付けに関しては、最悪を想定して考えるということで、よいのではないでしょうか」

ピーター・サザランドの教えを、良子はいった。

「そうだね。……ただ、今すぐネガティブ・ウォッチにかけるとはいいづらいよなあ」

一ヶ月ほど前に、マーシャルズは、トリプルAの格付けを持つ住之江、三菱、富士、第一勧銀の四行のうち、富士と第一勧銀を格下げ方向で見直すと発表した。これに対して、両行が「納得できない」と猛反発したので、マーシャルズは「同じ上位都銀でも、経営体質の差はつき始めているのではないか」と回答した。

「住之江銀行のネガティブ・ウォッチを対外的に発表するのは、富士と第一勧銀の格下げをしてからのほうがいいね」

「そうですね」

良子はうなずいた。

「ところで、今度来る支社長（駐日代表）って、どんな人か、ご存知ですか？」

マーシャルズ・ジャパンのトップが近々交代することになっていた。新しいトップは、ニューヨーク本社で働いている梁瀬《やなせ》という名の日本人だという。

「本社の自動車関係のアナリストだけど、帰国子女らしいね」

「帰国子女？　父親が商社か何かですか？」

「重機メーカーか、エンジニアリング会社だって聞いたような気がする。子供の頃アルジェリアにいたそうだ」

アルジェリアでは、一九六〇年代から八〇年代にかけて日本企業がセメント工場や製鉄プラント、製油所などを造っていた。梁瀬は、そうした第一世代の海外駐在員の子供ということになる。

「日本に帰国したあと、学校でいじめに遭って、高校からはずっとアメリカらしいね」

「いじめ？」

良子が顔を曇らせた。

「アフリカにいたので、『土人、土人』といじめられたらしい。……ニューヨークで一度会ったことがあるけど、日本人に対して冷たいような感じがしたなあ」

「そうなんですか」

漠然と嫌な予感がした。

3

十一月——

間もなく二十九歳になる乾慎介は、都内の結婚式場のひな壇の上に立ち、紋付に袴姿《はかますがた》でマイクを持って歌っていた。

「ふたりをー、ゆーうやみがぁー、つーつむー、こーの窓辺にー……」

隣りでは、花嫁衣裳《いしょう》姿の香が、顔を赤らめて俯《うつむ》いていた。

「あしたもー、すーばーらしぃー、幸せーが、くるだろー」

両目を閉じ、陶酔したような表情で、乾は歌い続ける。声は大きいが、歌は決して上手《うま》くない。

「ふっるー！　今どき、結婚式で加山雄三なんか歌う奴がいるのかよ⁉」

テーブルの一つで、礼服を着た和協銀行の同期生の男が笑った。

「まったく、乾らしいよなあ」

同じテーブルの男が苦笑する。

披露宴に集まった二百人ほどの出席者たちは、食事をしたり、談笑したり、ひな壇の香のところに行って酒を注いだりしている。

「まあ、あいつは、スマートさはないけど、ほんとによく頑張る男だよな」

別の同期生の男がいって、グラスの白ワインを口に運ぶ。

「大学時代から付き合ってた彼女と結婚するっていうのも、一途《いちず》な感じで、いいんじゃないの」

　別の男がいった。

「入行当初からいってた営本《えいほん》にも行って、不動産会社を担当してるんだから、たいしたもんだよ」

　乾は、横浜支店に三年勤務したあと、秋葉原支店で融資をやり、最近、本店営業本部（略称・営本《えいほん》）に異動になった。

「ドメの銀行員として順風満帆の人生だよな。……まあ、あいつは、それだけの努力はしてるよ」

　テーブルを囲んだ、同期生の男たちがうなずいた。

「ところで、新婚旅行はどこに行くんだ？」

「どこだと思う？」

「まあ、あいつのことだから、熱海かハワイだな」

　一同が笑った。

　翌日――
　乾慎介は、成田空港第二ターミナルにある日本航空の「サクララウンジ」にいた。

ネイビーブルーのカーペットが敷き詰められ、ソファーがゆったりと配置されたビジネスクラス専用ラウンジは、五つ星ホテルのようだった。

「へー、住之江と三菱が、マーシャルズに格下げされたのか……」

乾は冷えたビールを口に運びながら、日経新聞の記事を読む。

足元には、不動産に関する専門書が何冊か入ったボストンバッグが置かれていた。新婚旅行中も勉強するつもりだった。

かたわらでは、柿色の薄手のセーターを着た香が、ハワイのガイドブックを読んでいた。

「新格付けは、両方ともＡａ１か……。八月に、富士と一勧がダブルＡに下げられてるから、これでトリプルＡの邦銀は、一つもなくなったわけか」

マーシャルズは、住之江銀行の格下げの理由について、伊藤萬問題による収益圧迫懸念、三菱銀行のほうは、中小企業取引の取組みの遅れを指摘していた。また、不動産融資のリスク増大や、株価下落による経営環境の悪化も指摘した。

日経平均株価は、二万二九三一円まで下落した。年初から比べると、実に一万五九八四円の下落である。下落は一時的なものではないかという関係者の一縷《いちる》の望みを断つ直接のきっかけになったのが、八月二日のイラクによるクウェート侵攻であった。その日、日経平均の終値は三万二四五円を付け、そのあとは下げる一方だった。

「あ、搭乗が始まったみたい」

出発案内のスクリーンを見て香がいった。

「お、そうか」

乾は新聞を折り畳み、丸テーブルの上に戻す。

「わたし、ビジネスクラスに乗るの初めてなんだ。どんなのか、楽しみだなあ」

「まあ、新婚旅行くらい贅沢《ぜいたく》しようや」

乾は、パナマ帽をかぶって、立ち上がった。すでに気分はハワイである。


同じ頃——

マーシャルズ・ジャパンの駐日代表室のソファーで、半年前から駐日代表を務めている梁《やな》瀬《せ》次郎が、水野良子とＦＩＧの主任アナリストを前に、話をしていた。

「邦銀の格付けは、もっと下げてもいいんじゃないの？」

中背で痩せ型の梁瀬は、父から譲り受けたという古い革靴をはいた足を組んでいた。銀縁眼鏡をかけた色白の顔は、神経質そうな印象を与える。年齢は四十一歳で、独身である。

「株価がどんどん下がってきてるし、不動産もこれから下がるでしょ？　ダブルＡでもまだ高いと思うね」

声変わりしていないような甲高い声でいった。

「わたしたちもそう思っています。順次、引下げ方向で見直していこうと思います」

低いコーヒー・テーブルを挟んですわった主任アナリストの日本人男性がいった。

「とにかく、下げるならS&Dより早くやること。これだけはお願いしたいね」

梁瀬は、片手で銀縁眼鏡を少しずり下げ、こめかみのあたりを掻く。

背後の執務デスクの上には、子供時代に住んだアルジェリアの「砂漠のバラ」（石膏《せっこう》や重晶石が淡いピンクのバラの花状に結晶したもの）が飾られている。

「大手邦銀を格下げして、マーシャルズの名前がマスコミで報道されれば、知名度が上がって、それがビジネスにつながる可能性もあるからね」

銀縁眼鏡の奥の目が、一瞬、野心の光を帯びた。

「それから、今後は、アンソリシテッドのレーティングを、どんどんやっていただきたいね」

「アンソリシテッドの……」

二人は、一瞬考え込む表情になった。

unsolicited ratingとは、日本語で「勝手格付け」と呼ばれるものだ。これは、発行体（被格付先）から依頼を受けていない格付けのことである。

二十世紀初頭に、米国で格付けが始まった頃は、「勝手格付け」が中心だった。しかし、一九六〇年代に入ると、発行体から依頼を受けて行う「依頼格付け」の比重が高まった。これまでマーシャルズが日本で行なってきた銀行や事業会社の格付けはすべて「依頼格付け」である。

「依頼格付け」と「勝手格付け」の最大の違いは、前者が、発行体から年間五百万円程度の手数料をもらうのに対して、後者は、格付会社が勝手にやるものなので、手数料が入らない点だ。

なお、独自路線をいく日系格付会社・富士見格付事務所の場合は、すべて「勝手格付け」で、格付レポートを投資家に定期購読してもらうことで収入を得ている。

「僕はね、今までのように、親会社に頼ってばかりの支社経営は嫌なんだよね」

梁瀬は、胸の前で両手の指をからませる。白くて細長い女性のような指である。

「マーシャルズ・ジャパンは、一九八五年に設立されて以来、ずっと赤字で、ニューヨーク本社からの補助でやってきている。これでは、よくないと思うんだよね」

前任の二人の米国人駐日代表は、収益のことはあまりいわず、どちらかというと、のんびりしていた。

「ユーザーからの収益を増やすためにも、格付先の数を増やさなきゃならない。数が少ないと、ユーザーもレポートを買ってくれないでしょ？」

レポートというのは、格付けをした企業や、業界に関する分析レポートのことだ。それぞれＡ４判の用紙に十〜数十ページで、定期的に購読先に送付される。年間の購読料は二百万円程度である。

（勝手格付けか……また、仕事が増えるなあ）

良子は心の中でため息をついた。邦銀を取り巻く環境が厳しくなり、ただでさえ、格付け見直しで忙しい。

マーシャルズでは、依頼格付けであろうが、勝手格付けであろうが、社内手続はまったく変わらない。しかも、いったん格付けを付与すると、定期的に見直しをしなくてはならなくなる。

「格付先数を増やさないと、『デフォルト・スタディ』も『マイグレーション』も出せないだろ？」

梁瀬が、二人の顔を覗き込むようにしていった。

「僕はね、早く日本企業の『デフォルト・スタディ』と『マイグレーション』を発表できるようにしたいんだ。それが投資家からの信頼を高め、マーシャルズの名声を高めることになる。……違うかね？」

「そうですね……」

二人は、相槌《あいづち》を打つしかない。確かに、正論ではある。

「デフォルト・スタディ」というのは、格付けの信頼性を表すデータで、格付けを付与された発行体の何パーセントが、一定期間経過後に、債務不履行（デフォルト）を引き起こしたか（すなわち累積デフォルト率）を、格付けごとに示すものだ。

表示の方法は、縦軸にAaa、Aa、A、BaaからCまでの格付け、横軸に、一年後、二年後、三年後等、格付け後の経過年数を記したマトリックスによるのが通常である。

例えば、シングルAを付与された発行体のうち、一年後に債務不履行を引き起こしたものは、〇・〇八パーセント、二年後は〇・二五パーセント、三年後は〇・五三パーセント、五年後は一・一八パーセントといった具合である。トリプルBの場合では、三年後、一・六六パーセント、五年後、三・三六パーセント、「ジャンク（投資不適格）」であるシングルBの場合は、三年後、一四・八一パーセント、五年後、二三・二三パーセントといったふうになる。当然のことながら、十年後、二十年後といったデータや、Aa1、Aa2、Aa3のように格付けを細かく分けたデータなども算出され、公表されている。

それぞれの格付けの累積デフォルト率を曲線で表した場合、時間の経過にしたがって滑らかに上昇し、相互に交わらないことが重要だ。仮に、ダブルAの格付けの曲線が、シングルAの曲線と交わっているとすれば、ダブルAに格付けされた発行体のグループが、シングルAの格付けのグループよりも債務不履行の率が高かったということで、格付けが間違っていたことになる。

一方「マイグレーション（migration＝変遷）」というのは、格付けを付与された発行体の何パーセントが、一定期間経過後に、別の格付けに変わったかを、格付けごとに示すデータである。

表示の方法は、縦軸にＡａａ、Ａａ、Ａ、ＢａａからＣまでの格付け、横軸にも同様に、Ａａａ、Ａａ、Ａ、ＢａａからＣまでの格付けが記されたマトリックスによるのが通常で、格付け付与後の経過年数ごとに、別々のマトリックスが作成される。

例えば、Ａａａ（トリプルＡ）を付与された発行体のうち、五年後に、Ａａａに留まっている発行体は、六〇・七八パーセント、Ａａになったものは一五・二一パーセント、Ａは四・三三パーセント、Ｂａａは〇・九六パーセント、Ｂは〇・〇九パーセント、ＷＲ（withdrawn＝格付け取り止め）は一七・九六パーセント、といった具合である。

他の格付会社と比較して「マイグレーション」が速い場合、格付けの信頼性に疑問符が付けられる。また一般に、よほどの変化がない限り、一度に二ノッチ以上格付けを動かすべきではないといわれる。

「今まで、日本でアンソリシテッド（勝手格付け）をやってこなかったから、データが少なくて、日本企業の『デフォルト・スタディ』と『マイグレーション』も出せていないわけだ」

梁瀬は、足を組んだままいった。

「これは、ほかのセクター（産業）のアナリストたちにもお願いしていることなので、FIGでも、くれぐれもよろしくお願いしたいですね」

梁瀬にいわれ、主任アナリストと良子はうなずいた。

「じゃあ、そういうことで」

梁瀬がいって立ち上がった。

二人も一緒に立ち上がり、三人で格付部門のアナリストたちがいる部屋につうじるドアに向かう。

梁瀬は、駐日代表用の個室にいるより、格付部門をぶらぶらしながら、アナリストたちと話をすることを好んでいた。格付部門の一角に自分用のデスクも持ち、そこで書類なども読んでいる。あるとき、自分のデスクで長いことパソコンに向かっていたので、何をしているのだろうと覗いてみると、頭にヘッドフォーンを着けて、戦闘機を撃墜するテレビゲームを夢中になってやっているところだった。大音量のサウンド付きでやっているらしく、ヘッドフォーンから、機関銃を撃つ音や、戦闘機のエンジン音などが漏れていた。漫画を読んで、一人でげらげら笑っていたこともある。

　青白い顔をして、神経質な感じだが、いったん怒り出すと、手がつけられなくなるので、そういうとき社員たちは、逆らわずにしばらく放置するようにする。

　英語はネイティブと同じレベルで、英語が下手な社員を見下していた。日本人でありながら、日本的なものを毛嫌いしており、子供時代に、日本でいじめに遭ったことをうかがわせた。

　頭は非常に良い反面、米国の大学でＭＢＡをとり、米銀の審査部門にいたため、日本企業の専門知識のなさを馬鹿にしており、格付先とのミーティングで、いわなくてもよいことをいって、客の不興を買ったりすることがある。良子も出席した、ある銀行とのミーティングで、先方の役員が「うちの銀行のほうが、あの銀行より、よっぽどいい銀行なのに」といったとき、梁瀬は「格付けにそんなことは関係ありませんから」と即座に一蹴《いっしゅう》し、相手をむっとさせたことがあった。確かに、格付けは、基本的には、債券の元利金が支払われるかどうかの指標にすぎず、企業としての良し悪しをいうものではない。この点、日本人のほうにも大きな誤解があるが、それにしても、いい方というものがあるだろうにと思わせられる。

4

翌年（一九九一年）一月――

高いパーティションに囲まれたオフィスのデスクで、水野良子は、困った表情で、受話器を耳にあてていた。

「……うちは格付けしてくれなんて、全然頼んでいないじゃないか！　そんな、勝手なことやられると困るよ！」

電話の向こうで怒鳴っているのは、東北地方の地方銀行の役員だった。

「だいたい、いきなり手紙を送りつけてきて『貴行に関する資料は揃えている。格付けをする予定だが、何かコメントがあればお聴きする』なんて、自分たちを何様だと思ってるんだ⁉　日本政府の依頼でも受けてんのか、ええ？」

「わたしどもの格付けは、投資家の依頼によるものです」

良子は、努めて冷静にいった。

本当は、投資家から依頼は受けていないが、梁瀬から、そのように堂々といえと命じられていた。

「だいたい、我々と会って話したり、資料の提出を受けたりもしないで、うちの銀行をどうやって格付けするっていうんだ⁉」

「格付けは、基本的に債券の元利払いの能力に関する評価でしかありません。御行《おんこう》は上場企業ですので、投資家が御行の支払い能力を適切に評価できるよう、十分な情報を普段から開示する義務があると思います。逆にいいますと、投資判断に影響を与えるような情報を開示していない場合は、問題になると思います」

証券取引法違反になるといいたかったが、火に油を注ぐことになるので、喉元《のどもと》でこらえた。

「したがって、わたしどもは、公開情報のみで、格付けを付与することができると考えております」

「き、きさま……理屈ばかり並べやがって……」

相手は、電話の向こうで歯軋《はぎし》りをしている様子である。

「と、とにかく、勝手に格付けをされては困る！　一度、うちに話を聴きに来てくれ」

「分かりました。喜んでお伺いします。日程につきましては、のちほどご相談させていただくということでよろしいでしょうか？」

良子は、受話器を置いて、ため息をついた。

地銀に対する「勝手格付け」に取りかかったところだが、かなりの波風が立っている。都銀と違って、格付会社と接すること自体が初めての銀行が多く、憤慨して怒ってくる銀行、慌てふためいて「いったいどんな資料を用意すりゃいいの？」と一から訊いてくる銀行など、様々だった。

再び目の前の電話機が鳴った。

「はい、水野です」

紺色のカーディガンを着た良子は、受話器をとり上げる。相手は、九州の地銀の企画部長だった。「勝手格付け」について、比較的冷静に受け止めてくれた人物で、訪問してヒヤリングもし、先般、シングルＡ（Ａ３）の格付けを付与した。

「水野さんねえ、これいったいどういうことなの？　マーシャルズから、四万ドル（約五百二十万円）払えって請求書が送られてきてるんだけど」

怒りを押し殺したような口調だった。

「四万ドルの請求書⁉　うちからですか？」

寝耳に水の話である。

「あれは『勝手格付け』だから、料金はかからないって、いったよねえ？」

「え、ええ。そうです。……いったい、何の請求書なんです？」

「格付費用の請求書だよ」

相手は憮然《ぶぜん》としていった。

「梁瀬とかいう、おたくの駐日代表のサインがしてあるよ」

(梁瀬氏のサインが……?)

「『格付費用をお支払いいただくことなく、格付システムの恩恵を受けておられる発行体が存在するという状況は、解決すべき問題だと考えております』って書いてある」

いかにも英語を日本語に直したような文章で、梁瀬が書いたことをうかがわせる。

「『資産十億ドル(約千三百億円)超の銀行の場合、格付費用は、年額四万ドルになります』とあって、振込口座の明細も書かれている。……これ、かなりひどい話だと思わない? うちの頭取は『勝手に格付けしておいて、金を払えなんて、言語道断だ!』って激怒してるよ」

「はあ、ごもっともなことで……実は、ちょっと……わたしも初めて聞くお話で、何とお答えしたらいいのか分かりかねます」

良子は困惑のあまり、しどろもどろになった。

「社内で事情を確認しまして、折り返しお電話差し上げます」

電話を切ると、立ち上がって、そばの主任アナリストのデスクに歩み寄った。

「そう。そっちにも電話があったの……」

　高いパーティションに囲まれたデスクで、資料を読んでいたＦＩＧ（金融機関グループ）の主任アナリストの日本人男性は、浮かない顔を良子に向けた。

「僕のほうにも、北海道と長野の地銀から電話がかかってきたよ。……長野の地銀のほうは、手紙じゃなくて、うちの営業が訪問したらしい」

「営業が？」

　主任アナリストはうなずいた。「先方に対して、『公表されているデータだけで「勝手格付け」をした場合、契約にもとづいて資料を提出して行う「依頼格付け」より、若干格付けの質が劣ってしまう可能性もないとはいえません。貴行のプラス面をより多く評価させていただくためにも、正式に契約されてはいかがでしょうか？』と売り込んだらしい」

「ほんとですか？　まるで、契約しないと、低い格付けを付けるぞといわんばかりじゃないですか」

　良子は心外だった。

　少なくともＦＩＧの格付けに関しては、「勝手格付け」が、依頼格付けより低めに付けられているということはない。むしろＳ＆Ｄのほうが、勝手格付けを契約獲得の道具にしているふしがあり、同社の「勝手格付け」は「依頼格付け」より低めに付けられているといわれる。

「梁瀬さんがやらせてるんですかね？」

「そうとしか考えられないよね。……アメリカ流で、駄目でもともと、払ってくれりゃ儲《もう》けものって考えてるんじゃないかな」

梁瀬は頭はいいが、人の感情にはかなり鈍感だ。

「実際、払ってきた銀行もあるらしいよ」

「本当に⁉」

「さっき、経理に訊いたら、山陽綜合銀行が払ってきたそうだ」

中国地方の地方銀行だ。

「払わないと、格下げとか、嫌がらせをされるんじゃないかって、恐れたんじゃないかな」

「うーん……」

まるでやくざのみかじめ料だ。

「それから、北海道の地銀のほうは、怒り狂って、マスコミに話してやるといってた」

「マスコミに……」

数日後——

マーシャルズは、「勝手格付け」に関して、ある週刊誌の記者の訪問を受けた。

「……いわゆる『勝手格付け』のプロセスでは、まず格付部門のアナリストが発行体に連絡して、格付作業への協力を依頼するのが通常です。いきなり勝手格付けをして、請求書を送りつけることなど、あり得ません」

応接室のソファーで足を組んだ梁瀬が声変わりしていないような甲高い声でいった。色白の顔が普段よりも青白く、時おりハンカチで神経質そうに額の汗を拭っていた。

「では、どういった経緯で、地銀に格付費用の請求書が送られたのでしょうか？」

週刊誌の記者は、紺色のブレザーを着た、生真面目《きまじめ》そうな中年男性で、もともとは全国紙の経済部の記者だったという。

「例えばですね、格付け付与から多少時間が経って、発行体さんのほうから、『一連の手続には費用はかかるのでしょうか？』といったようなご質問があれば、アナリストが営業の人間をご紹介するようなケースはあり得ますね」

そばのソファーで、FIGの主任アナリスト、水野良子、広報担当の日系三世・シルビア中西が、二人のやりとりを聞いていた。

「しかし、発行体が当社の格付けは意味がない、価値がないと判断すれば、料金を支払う必要はないわけです。……まあ、日本企業は横並び意識が強いので、『とりあえずいくらいになるのか、請求書を見せてください』くらいのことはいうでしょう。それを後になって『勝手に送られてきた』と非難されても困るんですがね」

梁瀬は白い顔に引きつったような笑いを浮かべた。

「『勝手格付け』から『依頼格付け』にすると、格付けが一ノッチ上がるという噂があるようですが」

週刊誌の記者が訊いた。

「それは、アーバン・ミス（urban myth＝都市伝説）というやつですね」

梁瀬は一笑に付す。「マフィアとの取引に失敗した商社マンがハドソン川に浮かんだとか、アメリカ政府はＵＦＯを捕獲したが、その事実を隠しているとかいった類《たぐい》の話と同じですよ」

「黄色い白人」の梁瀬らしい比喩《ひゆ》である。

「『勝手格付け』の質については、うちよりもスタンダード＆ディロンズ（Ｓ＆Ｄ）さんにお訊きになったほうがよろしいんじゃないでしょうか？」

派手な顔立ちのシルビア中西がいった。「あちらでは、『勝手格付け』に、Ｐｉ（パブリック・インフォメーション＝公開情報）という記号を付けて区別しているようですね。しかし当社の場合は、料金を払っていようといまいと、格付けの質はまったく変わらないというスタンスでやっておりますので、そのような区別もしておりません」

「しかし、『勝手格付け』の場合は、発行体から協力を得られない場合もあるわけですよね？　公開情報だけによる格付けと、発行体から追加情報をもらって付けた格付けを、区別して表示してほしいという声もあると思いますが」

「発行体から追加で資料の提供を受けたとしても、開示情報の質は千差万別なのです」

梁瀬はぴしりといった。

「段ボール十箱分の資料をもらっても、役に立つのは一パーセントというケースもある。格付記号以外に別の表示をすることは、投資家の混乱を招くと思いますね」


翌週、週刊誌に、ミーティングの模様を報じる記事が掲載された。

マーシャルズの歴史や、日本企業のコメント、梁瀬とのやりとりなどで構成された四ページの記事の最後に、以下のような締めくくりの記述がされていた。

『欧米の資本市場では、マーシャルズの権威は轟き渡り、ブランド力にまかせてやりたい放題である。同業他社は、「マーシャルズの看板はステンレス・スティールでできているので、ちょっとやそっとのヘマをやらかしても、泥がつかない」と悔しそうに語る。

マーシャルズが日本に上陸したのは一九八五年のことだ。彼らは、日本企業は青い目に弱いから、自分たちの権威の前に、すぐにひれ伏すと思っていたようだ。しかし、欧米の資本市場で債券やCPを発行したりしている企業ならいざしらず、大半の日本企業にとって、「マーシャルズっていったい何?」という状態なのだ。

今回の請求書騒動は、思ったほど日本市場の開拓が進まない焦りと、長年培われてきた傲慢体質によって引き起こされたものといえそうだ。』

5

九月上旬――

ロンドンの灰色の空から、無数の糸を引くように、雨が降ってきていた。乾いた地上に潤いを与える柔らかい雨だった。

石と煉瓦造りの建物が多いロンドンは地味な印象を与える街だ。人口のうち英国系白人は五八パーセントにすぎず、通りにはアフリカ系やインド・パキスタン系の人々が多い。樺太《からふと》中部とほぼ同じ北緯五十一度三十分にあり、早くも涼しい秋風が吹いていた。

スーツ姿の沢野寛司は、パディントン駅にいた。

「Return to Oxford, please.（オックスフォード往復を一枚）」

二十ポンド札を手に、沢野は、窓口の向こうの職員にいった。

モスグリーンの制服を着たＢＲ（英国国鉄）の黒人女性職員は、愛想はいいが、同僚と無駄話をしながら、合間に仕事をするという感じである。

「お待たせしました」

沢野は切符と釣銭を受け取り、そばにいた日本人と英国人のほうを振り返る。邦銀の証券現地法人の投資顧問部の同僚たちだった。

「昼飯買って乗ろうか」

投資顧問部の次長の四十代前半の日本人男性がいった。

駅は、一八五四年に造られた、カマボコ形の大きな鉄骨屋根を持つ古い建物である。十四あるプラットフォームに、エクセター、スウォンジー、ブリストルなど、英国南西部やウェールズ方面への電車が発着している。構内の壁に沿ってパブ、コーヒーとサンドウィッチの店、薬局、クリーニング店、軽食堂などが並んでいた。

三人は、熱々のコーニッシュ・パイを買って、インターシティ（特急）の電車に乗り込んだ。

一つの車両は八十人乗りで、半分が四人がけのテーブル席、残り半分が、テーブルがない二人がけのシートである。平日の昼時なので、乗客はまばらである。

「しかし日本も、大変なことになってきたねえ」

走り始めた電車の中で、コーニッシュ・パイを齧《かじ》りながら次長がいった。邦銀の行員で、国内の投資顧問会社に出向して経験を積んだあと、ロンドンに赴任してきた。四角い顔に眼鏡の温厚な人物だった。

「ほんと、わけの分からない怪しげな事件が、表沙汰《おもてざた》になってきてますよねえ」

コーニッシュ・パイを頬張った沢野がいう。キツネ色に焼き上げた大ぶりの餃子形のパイは、中に羊肉、タマネギ、ジャガイモなどを混ぜ合わせた餡《あん》が入っている。

「料亭の女将《おかみ》に、産銀なんかが何千億円も貸していたなんて、信じられないよねえ」

揺れる電車の中で、コーヒーをすすりながら、次長が呆れ顔でいった。

大阪市の料亭「恵川」の女将・尾上縫《おのうえぬい》は、東洋信用金庫（本店・大阪市淀川区）の支店長に偽造させた預金証書などを使って、産銀をはじめとする銀行やノンバンクから株式投資資金を借りていたが、株価下落で返済ができなくなり、去る八月十三日に、有印私文書偽造・同行使の疑いで、大阪地検特捜部に逮捕された。

「イトマン事件も、無茶苦茶になってきてますしねえ」

時代劇映画の若侍ふうの細面の沢野がいった。

今年（一九九一年）一月一日に、伊藤萬から社名を変更したイトマンでは、七月二十三日に、河村良彦元社長、伊藤寿永光元常務、許永中ら六人が、特別背任の容疑などで、大阪地検特捜部に逮捕された。格付会社マーシャルズ・インベスターズ・サービスは、六月に、イトマンのメーンバンクである住之江銀行の長期債の格付けを、Ａａ１からＡａ３に二ノッチ引き下げた。

「バブル崩壊で、うちの銀行も冴えないけど、日系証券が損失補塡問題で総崩れになってくれたから、投資顧問の仕事で、漁夫の利を狙っていかないとねえ」

次長が苦笑いした。

去る六月に、野村、大和、日興、山一の四大証券が、広域暴力団「稲川会」へ融資をしていたことや、顧客に対して損失補塡をしていたことが明るみに出て、田淵義久野村証券社長や岩崎琢弥《たくや》日興証券社長など、トップが次々と辞任した。

「イギリスの機関投資家は、コンプライアンス（法令遵守）に厳しいから、四証《よんしょう》は、当面出入り禁止だろう」

「そうですね」

三人は、オックスフォード大学に、資金運用の委託を売り込みに行くところだった。同校は、大学本体だけでなく、個々のカレッジも投資する、巨額の「トラスト・プール」と呼ばれる運用資産を持ち、英国株、欧州株、アジア株、未公開株、債券、不動産などに分散投資している。

電車は十五分ほど走るとスロウ（Slough）駅に到着した。ロンドンの西二二マイルに位置し、かつては煉瓦工場や農家が多かったが、最近は、企業のオフィスが増えつつある町だ。人口は約十二万人である。

スロウを過ぎると、広々とした畑や牧草地、森などが現れ、景色は、完全な田園風景に変わった。

「どう、イギリスはもうだいぶ慣れた？」

次長が訊いた。

「おかげさまで。最初は、イギリス人の英語がさっぱり分からなくて参りましたが」

沢野は照れ笑いした。

三年間の栃木支社勤務を終え、半年前から、日比谷生命と親密関係にある邦銀の証券現法にトレーニーとして派遣されていた。

朝は社内の電話会議に出席し、日中は、顧客とのミーティングに出たり、調べ物をしたり、レポートを書いたりしながら、証券投資の勉強をしている。

自宅は、地下鉄ノーザン線のハムステッド駅の近くにある寝室が二つのフラットで、夜は、オペラやミュージカルを観たり、友人とカラオケに行ったりする。

「確かに、イギリス英語は、アメリカ英語と違う独特の言い回しがあるし、口先で囁くようにちょっちょっと話すから、聞きづらいよねえ」

「しかも、直前まで支部のおばちゃんたちに、ミカン配ったり、温泉旅行の宴会の司会やってましたから、いきなりPER（株価収益率）とかいわれても、何のことだかさっぱり分からないんですよね」

沢野がいい、二人は笑った。

高速で走るインターシティの車窓からは、ゆるやかに起伏する丘陵地帯や、モスグリーンの牧草地や森が見える。柵《さく》の中で草を食《は》む豆粒のような羊の群れ、滔々《とうとう》と流れる護岸されていない自然のままの川、煉瓦壁の農家などが、現れては消える。

五十五分後に、電車はオックスフォード駅に到着した。小ぢんまりした田舎町である。

駅前は、バスとタクシーの乗り場で、オックスフォード大学に続く道が延びている。道沿いに、中華料理店や不動産屋などが並び、数百メートル先に、ナッフィールド・カレッジの緑の尖塔《せんとう》を持つ大きな図書館が聳えている。

「浩宮が勉強したマートンカレッジがあるから、帰りに見物して行こうか」

しだれ柳の並木道を、大学のほうへ歩きながら、次長がいった。

6

一九九三年三月――

水野良子は、ニューヨークに出張していた。

マーシャルズ・インベスターズ・サービスの本社は、マンハッタン島の南西寄り、世界貿易センターのツインタワーの斜向《はす》いにある。住所は、チャーチ通り九十九番地。赤みがかった灰色の石造りの十一階建てのビルは、臼《うす》のようにがっしりした外観である。

付近には、一九〇〇年代初頭に建てられた、凝った装飾を施された石造りのビルが多い。高さも様式もばらばらなビル群が、景観の中に溶け合い、ウォール街独特の雰囲気を醸し出している。一キロほど南に、ニューヨーク連銀（FRB）がある。

「……最終的に、イトマンを自主再建するのは無理という判断になり、不良資産を分離した上で、今年の四月一日に、住金物産に吸収合併されることになりました」

磨き上げられたマホガニー材のテーブルの上に開いた資料を見ながら、良子が英語でいった。

格付委員会のチェアマン、ピーター・サザランド、FIG（金融機関グループ）のトップを務めるパトリック・ニューマン、上級アナリストのセーラの三人が、時おりうなずきながら耳を傾けていた。

「住金物産はスミトモ・メタルズ（住友金属）が五九パーセントの株式を保有する鉄鋼専門商社です。繊維や食糧部門に強いイトマンを手に入れれば、売上げ規模で一兆二千億円、国内で十二、三番目の商社になります」

「不良資産は、完全に分離するわけ？」

金髪で面長のセーラが訊いた。

「そうです」

淡いピンクのシャツに、グレーのスーツを着た良子がうなずく。

「経営が悪化している『トータルリゾートライフ』に対しては、住之江銀行が一千億円の債権放棄をします」

「その結果、今期（一九九三年三月期）は、八八・七パーセントの大幅減益決算になるというわけか」

少しウェーブがかかった灰色の髪のサザランドがいった。古きよき米国人といった風貌である。

過去四年連続で、業務純益、経常利益、税引後利益で三冠王だった住之江銀行は、都銀十一行中十位に転落する。

「それから、金融子会社の『イトマンファイナンス』や、そのほか四つの不良資産分離用の会社に対しては、住之江銀行が約四千三百億円の融資を継続します」

「四千三百億円というと……三十七、八億ドルか」

パトリックがうなずきながら、メモをとる。

「これについて、住之江銀行は、『償却はせず、時間をかけて回収する』としています」

「そんなこと、できるの？」

セーラが訝《いぶか》しげな顔で、良子を見る。

「難しいと思います。『イトマンファイナンス』は、住之江銀行の審査がとおらないパチンコ業、不動産業、風俗産業などに対して、不動産担保で融資するノンバンクです。これらの大半が不良資産化していると思われます」

三人がうなずく。

「住之江銀行では、西脇一文専務が、イトマンの処理と格付けの両方を担当していて、『イトマンに関する償却は、今回の一千億円だけで、これ以上は絶対にない』といっていますが、わたしには到底信じられません」

西脇一文は、一年半前に、都銀最年少の五十三歳で専務に就任した。

「ミスター・ニシワキか……不良債権処理のスペシャリストだな」

「受け皿会社を使った不良債権処理は、安宅産業以来の西脇氏のやり方です」

良子の言葉に、一同がうなずく。

「イチロー・イソノ（磯野一郎）は、退任したのよね？」

セーラの問いに、良子はうなずいた。

十三年間にわたって、頭取・会長として君臨し、「向こう傷は問わない」と、バブル期に収益至上主義路線を突っ走った「住之江銀行の天皇」磯野一郎は、イトマン事件で晩節を汚《けが》し、相談役に退いた。現在は、体調もすぐれないという噂である。

「株価も地価も下がり続けているし、日本の金融機関は、ますます苦しくなると思います」

日経平均株価は、年初から一万七、八千円の水準で推移している。

大手邦銀二十一行は、六ヶ月以上の延滞債権は約十三兆円あるとしているが、経営難に陥っている住宅金融専門会社へ「追い貸し」し、不良債権化を回避している。マーシャルズは、邦銀の不良債権は、十三兆円どころではなく、百兆円くらいあると睨んでいた。

マーシャルズは、バブル崩壊以降、邦銀や事業会社の格付けを一貫して下げ、現在、長銀はシングルA、三井、安田、東洋の三信託銀行はトリプルBまで引き下げた。また、野村証券をA1、大和証券と日興証券をA3、山一証券をBaa2に引き下げた。

昨年十一月には、熊谷組の米国子会社が発行する債券に対して、日経新聞系の日本公社債研究所がAマイナスを付与したのに対し、マーシャルズは、投機的等級の中でも低いB1を付けた。

「米系の格付会社は、日本企業に対する見方が厳しすぎる」

日本で、マーシャルズやS&Dに対する不満の声が上がり始め、去る一月には、マーシャルズがAa3とする三菱銀行の長期債に対してトリプルAを与えている日本公社債研究所が「邦銀は今後も相対的に高い格付けを維持する」とするレポートを発表し、米系格付会社に挑む構えを示した。

公社債研はさらに、二月十二日に「日本の建設市場は、国際的にも最大級の規模と長期的な成長性を持ち、建設会社は今後も他の産業に比べて安定した収益を確保できる」というレポートも発表した。

これに対してマーシャルズは、「建設会社の資産内容は悪化し、一部準大手の信用力は大きく低下する」という反論のレポートを発表し、鹿島、清水、大成、大林の大手四社は、シングルAからトリプルBの水準で安定的に推移するが、準大手の一部は、国内外の不動産事業が過大で、格付けは投機的等級（投資不適格）になると述べた。

「日本国内では、不良債権に関してまだ楽観的な見方があるようだけれど、我々としては、悲観的にならざるを得ない。住之江銀行に関しても、イトマンの処理の問題だけでなく、日本経済全体の中でどうなっていくのか、しっかり見極めよう」

サザランドが締めくくるようにいい、良子ら三人はうなずいた。

ミーティングが終わって、会議室から出ると、廊下の向こうから、二人の白人の男が歩いてくるところだった。

ダークスーツをりゅうと着こなし、「顧客のアペタイト（需要）に合わせ、ストラクチャー（仕組み）をテイラリングする（特別仕様で作る）」とか「ストラクチャーは格付けをターゲットにエボルブする（練り上げる）」などと話し合っていた。堂々とした態度と大きな声、業界人以外には理解不能の専門用語《ジャーゴン》は、ウォール街の典型的なインベストメント・バンカーだ。

二人は、良子たちなど眼中に入らないといった態度でとおりすぎた。

「あれ、どこの投資銀行？」

良子がセーラに訊いた。

「ＣＳＦＢの証券化部門の男よ。よく来てるわ」

書類を抱えたセーラがいった。

ＣＳＦＢは、大手米系投資銀行クレディ・スイス・ファースト・ボストンの略称である。

「もう一人は、うちのＡＢＳのヘッドのアレックス・リチャードソンよ」

ＡＢＳは、asset-backed securities（資産担保証券）の略称である。

「え、あれ、うちの社員？　ちょっと雰囲気違うわね」

マーシャルズの社員は、銀行の審査部門の出身者が多く、どちらかというと地味で、物静かな感じの人々だ。

「確かに、我々とは人種が違うわ。……彼の発言に違和感を覚える社員は少なくないと思う」

二年前にマーシャルズに入社したアレキサンダー（愛称アレックス）・リチャードソンは、現在三十六歳。ミシガン州デトロイトの出身で、ノースカロライナ大学で法学修士号を得ている。住宅ローンや消費者ローンを原資産とする証券化商品の格付けを行うＡＢＳ部門に入るや、めきめきと頭角を現し、二年ほどで部門のトップに上り詰めた。

「リチャードソンは『顧客は高い格付けを与える格付会社を使う。ビジネスを獲得するために、高い格付けを付けられるよう、顧客に積極的にアドバイスすべきだ』とか、『信用リスクは統計処理により数値化し、格付けを客観的なものにすべきである』といった発言を社内外で繰り返してるわ」

ニューヨークの風景写真が一定間隔で飾られている廊下を並んで歩きながら、セーラがいった。

「へーえ……でも、従業員の資質とか経営者の資質なんて、数値化しようがないと思うけど」

「そうね。しかも、中立性が命の格付会社が、発行体に積極的にコンサルティングまがいのことをするっていうのもねえ……」

切れ長の目に高い鼻のセーラは首をかしげた。

「まあ、ＡＢＳは、社内じゃ小さな部門だから、変わったことといって、存在感を出したいのかもね」

格付けの本家本元は、我々社債格付部門だという余裕を滲ませていった。


四月初旬――

水野良子らマーシャルズの一行は、大手町の住之江銀行東京本部を訪れた。

日比谷通りと永代通りが交わる角に建つ十二階建てのビルは定礎が昭和三十二年九月。交差点側の角が縦に切り落とされたようなデザインで、黄土色の壁は黒ずみ、古い公立病院のように地味でどこか権威主義的な匂いも漂わせる建物だ。屋上には住之江銀行の赤い井桁《いげた》マークの看板が掲げられている。

「……イトマン関連の不良資産の処理は、先般の一千億円の債権放棄ですべて片が付いている。これ以上の債権処理は断じてない！」

十二階の大会議室に口の字形に並べられたテーブルの中央で、高級スーツを着た西脇一文が両手を広げ、掌《てのひら》を開いて訴えた。

左右に八人の役員と部長、後方に十数人のスタッフが神妙な顔つきで控えていた。

「イトマンの処理は完全に終わったのだ。このわたしが保証する！」

白髪の西脇は、テーブルの反対側にすわったマーシャルズの一行に視線を注ぐ。口をへの字に結んだ戦国武将のような顔に、一歩も退かぬ決意を漲《みなぎ》らせていた。

「当行をネガティブ・ウォッチにかけたのは、実状を十分理解しておられないからだと思う」

熱弁をふるう西脇を、ニューヨークからやって来たFIGのトップのパトリック、上級アナリストのセーラ、駐日代表の梁瀬次郎らがじっと見ていた。

「先ほどご説明したように、住之江銀行には、何の問題もない。お配りした資料を見ていただければ、十分ご理解いただけると思う」

住之江銀行は、シングルAに陥落する瀬戸際に追い込まれて、相当な危機感を抱き、いつもなら出してこないような詳細な資料を出してきた。イトマンと関連会社に対する融資の内容のほか、バブル崩壊後に全邦銀共通の問題となっている不動産、建設、ノンバンクの「三業種」向け融資額と担保などだった。大口の案件については、さらに詳細な情報が開示された。

（毎回これで処理は終わったというけれど、邦銀の役員の言葉は、半期ごとに変わるからなあ……この人たち、どうしてこんなに嘘をつけるんだろう？）

良子は、熱弁をふるう西脇の顔に冷ややかな視線を注ぐ。

（やっぱりこれは、悪いことしてる人間の顔だなあ……）

以前の西脇は、比較的すっきりした顔立ちだったが、最近は眼差しがどこかうつろで、目が濁っている。こちらを直視するのを避け、視線を彷徨《さまよ》わせることも少なくない。

「イトマンの処理の仕方についてお訊きしたいのですが」

マーシャルズ・ジャパンの主任アナリストの男性が右手を軽く挙げた。

「今回、金融子会社の『イトマンファイナンス』や、そのほか四つの不良資産分離用の会社に対して、御行が約四千三百億円の融資を継続する。すなわち、受け皿会社を作って不良資産をそこに移し、償却はせず、時間をかけて回収するということですね？」

西脇がうなずく。

受け皿会社を作って不良資産を収益物件に変え、債権を回収するのが、昔からの西脇の手法である。最も顕著な成功例が、山梨県にあるゴルフ場・大月カントリークラブだ。もともとは、安宅産業が地上げに失敗し、虫食い状態のまま放置されていた土地だった。融資第三部長だった西脇は、札束を入れた紙袋を持って、土地所有者一人一人から土地の買収を進め、付近を横切っていた高圧線の位置を電力会社と交渉して変えさせ、クラブハウスやコース内の木の一本一本にまでこだわってゴルフ場を造り、債権を回収した。

その一方で、いまだに回収できない安宅産業や平和相互銀行の不良資産を多数抱えているといわれる。

「受け皿会社を使って、場合によっては追加融資までして、不良資産を収益資産化するという回収方法は、昨今の経済環境において、果たしてどうなんですかね？」

主任アナリストがいうと、西脇が、どういうことだ、といった顔つきになった。

「高度成長期であれば、不動産の価格は右肩上がりでしたし、極端な話、ほっておいても賃貸物件はキャッシュフローを生み、物件価格も上昇します。しかし、バブルが崩壊した今、そうした追い風は吹いていない。従来型の債権回収方法では、上手《うま》くいかないのではないかと思うのですが、この点、いかがでしょうか？」

室内の人々の視線が、西脇に注がれた。

「そのようなことはない」

白髪の西脇専務は、主任アナリストを睨みつけた。

「我々は、何でもかんでも受け皿会社にほうり込んでいるわけではない。それぞれの債権や物件を個々に吟味し、回収のシナリオを描けるものだけを残しているのです。そうでないものは償却処分しています。それが今回の一千億円です」

「果たしてそうでしょうか？」

主任アナリストが挑むようにいった。

「御行は、安宅産業の不動産部門の処理のために総合地所グループを作られましたが、いまだに数千億円もの融資残高があるようですね。平和相互銀行が抱えていた太平洋クラブのゴルフ場や、不動産の処理も相当残っていると聞きましたが」

西脇は、一瞬、むっとした顔をしてから口を開いた。

「総合地所グループや太平洋クラブ向け融資は正常債権で、銀行にとって何の問題もない」

話題を打ち切ろうとするかのように強い口調でいった。

（本当にそうだろうか……？）

良子は、テーブルの中央にすわった西脇に視線を注ぐ。

住之江銀行は、本来「破綻懸念先」や「要管理先」に分類されるべき不良資産を、優良資産と合体させて不良度を薄め、正常債権にカモフラージュしているといわれている。無論、この点を西脇に問い質《ただ》しても、否定されるだけだ。

「失礼だが、マーシャルズさんは、必要以上に邦銀に対して、疑念をお持ちなのではないですか？」

西脇は、無理に作ったような笑顔を見せた。

「確かにアメリカでは銀行の倒産が多い。アメリカ的な見方をすれば、不安になるかもしれません。しかし、日本では、銀行は様々な規制によって保護されているんです。それに、企業グループとか系列といった日本独特の結びつきもある。日本の格付会社は、こうした点も考慮して、邦銀に高い格付けを与えている。外資の格付会社さんも、日本独自の制度とか慣行といったものを十分に理解した上で、格付けすべきじゃないでしょうか？」

西脇は、マーシャルズの面々を見回す。

「きみたちがやってる机上の空論で、我々が汗水たらしてやってる実態が分かるはずがないという反論は、どこの国でもありますよ」

遠慮のない口調で切り出したのは駐日代表の「黄色い白人」梁瀬次郎だった。

人々の視線が、銀縁眼鏡をかけた白い顔に注がれる。

「しかし、それをいい出したら、どこの国だって特殊要因だらけなんですよね」

梁瀬の組んだ足の膝が、テーブルより高い位置に覗いていた。

「カナダでもオーストラリアでも同じことをいわれました。……もちろん、そうした特殊要因には、謙虚に耳を傾けます。そうした上で、我々は、世界中から収集した情報と、百年近くにわたって蓄積してきたシステムによって格付けをしているわけです」

突き放した口調は、例によって、とりつく島がない。

西脇一文も、議論が嚙み合わないとみたのか、反論する気配はない。

「とにかく……」

西脇が、話の流れを変えるようにいった。

「マーシャルズさんは、色々ご心配されているようだが、格下げは断じて必要ない！　そんなことは、きわめて遺憾である。イトマンの処理はこれで終わったし、不良債権処理も峠を越した。このわたしがいうんだから、間違いはない！」

もの凄い形相で、マーシャルズの一行を睨みつけた。

「ご説明有難うございました」

梁瀬が、西脇の牽制《けんせい》球などどこ吹く風といった調子で応じた。

「ご説明いただいた内容を踏まえ、御行の格付けを検討させていただきます。我々は、外部のいかなる力や働きかけにも影響を受けず、正しいと思った意見を表明するのをモットーとしております」

人間味の少ない突き放すような話し方を前に、さしもの西脇一文も、憮然としてうなずくだけだった。

ミーティングから三週間後、マーシャルズは、住之江銀行の格下げを発表した。

『マーシャルズ、住之江銀行の長期格付けをA1に引下げ〜総額約三十八億ドルの社債を対象として

——一九九三年（平成五年）四月二十三日・東京、マーシャルズ・インベスターズ・サービスは、住之江銀行の一般社債格付けと、長期預金債務に対する格付けをAa3からA1に引き下げた。同時に、同行が保証している子会社の長期格付けもAa3からA1に引き下げた。

住之江銀行と同行が保証している子会社の短期債務に対する格付けは、P1（最上級）に据え置いた。

この格下げは、イトマン関連債権に限定されないが、これを含む住之江銀行の資産の不良化を背景としている。同行が抱える多額の国内および海外不動産関連与信にかかわる潜在的

な未実現損失はかなりの規模に達する可能性がある。同行の利鞘《りざや》は現在周期的な金利低下局面の恩恵にあずかっているが、不良資産問題は同行の収益性を今後数年間圧迫する見通しである。

しかしながら、同行は優れた国内リテール営業基盤を持ち、今後も国内および海外で銀行最大手としての地位を維持するだろう。

格付けの変更は次のとおり。

住之江銀行　一般社債、長期預金債務、長期保証債務に対する格付けをＡａ３からＡ１に格下げ。

住之江インターナショナル・ファイナンス　劣後債務に対する格付けをＡ１からＡ２に格下げ。

住之江キャピタル・マーケッツ　一般社債格付けをＡａ３からＡ１に格下げ。

住之江ファイナンス（アジア）　一般社債格付けをＡａ３からＡ１に格下げ。

住之江インターナショナル・ファイナンス・オーストラリア　一般社債格付けをＡａ３からＡ１に格下げ。』

住之江インターナショナル・ファイナンス以下の四つは、それぞれ、ロンドンの証券現法、ニューヨークのデリバティブ（金融派生商品）子会社、香港の証券現法、オーストラリアの証券現法である。

格下げの発表とほぼ同時に、住之江銀行の西脇一文専務から、駐日代表の梁瀬次郎に猛烈な抗議の電話がかかってきた。しかし、清濁併せ呑む辣腕《らつわん》銀行家と「黄色い白人」との会話は、例によってまったく噛み合わなかった。

第三章　運命の子

1

一九九三年五月――

かえで銀行（和協銀行と関東地方を地盤とする別の都銀が一九九一年に合併して誕生）の本店営業本部に勤務する乾慎介は、神奈川県内の病院の産婦人科の新生児室にいた。

「これがわたしの子供ですか……。なんか実感がわかないですねえ」

ヘアキャップをかぶり、スーツの上から白衣を着た乾は、保育器のプラスチックごしに赤ん坊を覗き込んでいた。下がり眉がますます下がり、泣き笑いのような笑顔だった。

「赤ちゃんには、生まれるとすぐに部屋の番号を付けてありますから、この子は、間違いなく乾さんのお子さんですよ」

中年の女性看護師がいい、乾はうなずいた。

「体重が三〇五六グラムですから、ちょうど標準ですね。健康なお子さんで、よかったですね」

シーツにくるまれた赤ん坊は、小さな手を肩のあたりで内側に曲げるようにして眠っていた。皮膚も薄く、可愛いというより、痛々しい感じがする。

「それにしても、今日はずいぶん大勢生まれたんですねえ」

乾は周囲を見回す。

全部で九人の赤ん坊が、それぞれ保育器の中で眠っていた。

「月の満ち欠けが出産に関係あるみたいで、生まれる日には、一斉に生まれるんです」

看護師は、新月と満月の前後に多く生まれるといった。

「そうなんですか。不思議というか、神秘的な話ですねえ」

子供は神様からの授かりものという実感がして、乾は感動を覚えた。

新生児室の外の廊下に出ると、蛍光灯が点《とも》り、窓の外はだいぶ暗くなってきていた。腕時計を見ると、午後七時になるところだった。

乾は白衣を脱ぎ、書類がぎっしり詰まった鞄を提げて、廊下を歩いてゆく。黒革の書類鞄は、スペインのロエベ製で、仕事に打ち込む決意を込めて、数万円をはたいて買った。

香の病室は二人部屋だった。付き添いに来ている香の母親がベッドのそばにすわっていた。

乾は、義母に礼を述べて、香に話しかけた。

「香、ご苦労さん。今、赤ちゃんと対面してきたよ。大変だっただろう？」

チャコールグレーのスーツ姿の乾は、ベッドの香を覗き込む。

「痛かったわ……」

三十一歳の香は、布団の中に横たわったままいった。若い頃と変わらぬボブより少し長めの髪の一部が、汗で湿っていた。

「途中で、もうほんとに死んじゃうんじゃないかって思ったわ。もしかして、これが永遠に続いたらどうしようかって」

言葉とは裏腹に、小さな顔の大きな両目は笑っていた。

「ほんとにご苦労さん。もう赤ちゃんとは対面したのか？」

「さっきね。……ああ、これがわたしたちの子供かと思うと、胸が一杯になったわ」

感激を新たにしたのか、両目の端から涙が零《こぼ》れ落ちた。

（真珠のような涙だなあ……）

香が輝いて見え、これが母親になった女の美しさなのかと思う。

「仕事はもう終わったの？」

香は疲れているせいかほとんど動かず、まるでギプスで固められているような感じである。

「うん。なんとか早めに切り上げてきたよ。ついててやれなくて申し訳ない」

かえで銀行では、出産のために夫が仕事を休むという企業文化がない。ましてやエリート集団である本店営業本部の部長代理ともなると、出世争いも激烈だ。

「とにかく、健康そうな赤ちゃんで安心したよ。手足の指も五本ずつあったし。……不細工な顔でもいいから、とにかく五体満足で生まれてくれと祈ってたからなあ」

「不細工だなんてあり得ないわ。だってわたしの血が入ってるんだもん」

形のよい小さな鼻を、少し上に向けていった。

「ところでさ、名前を考えたぞ」

乾は、足元に置いた鞄の中から、書類らしきものを取り出した。

「じゃーん!」

両手で広げたのは、墨で漢字を書いた一枚の半紙だった。

「命名・華」

と書かれていた。

「華《はな》?」

香が半紙を見て、きょとんとした顔つきになった。

「そう、華」

乾は、我が意を得たりという表情でうなずいた。

「華のある、輝くような女性に育ってほしいと思ってさ。それに我が家の中心に咲く華でもある」

赤ん坊が女であることは、事前の超音波検査で分かっていた。

「ふーん。ちょっと古い感じもするけど……」

香は、思案するような表情。

乾が、一度いい出したら聞かない性格であることは知っているが、名前は一生の問題だ。

「いやいや、これは時代の流行《はや》り廃《すた》りを超える永遠の名前だよ」

ベッドの香は、目の前に広げられた半紙の文字を見詰める。

「慎ちゃん、ほかには考えつかなかったの？」

「ほかの？　……まあ、いくつかは考えてみたんだけど」

かがんで足元の書類鞄から別の半紙を取り出す。

「まあ、こんなのとか……」

広げられた半紙に墨で「慎子」と書かれていた。

「それ、しんこって読むの？」

香が怪訝《けげん》そうな顔で訊く。

「そう。俺の字をとって」

乾はバツの悪そうな表情でうなずく。

「それは駄目よー。そんな名前ないわ」

香が弾《はじ》けるように笑い、スチール椅子にすわった義母も笑った。

「ほかにも、香の字をとって香子《きょうこ》とかも考えてみたんだけど……いまいちだよなあ？」

頭を掻きながら苦笑いした。

「慎ちゃん、あんまり笑わせないで。まだ産んだところがちょっと痛むんだから」

「おっ、す、すまん。大丈夫か？」

うろたえた乾の様子を見て、香と義母が再び笑った。

2

三ヶ月後――

「……ねえ、慎ちゃん。華ってあんまり笑わない感じがするんだけど、これって普通なのかしらね？」

ある日曜日、自宅の居間で、ベビーベッドの中の華を見下ろしながら、香がいった。

まだ暑さが残る八月下旬で、戸外では蟬《せみ》が鳴き、付近の道路の車の排気音や、粗大ゴミの引き取りを呼びかける軽トラックのスピーカーの声が聞こえていた。

自宅は、小田急線沿線の生田駅の南口から歩いて十分ほどのゆるやかな坂道の途中に建つ一戸建てで、住所は神奈川県川崎市多摩区南生田である。新宿まで電車で約三十分と比較的都心に近いわりには、不動産が安く、若夫婦でも手が届く。開発途上のベッドタウンという感じの町で、あちらこちらに竹藪《たけやぶ》や雑木林があり、宅地造成前の姿を偲《しの》ばせる。

「え、そうか？　俺は特にそんな気もしないんだけど……」

居間のソファーで書類を読んでいた乾が首をひねって香のほうを向く。書類は、営業本部で担当している不動産会社の経営資料だった。

「赤ちゃんて、だいたいほっぺを触るとニコッとするじゃない。華って、あんまり反応がない気がするんだけど……」

居間の床にトンビ座りして、華を眺めていた香がいった。

「でも、お乳は普通に飲むんだろ？」

乾は、書類に視線を落としたままいった。

「飲むけど……でも、吸う力が弱い感じがする。それに、身体が妙に硬くて、掌《てのひら》もだいたい握ったままだし、頭もぐらぐらして、首がすわらないし……」

ピンクのTシャツに深緑色のコットンのズボンをはいた香は、不安そうな表情でいった。

乾は書類をテーブルの上に置いて立ち上がり、香のそばに歩み寄って、華を上から覗き込む。

「そうなのか……」

「確かに、あんまり表情がない感じがするけど……子供ってこんなもんじゃないのかなあ」

普段仕事に没頭していて、華のことは香に任せっきりで、よく分からない。

「いっぺんお医者さんに診てもらおうかと思うんだけど」

「医者に？　そこまでしなくても、しばらく様子見すればいいんじゃないか？」

「もうずいぶん様子見したわよ！」

香がむっとした口調でいった。

「慎ちゃんはいっつも仕事仕事で忙しいから、あんまり話さなかっただけよ。わたしは、もうずっと変だと思ってたんだから！」

「そ、そうなのか？」

香の剣幕に、乾はたじろいだ。

「自分の子供なんだから、少しは関心持ったらどうなの？」

「いや……関心はあるよ、もちろん」

「そんなふうに見えないんだけど」

きっとした顔で乾を睨みつけた。

「分かった。ちょっと待て」

乾は、相手が感情的になっているのを見てとった。

「じゃあ、病院に連れて行こう。な、そうすればお前も安心するんだろ？」

「わたしの安心とかそういう問題じゃない！　華の問題なのよ」

「分かった、分かった。とにかく病院で検査しよう、なっ」

（こりゃ、そうとう溜《た》まってたんだな……）

「月曜日に、俺が電話して予約してやるから。なっ、そうしようや」

なだめるようにいうと、香は、ようやくうなずいた。

（あーあ、この忙しいときに、病院の予約かよ……）

乾は、心の中でため息をつくと、キッチンの冷蔵庫から缶ビールを取り出し、音を立ててプルトップを引いた。


数日後——

乾は、かえで銀行本店営業本部の応接室で、不動産開発会社の財務部長と話をしていた。

かえで銀行本店は、大手町のお濠端《ほりばた》に建つ旧和協銀行本店ビルである。国内の大企業取引の総本山である営業本部（略称・営本《えいほん》）は二階にある。第一部から第六部まであり、乾の所属する第一部は建設・不動産業界を担当している。

「……率直に申し上げて、この案件は、うちとしては難しい感じがしますねえ」

応接セットのテーブルの上に広げた図面を見ながら、スーツ姿の乾がいった。不動産開発会社が計画している栃木県のゴルフ場建設の設計図だった。建設費用は総額で約百四十億円である。

「そうですか？　でも三和銀行さんなんかは、『いい案件だ。全額うちで検討させてほしい』っておっしゃってるんですけどねえ」

不動産開発会社の財務部長は、チャコールグレーのスーツを着た五十がらみの男性である。頭髪をきれいに撫で付け、苦労人らしい打たれ強さを漂わせていた。

「三和さんは、ゴルフ場に積極的ですからねえ」

乾の隣りにすわった営本一部の次長がいった。銀縁眼鏡をかけ、紺色のスーツを着た四十代半ばの男性である。秀才だが、人柄は温厚だ。

「三和さんは、頭取が『融資は銀行の主食』とブチ上げて、ゴルフ場建設の融資を一行丸抱えでばんばんやってるようですね」

三和銀行は、去る（一九九三年）三月期末で、不動産向け融資を前年比で一四・四パーセントも増やした。

「かえで銀行さんも、弊社のために一肌脱いでいただけませんか？」

財務部長が訊いた。

「申し訳ありません。今回は、ちょっと難しいですわ」

営本一部の次長が頭を下げた。「うちもよそさんみたいに積極的にやれればいいんですが、なにぶん都銀の中でも真ん中より下ですし、体力的についていけません。また別の案件で、お手伝いさせていただけないでしょうか」

「そうですか。……分かりました。では、またの機会にお願いに上がることにいたします」

相手はさして気落ちした様子もなく、テーブルの上に広げてあった図面を畳み始める。

「ちょっと一本よろしいですかね？」

図面を鞄の中にしまった財務部長が、タバコを吸う仕草をした。

「どうぞ、どうぞ。わたしもやらせていただきます」

次長がいい、乾が立ち上がって、部屋の隅の電話台の下に置いてあった灰皿を持ってくる。

オフィス内は禁煙だが、応接室内で来客が希望した場合は、吸うことができる。

「しかし、何とも冴えない景気ですなあ」

タバコをふかしながら、財務部長がいった。

「そうですねえ。ゼネコン汚職、長雨に冷夏、円高と続いて、いいとこなしですねえ」

煙をくゆらせながら、次長がいった。

三月に金丸信自民党前副総裁と元秘書が東京地検に所得税法違反容疑で逮捕されたのに続き、ゼネコンなど八社の首脳、仙台市長、茨城県知事などが汚職で逮捕された。五月からは長雨と冷夏が続き、農作物の被害は一兆円を超える見通しだ。二月に始まった円高は、八月十七日に戦後最高値の一ドル百円四十銭を付け、輸出産業などに打撃を与えた。今年の実質経済成長率は、〇・三パーセントにとどまる見通しだ。

「ところで、あのマーシャルズっていうアメリカの格付会社はいったい何なんですかねえ?」

財務部長がぼやくようにいった。

「何かありましたか?」

乾が訊いた。タバコはあまり吸わないほうだが、場の雰囲気に合わせて一本ふかしていた。

「こないだ、ハザマさんの格付けをＢ１、戸田(建設)さんの格付けをＢａ１にしたじゃないですか」

両社とも準大手の建設会社である。

「うちなんてハザマさんや戸田さんよりも小さな会社ですから、いつ勝手格付けされて、どんな目に遭わされるのか、ちょっと怖いですよ」

「まあ、格付けは、会社の規模に比例するというものでもないと思いますが……」

銀縁眼鏡の次長がなだめるようにいった。

「しかし、日本企業に対して厳しすぎると思いませんか？　同じ会社に対して日系の格付会社は、もっと高い格付けを付けてるわけですから」

ハザマと戸田建設に対しては、日本公社債研究所が、それぞれAマイナスとAプラスの格付けを与えている。

「ウォール街と結託して、日本企業を貶《おとし》めて、買い叩こうとしてるんじゃないですかねえ？」

財務部長がいった。

「さあ、どうなんでしょうか？　……そういえば、うちの四部で担当している商船三井さんも、先般投機的等級にされたって、ぼやいておられたようですよ」

マーシャルズの大阪商船三井船舶に対する格付けはBａ1のジャンク（くず債券）である。これに対して、日本公社債研究所と日本格付研究所は、同社にAマイナスの格付けを与えており、四ノッチもの開きがある。

「確かに、商船三井さんがデフォルト（債務不履行）するとは、ちょっと考えられないですよね」

乾が、灰皿でタバコの火をもみ消しながらいった。

「あの会社は、安定収益源になる長契《ちょうけい》（長期契約）の船隊を強化していますし、為替対策などの合理化も進めています。しかも、有価証券と不動産の含み益が三千億円を超えていますから、いざというときでも、元利金の支払いが滞るとは考えにくいですよね」

しかし、ゼネコンに関しては、日系格付会社より、マーシャルズのほうが実態を衝《つ》いているのではないかという気がしていた。

面談を終え、不動産開発会社の財務部長をエレベーターのところで見送って、乾は席に戻った。

高い天井の下に六つの島があり、それぞれの一番奥に、各部の次長がすわり、そのさらに後ろに、島と少し離れて各部の部長がすわっている。

次長の下の役付者である部長代理の乾の席は、島の真ん中よりやや下座のほうだ。同じ部長代理でも、銀行内の資格によって参事補の上席部長代理、主事の部長代理、主事補の部長代理と三種類があり、乾はまだ一番下の主事補の部長代理だ。

乾は、デスクの上の書きかけの稟議書《りんぎ》を開き、先ほどまで書いた内容を目で追い始める。

電話が鳴った。

「営本一部、乾です」

一度の呼び出しで受話器をとり、耳にあてた。

「慎ちゃん、あたし」

女性の声だった。

「ん、香か？」

自分の声が周囲に聞こえないよう、乾は顔を少しねじる。

「そう、あたし。あのね、さっき病院に行ったらね……」

声が明らかに動揺している。

（病院？　何のことだ？　……あ、華を病院に連れて行ったのか）

数日前に乾が予約した病院であった。

「お医者さんがね……華の脳に損傷がある可能性があるっていうのよ」

「ええっ！　ほんとか⁉」

思わず大きな声が出た。

周囲の同僚たちがこちらに注意を向けた気配を感じる。

「分かった。今、職場なんで、すぐに折り返し電話する」

小声でいって受話器を置き、立ち上がった。

エレベーターで地下一階に降り、地下鉄の通路につうじる通用口を入ってすぐの場所に置かれた緑色の公衆電話から、自宅に電話を入れた。

「香、本当なのか⁉」

受話器を持つ手が震えていた。

「本当よ」

香は声を振り絞るようにいった。

「表情がないこととか、身体が硬いこととか、ちょっとこう全体に下に引っ張られたような顔つきから、脳の障害が疑われるんだって」

「う、ううむ……」

呻《うめ》きともため息ともつかぬ声が漏れた。いわれてみれば確かに、華の顔つきは普通ではないような気がする。

「詳しく検査をしなきゃいけないから、大学病院を紹介するって」

乾は、目の前が真っ暗になったような気分だった。

「ねえ、どうしようか？　あたし、どうしたらいいの？」

「落ち着け、香」

乾は、自分にいい聞かせるようにいった。

「動揺するな。今、一番よくないのは、親が動揺することだ」

「…………」

「まだ障害があるって決まったわけじゃないだろ？　検査をしてみなきゃ、分かんないんだろ？」

「うん……」

「検査はいつになるんだ？」

「まだはっきりしたことは分からないけど……来週くらいだと思う」

「分かった。とにかく、それまでは悲観するな。今から悲観しても、何にもならない」

「……うん」

「医者は、何か注意しろっていってたか？」

「ううん、特には。華の様子に十分注意を払って、何か変化があったら、すぐ病院に連絡するようにって」

「そうか。……とにかく、今日は、なるべく早く帰るから。一人で心細いだろうけど、夕方まで辛抱してくれ」

「うん……分かった。なるべく早く帰ってきてね」

乾は、受話器を置くと、地下一階の喫茶店兼食堂に入った。コーヒーを注文し、立て続けに三本タバコを吸う。衝撃と不安で、居ても立ってもいられない気分だった。

二ヶ月後――

乾と香は、新宿区河田町にある有名私大の大学病院の小児科で、順番待ちをしていた。

夏が過ぎ、秋が深まりつつある季節で、付近の街路樹が黄色く色づき始めていた。

大学病院は、都営新宿線の曙橋《あけぼのばし》駅から歩いて八分ほどのところにあった。JR市ケ谷駅のほうに延びるバス通りを挟んで、昭和五年に建てられた古めかしい煉瓦造りの一号館、検査棟、糖尿病センター、中央病棟、心臓血圧研究所、記念講堂、西病棟など、形も大きさもまちまちの建物が集まり、医師、看護師、検査技師、学生、患者、業者など無数の人々が蟻《あり》のように出入りしていた。

小児科は、西病棟の先にある四階建ての総合外来センターの一階奥にあった。

「乾さん、どうぞ」

診察室から女性看護師が顔を出し、乾と香は、長椅子から立ち上がった。二人とも不安と緊張で青ざめていた。

診察室に入ると、縁なし眼鏡をかけた白衣の男性医師が待っていた。

「どうぞ、おかけください」

二人は、判決をいい渡される被告人のような気分で、椅子に腰掛けた。

乾は、青と緑のチェックのシャツの上に、紺色のジャケット、香は、白のブラウスにすみれ色のカーディガン姿だった。

「検査に時間がかかって、申し訳ありませんでした。難しい症例でしたので、慎重を期したいと思いまして」

中年の医師は、贅肉《ぜいにく》の少ないすっきりとした顔に、柔らかな微笑を浮かべていった。

「結論から申し上げますと、華さんは、脳にかなりの範囲で麻痺があります。それから、レンノックス症候群、簡単にいいますと、癲癇《てんかん》と、小頭症と、低体温症を併せ持っています」

乾と香は、ショックのあまり、目の前が真っ暗になった。

医師は、デスクの前のシャウカステン（発光パネル）に差し込んだ、華の頭部のレントゲン写真を示しながら、損傷部位についての説明を始めた。

「麻痺があるのは、この部分全体ですね」

白く見える損傷箇所が脳の広い範囲に及んでいた。

「病気の原因は、胎児期のウイルス感染による、脳と脊髄《せきずい》膜の炎症の後遺症と考えられます」

乾と香は、身体が椅子から崩れ落ちそうになるのを懸命にこらえ、混乱する頭で医師の言葉を懸命に理解しようとする。

「生命維持をつかさどる脳幹部は機能していますが、麻痺がかなりの範囲に広がっています。そのため、四肢に麻痺があり、視力も弱いです」

(視力も弱い……。だから、反応が鈍かったのか!)

乾は、喉《のど》に激しい渇きを覚えた。

「先生、治療のしようはあるんでしょうか?」

乾が震える声で訊いた。

「損傷を受けた脳の部位については、残念ながら、現在の医学では回復させることは困難です。しかし、リハビリによって様々な機能を補うことができますし、薬も日進月歩で効果のあるものが開発されています」

医師は、嚙んでふくめるようにいった。

「華さんは、まだ生まれて半年も経っていません。これからどんな発達をされるか分かりませんから、希望を持ってください。お子さんによっては、医学の常識を超えて回復するケースもあるんです」

乾は、泣きたいのをこらえながら、懸命に医師の顔を見詰め、うなずいた。香は俯《うつむ》いて、目頭にハンカチをあてていた。

「手術の必要なんかは、あるんでしょうか？」

「今のところはありません」

医師は首を振った。

「様子を見るため、華さんには、もうあと一、二週間入院していただくほうがいいと思います」

「はい」

「退院後は、身体の抵抗力が弱いので、体調に気をつけていただくことと、低体温症で、身体を冷やすと昏睡《こんすい》状態に陥りますから、特に冬場などは、身体を温かく保つように気をつけてあげてください」

「分かりました」

乾が、悲しみをこらえながら、うなずいた。

「退院されたあと、リハビリにかよわれるのがいいと思います。いくつか候補になる病院や施設をご紹介しましょう」

「有難うございます」

乾は、完膚なきまでに打ちのめされた気持ちだった。香はもう口をきくこともできない。

家に帰る道すがら、香は泣き続け、時おり「わたしがいけなかったのかなあ」、「これからわたしたち、どうなるのかなあ」と呟いた。

乾は、香の肩を抱いて歩きながら、「お前は悪くない」、「まだ治らないと決まったわけじゃない」、「俺たちがくじけたら、華はどうなる」と励まし続けた。

途中、大手書店に立ち寄って、華の病気に関係がありそうな医学関係の本を何冊か買った。

「一人の医者のいうことは絶対じゃない。病気の治療方法は、患者も積極的に研究しなけりゃ駄目だ。俺はこれから、華のために死に物狂いで勉強する」

その晩、香は、悲しみと疲労で、早々とベッドに入った。乾は、襲いかかってくる絶望や不安と戦いながら、遅くまで医学書を読み続けた。心の中で何度も「畜生、泣くもんか!」、「負けてたまるか!」と叫んでいた。

3

「……本当に『飛ばし』はないんでしょうか?」

乾と香が、華の病気を告げられて間もない頃、マーシャルズ・ジャパンの水野良子は、東京八重洲の山一証券本社を訪れた。東京駅の斜向《はす》いの、外堀通りに面した茶色っぽいビルである。昭和四十二年竣工の古い建物で、地上九階、地下四階。一階正面に大きな株価ボードがあり、株価が大きく動いたりすると、テレビ局のクルーがやって来て、道行く人々のコメントを撮ったりする。

良子を迎えたのは、企画室長と課長代理の二人だった。

「『飛ばし』は、ないと……信じております」

低いテーブルを挟んだ向い側のソファーにすわった四十歳くらいの企画室長が、歯切れの悪い口調でいった。

（『ないと信じている』？　『信じている』って、どういうこと？　もしかして、『飛ばしはある』ということ？　それとも、自分は実態を知らないということ……？）

すらりとした長身をグレーのスーツで包んだ良子は、相手の顔をじっと見詰め、真意を推し量る。

小柄で四角い顔の企画室長は、どこか困ったような表情をしていた。東大卒で米国留学もしているエリートだが、実直で嘘がいえない人物である。

「飛ばし」とは、含み損を抱えた保有有価証券を、買戻し条件付きで売却したりして、一時的にバランスシートから外す粉飾の手法である。今年に入って、コスモ証券が約七百億円もの「飛ばし」をしていることが発覚して債務超過に陥り、メーンバンクである大和銀行に救済買収された。山一証券にも、以前から四千億円くらいの「飛ばし」があるという噂が絶えない。

（本当に飛ばしがないということを把握していれば、自信満々で否定するはず。やはり何かあるとしか考えられない）

胸中で、疑念が黒雲のようにわき上がる。

「御社の今年三月期の決算を見ますと、約三百七十三億円の経常損失を出されていますが、今期の収益見通しはどうなんでしょうか？」

山一証券は、他の四大証券に比べ、利益が異様なほど少ない。去る（一九九三年）三月期の決算は、野村と日興がそれぞれ十三億円と十九億円の経常黒字、国立《くにたち》支店長らの不祥事にからむ引当金を計上した大和が六十五億円の経常赤字だったのに対し、山一の経常赤字は三百七十三億円と突出している。

資産規模がそれほど変わらないのに、収益性が極端に低いということは、「資産の質」に何らかの問題がある可能性がある。マーシャルズは、山一証券の一般社債に対する格付けをＢａａ2と、投資不適格まであと二ノッチというところまで引き下げていた。

また、同社は、これまで総額で約三千億円の転換社債を発行しているが、今期も赤字で三期連続の赤字決算になると、社債発行の財務制限条項に抵触し、繰上げ償還を迫られるといわれている。三千億円という資金は、今の山一の体力では、おいそれとは調達できない。

「今期は、相場も回復してきていますので、株の委託手数料が前期の三割増しくらいになっています」

企画室長は、比較的自信のある口調でいった。

昨年（一九九二年）八月十八日に一万四三〇九円のバブル崩壊後の最安値を付けた日経平均株価は、今年四月頃から二万円前後で推移している。東証一部の売買代金も一日四千億円強で、前年同期の約二千五百億円を大きく上回っている。

「一両日中に中間決算の数字を発表しますが、ケイツネ（経常利益）で百十三億円の黒字です」

良子は髪を耳の上にかき上げながら、メモをとる。

「来年の三月期は、今後の相場次第ですが、二百億円程度は経常黒字を出せる見込みです」

話を聞きながら、良子は、心の中でため息をついていた。

（当の会社に訊いても、やっぱり通り一遍の答えしか返ってこないなあ……）

良子は、根強く囁かれ続けている山一の「飛ばし」の噂の実情を探ろうと、銀行筋や大蔵省、新聞記者などにヒヤリングをしていたが、なかなか実態を摑《つか》むことができないでいた。

しかし、異様なほどに低い収益性は、強い警告を発しているとしか思えない。

「ところで、大蔵省と証券取引等監視委員会の検査は、もう終わったのでしょうか？」

山一証券に対して検査が入ったのは二月で、半年以上経っても終わったという話がなく、関係者の間で様々な憶測を呼んでいた。これも非常に悪い徴候だ。

「いや、検査はもうとっくの昔に終わってるんですよ」

企画室長がいった。「四月の末には終わって、検査官から講評も受けています。ただ、通常ですと、大蔵省から改善指示書という文書をもらうのですが、これがまだ出ていないということなんです」

「指示書が出ていない理由は何なのでしょうか？」

「ちょっとその辺は、わたしも担当じゃないんで、詳しくは知らないんですが……指示書の文言をどうするかとか、ごくごく事務的な行き違いか何かで、遅れているんじゃないでしょうか」

再び歯切れが悪くなった。

（やっぱり何かあるとしか考えられない……）

これ以上訊いても実のある答えは返ってきそうにない。しかし、相手の歯切れの悪い態度を目の当たりにしただけでも、来た意味はあった。

「有難うございました。質問は以上です」

良子がいうと、相手は安堵《あんど》したような表情を見せた。

「もう冷めているかもしれませんが、よろしければどうぞ」

相手に勧められ、良子は目の前のカップのコーヒーを口に運ぶ。神経を張り詰めて話していたので、少しほっとした気分だった。

「少しお疲れのようですね」

企画室長がいった。

「そう見えますか？」

「女性の方には失礼かもしれませんが……そんなふうに見えます」

米国留学経験のせいか、外国風に洗練された、柔らかな微笑を浮かべた。

「バブルが崩壊してから仕事が増えて、毎日のように遅くまで残業しています」

良子は、困ったような笑みを浮かべる。

日本の経済状況が日に日に悪化している中で、良子らは追い立てられるように日本の金融機関を格下げしていた。米国が民主党政権になると対日政策が厳しくなるといわれるが、今年一月にビル・クリントン大統領が就任して以来、本社の日本に対する見方が厳しくなり、引下げを急ぐようにとの要請が多くなった。さらに、一九八〇年代に格付けしていた邦銀の数は二十行に満たなかったが、地銀まで勝手格付けしたので、現在では五十行近くになり、これら各行を一年から一年半ごとに格下げしているので、作業が大変である。

「ところで、マーシャルズさんは、格付方針が、ちょっとマスコミ的すぎませんか？」

企画室長が、含むところがあるような顔つきでいった。

「といいますと？」

「S&D（スタンダード&ディロンズ）さんなんかは、財務内容について相当詳細に分析して質問してこられますが、マーシャルズさんは、マスコミの論調に乗せられて、まず企業を疑ってかかっている感じがするんですよね」

「そうですか……」

心当たりがないとはいえなかった。特に、駐日代表の梁瀬次郎は、マスコミの動向に常々注意を払っており、マーシャルズの知名度を高めるためにも、注目を集めるような格付けをすることを望んでいる。良子らに直接指示することはなかったが、そうした雰囲気は、アナリストたちに少なからず影響を与えていた。

良子は、以前、梁瀬に対して、そのような姿勢は、本来投資家のために存在する格付けの性格を歪《ゆが》めるのではないかと苦言を呈したことがある。しかし、梁瀬はそれを一蹴した。

「発行体の財務内容については、当然のことながら、わたしどもも詳しく分析して格付けの作業に臨んでいます」

良子はいった。

「ただ、外部の方にそうした印象を持たれるのは、わたしどものほうでも、反省すべき点があるのかもしれません。……今後の糧にさせていただきたいと思います」

でも、山一さんの場合は、疑われても仕方がないんじゃないでしょうか、という言葉は呑み込んだ。

4

一九九五年一月三十日月曜日——

東京の空は晴れ渡っていたが、北西寄りの風が吹く肌寒い日だった。

永田町で開会中の第百三十二通常国会では、約二週間前に発生した阪神・淡路大震災について、復興の財源をどうするかが議論されていた。

内幸町一丁目に聳えるインペリアルタワー十三階のマーシャルズ・ジャパンの格付部門の部屋では、水野良子とＦＩＧ（金融機関グループ）の主任アナリストの日本人男性が話し合っていた。

「……やっぱり一千億円じゃ、全然足りなかったんだろうなあ」

人の背の高さほどのパーティションに囲まれたデスクで、主任アナリストがいった。

「思ったとおり、西脇専務のいうことは、あてになりませんでしたね」

デスクのそばに立った良子が苦笑した。住之江銀行からファックスで送られてきた、プレスリリースを手にしていた。

住之江銀行は、きたる三月期の決算で、八千億円の不良債権償却を実施し、経常損益が、当初予定の六百億円の黒字から、二千八百億円の赤字に転落すると発表した。

「今回償却する八千億円の中に、イトマンの分はどれくらい入ってるの？」

「はっきりとはいいませんが、企画部の担当者の口ぶりでは、一千億から二千億の間のようです」

「なるほど……それでだいたい片が付くのかねえ？」

「そんなことはないと思いますよ」

良子は首を振った。

「イトマン向け融資はまだ五千億円くらいあるはずです。一千億や二千億償却しても、足りないと思います」

主任アナリストはうなずく。

「住之江銀行の闇は深い、か……。支店長も射殺されたしなあ」

昨年（一九九四年）九月十四日の朝、住之江銀行取締役名古屋支店長が、名古屋市千種《ちぐさ》区内の自宅マンション（十階）前で射殺された。凶器は三八口径の回転式拳銃で、銃弾一発で頭部を撃ち抜くプロの仕事だった。

住之江銀行名古屋支店は、イトマンと取引があり、イトマンがらみのトラブルの可能性がある。しかし、イトマン以外の不良債権の処理も進めており、犯人が捕まっていないため、原因ははっきりしない。

「住之江銀行の長期債の格付けは、今、A1だっけ？」

「そうです」

「今日の株価は？」

「先週末比三百円高の千九百十円でストップ高です」

「ほう……。マーケットは不良債権処理を好感してるわけか」

「ほかの銀行株も軒並み買われています」

土地も動きやすくなるとの連想から、不動産株や建設株も買われ、東証は大商いになっていた。特に、去る一月十七日の阪神・淡路大震災の復興需要を期待して、関西地区の中堅建設会社に積極的な買いが入った。

「住之江銀行の格付けは、『据え置き』くらいが妥当かねえ？」

「そう思います。マーケットに迎合するわけではありませんが、これだけの額の償却は邦銀としては過去最大ですから、積極的な一歩だと評価できると思います」

主任アナリストがうなずく。

「ところで、北拓、日債銀、中央信託なんですが……」

良子がいった。「大蔵省が、東京協和と安全信組の破綻処理に手間どったことからいって、金融行政手腕に疑問符が付くような状況になってきていると思います。これら三行については、格下げ方向で考えたらいいんじゃないかと思うんですが」

三行とも、各業態の下位で、現在の格付けは、Ｂａａ2である。あと二ノッチ下がると、投資不適格だ。

東京協和信用組合と安全信用組合が、乱脈融資から多額の不良債権を抱えているのが明らかになったのは、一昨年（一九九三年）のことだ。東京協和信組理事長の高橋治則《はるのり》が社長を務めるイ・アイ・イ・インターナショナルが、元防衛庁長官の中西啓介衆議院議員のマンションの家賃を負担し、六千万円に上るパーティー券を購入していたなど、政治がらみの事件でもあった。

日銀法二十五条を発動して、日銀が民間金融機関とともに出資して東京共同銀行を設立し、二信組の営業を引き継ぐという救済策がようやくでき上がったのは、今年一月になってからである。

「僕も、その三行については、格下げ方向でいいと思う」

主任アナリストがいった。

「バブル崩壊から五年になるのに、銀行の不良債権処理の目処《めど》がいまだについていない。大蔵省の行政手腕に疑問を抱かざるを得ないと思う」

世界的に見て財務体質が脆弱《ぜいじゃく》な邦銀が投資適格を維持できているのは、大蔵省が金融機関の問題に対処する能力があるという前提によるものだ。しかし今、その「セーフティ・ネット」に対する信頼が揺らぎ始めている。

「あのー、すいません」

かたわらから声がした。

振り返ると、運輸・小売業界を担当している男性アナリストだった。邦銀の審査部門出身で、眼鏡をかけた穏やかな性格の人物である。

「実は、今日で会社を辞めることになりまして。……今まで、色々お世話になり、有難うございました」

目が眠そうに見える、穏やかな性格の太めの男性は、寂しそうな顔で頭を下げた。

「え、今日でお辞めになるんですか？」

突然の話に、二人は驚いた。

「ええ。梁瀬代表に、今日で辞めてもらうといわれまして」

「え？　あ、ああ……そうなんですか。大変ですね」

良子は、何といって慰めていいか分からない。

「マイグレーション（格付けの標準的な変遷速度）を逸脱して、急に格下げせざるを得ない案件が二つ続いたので……まあ、自業自得といわれても仕方がないんですけど」

「マイグレーション」とは、ある格付けから別の格付けに変化するのに要した期間のことである。これが標準よりも短い（すなわち変遷の速度が速い）場合、もともとの格付けが間違っていたといわれても仕方がなく、解雇の理由になり得る。

「しばらく休養されるんですか？」

突然の解雇なので、おそらく次は決まっていないはずだ。

「そうですね。しばらく休んでから、次の仕事を探します」

相手は、静かな口調でいった。

「実は、僕も結構疲れてて、少し休みたいなと思ってたところなんです」

「あ、そうなんですか？」

相手の顔を見たが、負け惜しみをいっているふうはない。

「発行体のところに行って、灰皿投げつけられたり、ＪＢＲＩ（日本公社債研究所）がダブルA付けてる会社にトリプルB付けて、『お前らの会社は、いったい何なんだ！』って怒鳴られるのも、結構しんどいですよね」

そういって苦笑いした。

良子も似たような経験は、しょっちゅうある。

「ニューヨーク本社との関係でも、三菱グループ系は相互にサポートし合うといっても、なかなかアメリカ人は理解してくれないし」

企業グループの中でも三菱グループは、「三菱」のブランドを大切にしており、グループ・トップの集まりである「金曜会」が中心になって、グループ企業を支え合っている。これは一種の「セーフティ・ネット」とみなし得るが、そうした慣行がない米国の人々は、なかなか理解してくれない。

「それじゃ、頑張ってください」

太めの男性は頭を下げ、別のアナリストのデスクのほうに歩いて行った。

（梁瀬さんと合わなかったんだろうなあ……）

自分の席に戻って、良子は辞めるアナリストのことを考えた。

梁瀬は、対人関係はともかく、頭の切れる人物だ。頭の回転が鈍かったり、英語が下手な人間に対しては、あからさまに見下した態度をとる。件《くだん》の男性アナリストは、人柄はいいが、梁瀬が嫌う二つの条件にぴたり当てはまっている。

(そういえば、去年の人事評価がすごく悪かったっていってたなあ)

マーシャルズの人事評価はパフォーマンス・エバリュエーション(略称ＰＥ)と呼ばれ、年一回行われる。梁瀬は、解雇するための伏線に、件の男性アナリストの人事評価を極端に悪くしていた可能性がある。

(わたしは大丈夫だろうか……)

何となく嫌な予感がした。

梁瀬と、格付けに関する基本姿勢を巡って、対立することが多くなっていた。また、「勝手格付け」についても、格付データを出したいのは分かるが、多大な時間と労力を要するにもかかわらず、収益に全然寄与しておらず、失敗ではないかと疑問を呈したことが一、二度あった。

梁瀬は、良子のことを苦々しく思っているようだったが、今のところ、本社のピーター・サザランドやパトリックが良子を高く買っているので、手出しはしてこない。

5

五月三十日火曜日——

東京は曇り空で、比較的気温の高い日だった。

日比谷生命の沢野寛司は、馬場先濠《ばばさきぼり》を挟んで皇居の斜向《はす》いに建つ本社調査部で仕事をしていた。

ロンドンにある邦銀の証券現法の投資顧問部での一年間のトレーニー生活を終え、約三年前に東京に戻り、本社調査部の係長になった。現在の仕事は、邦銀をはじめとする日本企業の信用分析である。

生命保険会社は、様々な業種の日本企業に投資や融資をしたり、金融機関とデリバティブ取引をしたりしているので、それら企業や金融機関のリスク分析をしておく必要がある。

「先輩、ちょっとこれ、見てくださいよ。信じられませんよ！」

ワイシャツ姿の沢野が、隣りのデスクの二年次上の先輩社員に話しかけた。頭髪をきちんと刈り、眼鏡をかけていない沢野は、一昔前の時代劇映画の若侍ふうの顔である。

「これ、モルガン・スタンレーのレポート？」

先輩社員は、沢野が差し出したファックスを受け取った。

「今日送られてきた債券レポートです」

縁なし眼鏡をかけた細面の先輩は、レポートに視線を落とす。

「え、なに⁉『当局が格付会社に脅迫的な言辞を弄《ろう》するのは、先進国では珍しい。もしウガンダのアミン大統領がまだ権力の座にあったら、もっと恐ろしい圧力をかけていただろう』……何だ、こりゃ⁉」

アミン元大統領は、三十万人の国民を虐殺したといわれるウガンダの独裁者で、現在は、サウジアラビアに亡命している。

「マーシャルズが、こないだ北拓、日債銀、中央信託の三行を格下げ方向で見直すって発表したじゃないですか。それに大蔵省が腹を立てて、『指定格付機関から外す』って、脅したらしいですよ」

「指定格付機関」は、一九九二年の「企業内容等の開示に関する省令」にもとづいて導入された制度だ。大蔵省から指定を受けた格付会社からの格付けがあれば、社債を発行できるようにするもので、同年七月に、日本公社債研究所、日本格付研究所、日本インベスターズサービスの日系三社と、マーシャルズ、S&D、フィッチ・インベスターズ・サービスの六社が指定され、十月には、ダフ・アンド・フェルプス、トムソン・バンク・ウォッチ、IBC

Aの三社が加えられた。

「指定格付機関」の格付けは、社債の適債基準だけでなく、①証券会社の自己資本算出のための保有資産のリスクウェイト付けや、②CP（コマーシャルペーパー）の発行要件、③機関投資家の投資基準、④融資やデリバティブ契約における、カウンターパート（取引相手の信用）リスクの決定根拠など、幅広い用途に用いられている。したがって、指定のあるなしは、格付会社の死命を制する。

「『三行に対するマーシャルズのネガティブ・ウォッチは、日本に無条件降伏を求めたポツダム宣言のようなものである。関係者が手をこまねいていると、金融システムが揺らぎかねないという最後通告だ』か……」

先輩社員は、レポートを読み続ける。

「『これに対して大蔵省は、格付基準に問題があるのではないかと疑義を呈し、邦銀に対する大蔵省のコミットメント（支援決意）は変わっていないと抗議した模様だ。しかし、マーシャルズ側は、邦銀は欧米の銀行に比して収益力が弱く、巨額の不良資産を抱えているとして、ネガティブ・ウォッチを撤回する気配はない』と……」

レポートはさらに、格付けと格付会社の中立性は、投資家にとって最も重要な事柄であり、大蔵省の抗議と脅迫は、邦銀のために自分たちが何かをしているというアリバイ作りであると断じ、「マーシャルズは、五、六年前まで邦銀をトリプルAに格付けしていたが、大蔵省はその当時も、格付け姿勢に問題があると考えていたのだろうか」と皮肉っていた。

「大蔵省をアミン大統領に喩《たと》えるなんて、書きたい放題書いてるねえ」

先輩が、レポートから顔を上げて苦笑した。

「悪乗りしてるのは確かですね。さすが外資系というべきでしょうか」

沢野も笑う。

「まあでも、モルスタのいってることが正論だろうな。だいたい、許認可取消をちらつかせて脅すなんてのは、腐れ木《こ》っ端《ぱ》役人のやることだよな」

プライドが高く、格付けの中立性を至上命題とするマーシャルズも、大蔵省の脅しを一蹴していた。

「大蔵だけじゃなくて邦銀も、格下げを何とかしようってんで、水面下で相当えげつないことをやってるらしいですよ」

「というと？」

「今年の初めに、マーシャルズの駐日代表の梁瀬次郎を、東京地検が逮捕しようとしてたって噂があります」

「ほんと⁉」

「NIS《ニス》（日本インベスターズサービス）の人がいってました」

　NISは、日本産業銀行を中心に、都銀、信託銀行、証券系研究機関、生損保などが出資して一九八五年に設立した格付会社である。

「いったい何の容疑で、梁瀬氏を逮捕しようっていうわけ？」

「発行体が梁瀬氏を銀座で供応していたらしくて、格下げされた邦銀が、検察に持ち込んだって話です」

「何でNISの人がその話を知ってるの？」

「大学の同級生が東京地検の検事で、どう思うか意見を求められたんだそうです。『アメリカと喧嘩《けんか》になるから止《や》めておけ』とアドバイスしたっていってました」

「ふーん……。そこまでやるなんて、邦銀も断末魔だよなあ」

　沢野はうなずいた。

「やっぱり邦銀はよくないですよ。ここのところずっと邦銀のクレジット（信用力）を調べて、うち独自に格付けしてみましたけど、マーシャルズとほとんど同じ結果になりましたから」

　沢野は、デスクの上から一枚の紙をとって先輩に示した。

　沢野がやった邦銀の格付けで、信用力に応じて、AからEまでの記号を付けてあった。

Aの邦銀はなく、Bが三菱、三和、富士、住之江、産銀など、Cにさくら、東海、かえで、Dに長銀、大和など、最低のEに、拓銀、日債銀、三井・安田・中央・日本の四信託銀行となっていた。

「なるほど、確かにマーシャルズやS&Dとほぼ同じだねえ」

先輩は感心した顔つき。

「ま、とにかく邦銀とは、注意して付き合わないと駄目だってことだよな」

その晩——

かえで銀行に勤務する乾慎介は、新宿区の大学病院の病室で娘の華のかたわらに付き添っていた。

深夜の病院は、ナースステーションに詰めている夜勤の看護師以外は人気《ひとけ》がなく、人も物も眠っているように静まり返っていた。

一人娘の華が、腕に点滴の針を刺されて眠っていた。

二歳になったが、身体は普通の二歳児の三分の二もなく、手足は細く、肌は透き通るように白い。

身体に抵抗力がないため、風邪をひきやすく、体調を崩すと水分を摂《と》れなくなって脱水症状を起こす。今も、点滴で水分を補給しているところである。

空いている隣りのベッドの上には、仕事の資料がいくつか広げられていた。

（えーと、去年の売上げの内訳は……）

乾は、ベージュの厚紙のカバーが付いた稟議書のファイルを膝の上で開き、担当している不動産会社の決算書（親会社単独）を電気スタンドの光の下で読む。

（やっぱり全体的に稼働率が落ちているわけか……）

稟議書に添付する資料の用紙に、主要な所有不動産の稼働率や営業の状況を書き込んでいく。

弱い蛍光灯の光の中で、シャープペンシルの先から、黒い文字や数字が白い紙の上に産み出されてゆく。

（ん？　何で、この財務比率が落ちてるんだ？）

ずらりと並んだ財務比率のいくつかが低下を示していた。

（そんなはずはないと思うんだが……）

椅子にすわったまま、隣りのベッドに置いてあった別の資料に腕を伸ばす。

該当ページを捜し出して開き、並んでいる数字に視線を凝らす。

（あ、これか！）

数字を追っているうちに理由が分かった。海外のホテルや賃貸ビルを売却する前に、同事業を行なっていた子会社を清算し、所有不動産を一時的に親会社の資産に計上したため、資産や負債が膨らんでいたのだ。

腕時計に視線をやると、時刻は午前一時十八分だった。入行三年目で融資課に異動になり、「企業取引研修生」に選ばれたとき、香がプレゼントしてくれた腕時計は、純銀製のフレームが鉛色に変色していた。

資料を閉じて膝の上に置き、両手で顔を覆い、ため息を一つついた。肩や首のあたりがひどく凝っていて、頭が重い。睡眠不足で、顔が火照《ほて》っているような感じもする。

華の病気が分かって以来、乾と香の生活は一変した。

最初の一年くらいは、病気を少しでも治せないかと思って、あちらこちらの病院を訪ね歩いた。まさに暗中模索の毎日だった。

地域の医療施設について訊きに行った役所では、障害児に対する福祉制度を記した小冊子を渡されただけであしらわれた。ある病院では「華さんは生きているのが不思議なくらいですね。こういうお子さんは、感染に弱いので、短命なんですよ」と冷たくいわれた。表情がうつろで、手足が異様に細い壊れかけた人形のような華を抱いてバスに乗ると、いつも好奇心と同情が入り混じった視線を浴びせられた。

頑張ろうと思える日とひどく落ち込む日が交互にやってくるのは、今でもあまり変わらない。神様を恨んだり、運命を呪《のろ》ったりするのは、しょっちゅうだ。

怒りは、時に香に向きそうになることもある。やり場のない怒りが、唯一向かえる可能性があるのが、華を産んだ香だった。「何でこんな子供を産んだんだ！」と怒鳴りたい衝動に駆られたこともある。むろん、理不尽なのは分かっており、乾も自制していた。しかし香は、乾の気持ちを敏感に感じ取っていた。

乾も香も、疲れて弱気になり、華が死んでくれればいいと思ったことは数知れない。一度、自分が真剣にそう思っていることにはっと気づき、「人が死んだらいいなどと、なんと恐ろしいことを自分は考えていたんだ」と、震えながら反省したこともある。

苦難の連続だが、ささやかな光が差すこともあった。その一つが、大学病院の医者が紹介してくれたリハビリ施設にかよい、理学療法士の指導の下で、華にリハビリを受けさせたことだった。最初は痛がって泣きっぱなしだった華も少しずつ慣れて、掌《てのひら》が開き、やがて腕や脚もだいぶ曲がるようになった。

華は、いつも薬でうつらうつらしていた。しかし、薬の量を徐々に減らすにつれ、表情が出てきた。声をかけたり、ガラガラの音を聞くと、目を細め、声を上げて笑うようになった。

「慎ちゃん、ほら、華が笑ってる」と香がいい、「お、そうか！　よし！」と、慎介が急いでビデオやカメラで撮影した。香の胸に抱かれて、目を細め、口を開けて笑っている華の表情は、天使そのものだった。そんなときは、俺たちがこの子を一生守ってやると決意を新たにすることができた。

障害児関係の本もずいぶん読んだ。日本では障害児がいる家庭は夫婦仲が悪くなるケースが普通の夫婦より多いが、米国ではその逆で、障害児を中心に家族が強い絆《きずな》で結び付けられることも知った。障害児の家庭は、その両親ならば育てることができるだろうと神様が判断した「選ばれた」家庭だといわれているという。

華は、不明瞭な発音ながら、言葉も発するようになった。一緒に長い時間をすごしている香は、華の言葉が分かり、二人でよく会話をしている。しかし、乾は華の言葉を理解することができない。

華が泣き止まないときは、香と交替で一晩中華を抱いてあやし、香が疲れているときや用事があるときは、乾が華の世話をしている。しかし、華の面倒を見るのは、基本的に香の仕事になっている。

香にすまないと思う反面、俺には仕事があるんだからという思いもあった。来年四月は「主事」への昇格時期だ。主事になると、支店では課長になれる。本店営業本部の勤務も四年半になり、次は都内の大型店に転勤するはずだ。できれば、同期のトップで支店の課長になりたい。

　華が障害児であることは、行内では誰にも話していない。たとえ障害児であったとしても、娘のせいで仕事に影響が出ていると思われたくなかったからだ。そうならないよう、自分でも努力していた。仕事だけでなく、職場の行事にも積極的に参加し、歓送迎会や忘年会の幹事などは、自ら買って出た。他人よりも、自分に負けたくないと思っていた。

（俺は負けられない。……負けてたまるか！）

　蛍光灯の光の中で、不動産会社の資料を再び開き、数字を目で追い始める。

（どんなことがあっても、トップで課長になってみせる！）

　社会人になったら、誰にも負けたくないという想いは、父親が死んで、好きな野球を諦《あきら》めなくてはならなくなったときからのものだ。

　M大のユニフォームを着て神宮球場に立てなかった悔しさは、今も胸の奥で燻《くすぶ》っており、その火を消すには、誰よりも出世するしかないと信じていた。

　翌朝――
　乾は、病院から直接職場に向かった。夜中に華が泣き出したのをあやしたりしていて、結局、自分自身の睡眠は明け方の一時間半ほどだった。

大手町駅で地下鉄を降り、地下通路を銀行の本店ビルへと向かう。

心身ともに疲れており、少しふらつく。華の病気が分かって以来、日によって気分の振れが大きくなったが、この日は、かなり沈んだ気分で、暗い顔で俯いたまま歩き続けた。

乾は、かえで銀行の地下通用口に入る直前でいったん立ち止まり、顔を上げた。気合を入れ、下がり眉の浅黒い顔に笑顔を作る。泣き笑いのように見えると同時に、人生の荒波に揉《も》まれてきたしたたかさを漂わせた笑顔であった。

「お早うございまーす！」

打って変わって、潑剌《はつらつ》とした表情で、制服制帽の警備員に挨拶し、銀行の中に入って行った。

時刻はまだ七時半を回ったばかりで、例によって、職場では一番乗りである。


二時間後——

「乾君、ちょっと来てくれるか？」

営業本部第一部の島の端にすわった次長がいった。声に苛立ちが滲んでおり、いいことじゃないなと思いながら、乾は立ち上がった。

「この稟議書、違ってるんじゃないの？」

銀縁眼鏡をかけた細面の次長が、椅子にすわったまま、稟議書を差し出した。理性的な人物で、決して怒鳴ったりはしないが、渋面であった。

「は？　何か、間違いがありましたか？」

次長のデスクの脇に立った乾は、遠慮がちに訊いた。

「この担保物件、これで正しいのか？　この会社、こんなビル持ってないだろ？」

次長は、稟議書と一緒に提出されていた不動産担保の評価書を示した。葉書大の緑色の用紙に二十三億円と書かれ、物件の写真や登記簿謄本が添付されていた。渋谷区内にある商業ビルだった。

「あっ！　すいません！」

それは別の不動産会社が所有している物件だった。昨晩、病室で稟議書を書いたときに、うっかり取り違えたようだ。

「申し訳ありません！　すぐに直します！」

深々と頭を下げた。

「しっかりしてくれよな」

次長が、やれやれといった表情で、稟議書と一緒に、書類一式を差し出した。

「お前、最近、疲れてるんじゃないか？　こないだも、住之江不動産とのアポの日にちを、一週間間違えたんだろ？」

約束の時間になっても乾がやって来ないので、先方から電話がかかってきた。

「すいません！　以後、十分注意します」

乾は再び頭を下げる。

「この手の単純ミスが続くっていうのは、仕事以外に問題があるケースが多いんだよなあ」

次長は、乾の顔を見上げる。

「顔色も悪いし、本当に、大丈夫か？　何か、悩みがあったら早めにいってくれよな」

観察するような視線を注ぎながらいった。

「大丈夫です！　ご心配をおかけして、申し訳ありません」

稟議書一式を受け取ると、足早にデスクに戻り、やり直しの作業に取りかかった。


二日後——

「おーい、乾。浮島《うきしま》建設から電話で、今日の五十億円のユーロ円貸しの金利、どうなってるか、教えてくれっていってきてるぞ」

電話を保留にして、営本一部の次長が大声でいった。

浮島建設は、乾が担当している準大手の建設会社である。

「あ、はい。分かりました！　折り返し電話すると伝えてください」

返事はしたものの、何のことか記憶になかった。

（浮島建設のユーロ円貸し？　そんなのあったっけ？）

昨晩も、病院で華の付き添いをして、寝不足で頭があまり働いていない。

胸騒ぎを覚えながら、そばのキャビネットから、浮島建設の稟議書のファイルを取り出した。

（あっ、これか！）

約二週間前の面談メモが挟まっており、既存のドル建ての融資を、ユーロ円に切り替えると書かれていた。

景気対策のため、日銀が四月に公定歩合を一パーセントまで引き下げ、為替も現在一ドル八十五円程度と円高なので、浮島建設は、既存のドル建て借入を、ユーロ円建てに切り替えることにした。乾は、それを二週間前の面談の際に告げられていた。

（やべえ！　まだ稟議も書いてない！）

全身から冷や汗が流れた。

浮島建設は東証一部上場企業で大型土木工事に強い老舗建設会社だ。普通であれば、貸し出し通貨が切り替わるだけの案件はすんなり承認になる。しかしバブル崩壊後、業績が低迷しており、審査部が何をいい出すか予断を許さない。

（畜生、何で忘れてたんだ⁉）

自分の頭を思い切り殴りつけたい気分だった。一瞬、何とかならないかと思考を巡らせたが、正攻法以外に妙案は浮かばなかった。

「次長、申し訳ございません……」

意を決して次長のデスクに歩み寄って、事情を説明した。

「ほんとか、おい⁉　大変なことじゃないか！　とにかく急いで稟議を書け！」

「はい」

乾はデスクに戻って大急ぎで稟議書を書き始めた。

次長は慌《あわただ》しくスーツの上着を着て、エレベーターのほうへ歩いて行く。上の階にある審査部に行って、根回しをするようだ。

約四十分後に、乾は稟議書を書き上げた。本来なら、部長と本部長の印鑑ももらわなくてはならないが、二人とも不在だったため、次長の印鑑をもらって、審査部に持参した。

次長が事前に根回ししてくれていたおかげで、審査役は、すんなりと承認してくれた。

「今後は気をつけるんだね。あとで、部長と本部長の判子のある正式の稟議書を持ってきてよ」

審査役にいわれ、乾はひたすら頭を下げた。

上層階にあるディーリング・ルームに電話して、ファンディング（資金調達）をしてもらい、浮島建設からバイク便で届けられたユーロ円の借入証書と伝票の起票・入力などの事務処理を終えたとき、時刻は正午近くになっていた。

「おい、乾。ちょっと昼飯行こう」

ため息をつきながら伝票類を整理していると、営本一部の次長に声をかけられた。

てっきり社員食堂に行くものとばかり思っていたが、次長は、本店ビルを出ると、タクシーを拾い、八重洲方面に走らせた。

連れて行かれたのは、東京駅八重洲口から東の方角に延びる八重洲通りと、昭和通りが交差する付近のビルの一階の和食店だった。部屋はすべて個室で、取引先との会合などで何度か訪れたことがあった。

「まあ、一口くらい飲めよ」

掘り炬燵《ごたつ》式の少人数用の和室で向き合った次長は、ビールの小瓶を一本注文し、乾のグラスに注いだ。

「いただきます」

グラスを掲げ、頭を下げた。

内心、何をいわれるのだろうかと、気がかりだった。

（ここんところ、ミス続きだもんなあ……）

襖《ふすま》が開き、和服姿の若い女性が料理を運んできた。

黒塗りの弁当箱の中に、煮物、天麩羅、漬物などが盛られていた。

「お前、この一、二年、ずーっと睡眠不足だろ？」

刺身を箸で口に運び、次長がいった。

「はあ……まあ、そうです」

乾は、否定することができない。

「営本に来た当初から、張り切って勉強してたから、また何か勉強しているのかと思ってたけど……どうも違うようだな」

銀縁眼鏡で細面の次長は、尋問調でなく、淡々といった。

「はあ……」

乾は、茶碗蒸しの器を持ったまま、俯《うつむ》いた。

「俺は、お前のことを信頼してるよ」

次長がいった。

「お前が、誠実に一生懸命働いてきたことは、誰もが認めている」

次長は頭の切れる秀才型だが、人情の機微もわきまえて冷静な判断ができる上司だ。

「もし、何か悩みがあるのなら、俺に話してくれないか？　俺にできることなら、力になるよ」

乾は俯いたままだった。

「お前はまだ三十半ばじゃないか。何でもかんでも、一人で背負おうとするのは間違っている。……話すだけでも、話してみたらどうだ？　言葉にするだけでも、人はずいぶん楽になれるもんだぞ」

「はい……」

張り詰めていた乾の心が、雪が少しずつ融《と》けるように緩み始めてきた。

次長は、乾の言葉を待つように、無言で白身魚の天麩羅を口に運ぶ。乾も無言で茶碗蒸しを口に運んだ。

「実は……」

茶碗蒸しの器を盆に戻し、乾が口を開いた。

「……僕には、二歳の娘がいるんですが……重度の、障害児なんです」

次長は、はっとした表情になった。

「胎児期のウイルス感染が原因で、知能の発達も遅れていて、身体も弱くて、一人で歩くこともできないんです」

次長は無言でうなずき、箸を置いて耳を傾ける。

「最近ようやく言葉は発するようになってきましたが、普段一緒にいる家内以外は、理解することができません」

話しながら、涙がこみ上げてきた。

「僕ら夫婦は……娘が生まれてきてからずっと、何とか治せないかと、あちらこちらの病院に足を運びましたが……今の医学の、力では……」

手の甲で目頭を拭う。初めて他人に話すことができ、今までこらえてきた感情が堰《せき》を切ったように溢《あふ》れ出てきた。

涙を流し、途中で何度も詰まりながら、華が生まれてから今日までのことを話した。

「そうだったのか……。さぞ、辛《つら》かっただろうなあ」

話を聴き終わると、次長がいたわるような口調でいった。

「俺も息子と娘がいるけれど、健康な子供でも育てるのは大変だ。……お前は、その何十倍、何百倍もの重荷を背負っている」

乾は、俯いたままうなずく。

「でもな、少なくとも一緒に仕事をしている人たちには、話したほうがいいんじゃないか？」

問いかけるようにいった。

「そうすればお前も楽に生きられるようになるだろうし、周《まわ》りのみんなも楽になれると思うよ」

（周りのみんなも、楽になれる……？）

これまで考えてもみなかったことだった。今まで、自分と香と華のことで、頭が一杯だった。

「みんなも、お前が一人で苦しんでいるのを見るのは、辛いんだよ。……乾、思い切って話してみたらどうだ。きっとみんな、お前の力になってくれると思うよ」

顔を上げて相手の顔を見ると、両目に涙を溜めていた。

第四章　ストラクチャード・ファイナンス

1

一九九六年八月——

派手な顔立ちの女性大蔵官僚が、銀座の料亭で床の間を背にすわり、英文の資料に視線を落としていた。

「……yes, I can see the increase of ABS's and MBS's.（なるほど。確かにABS〈資産担保証券〉とMBS〈モーゲージ担保証券〉の発行額が、着実に増えてるわけね）」

海外留学経験もある三十代後半の女性官僚は、資料を見ながら、流暢《りゅうちょう》な英語でいった。

目の前には、鮎《あゆ》の塩焼きに椎茸《しいたけ》を添えたものや、鱧《はも》・鯛・エビの刺身などが高級な器に盛られていた。

卓の向い側に、マーシャルズのストラクチャード・ファイナンス（証券化）部門の共同トップ（co-head）で米国における証券化案件の総責任者アレキサンダー・リチャードソンがすわり、左右に、駐日代表の梁瀬次郎と水野良子がすわっていた。

「The RTC actively used securitization to tackle the bad debt problem.（アメリカの整理信託公社も、不良債権問題を解決するために、証券化の手法を積極的に活用しました）」

リチャードソンがいった。

金髪で額が狭く、目に油断がない。顔にはしたたかそうな皺《しわ》が刻み込まれ、顎は引き締まっている。趣味は登山と重量挙げで、筋肉質な身体つきである。

「RTC（Resolution Trust Corporation＝整理信託公社）」は、経営破綻した貯蓄貸付組合（savings and loan association＝略称S&L）の救済と管理のために、公的資金を投じて一九八九年に設立された債権回収機関で、昨年（一九九五年）業務を終了した。日本の大蔵省は、不良債権問題を解決するために、RTCの活動を参考にしている。

「証券化は、一九七〇年代後半から、ソロモン・ブラザーズのトレーダー、ルイス・ラニエーリが、様々な工夫を加えてMBS市場を創《つく》り、一九九〇年代に入って、金融工学の進化と、RTCが積極的に証券を活用したことで、市場が拡大していきました」

色白の顔に銀縁眼鏡をかけた梁瀬次郎がいった。声変わりしていない少年のような甲高い声で、いつも立て板に水で話す。

RTCは、債務超過に陥った貯蓄貸付組合の資産と負債を接収し、資産を証券化などの手法で売却して、投入した公的資金を回収した。

「スキームは、結構複雑なのねえ」

東大法学部を卒業し、国際金融局、主計局などを経て、先月から、住管機構（住宅金融債権管理機構）の管理室長となった女性官僚、木島ゆかりは、資料を見ながら冷酒を傾ける。

やや吊り上がった目と尖《とが》った顎が気性の激しさを表し、カールをかけた肩まであるヘアスタイルは一昔前の流行である。

住宅金融債権管理機構は、バブルの崩壊で大量の不良資産を抱え込んだ住専（住宅金融専門会社）七社の資産を引き継いだ公的機関だ。預金保険機構の全額出資によって設立され、債権の回収を行なっている。

「不動産の証券化には、不動産信託を証券化するものや、貸付債権を証券化するものなど、いくつものスキームがあります。お手元の資料は、貸付債権を証券化するものです」

リチャードソンがいった。

例として示された案件は、不動産をSPC（特別目的会社、すなわちペーパーカンパニー）が取得し、SPCに対する貸付を証券化するスキームだった。リスクの度合いによって証券を、約九割の優先部分と残り約一割の劣後部分に分け、前者を一般投資家、後者をヘッジファンドなどプロの投資家に販売する。

「証券化することで、不動産に対する投資家層がぐっと広がり、不良資産の流動性も高まり、問題解決に大きく役立つと思います」

梁瀬がいった。

「そんな初歩的な話は、十年以上前から分かってんのよね」

木島ゆかりがいい放った。

記憶力が抜群で仕事ができる反面、傲岸不遜《ごうがんふそん》で、民間企業の人間は大蔵省の役人にひれ伏すのが当然だと思っている。省内でも、自分が必要ないと判断すれば、他の部局への説明を省いたりするので、よく摩擦を引き起こす。

「大昔から、うちの省では銀行の担保不動産や不動産担保付ローンを流動化して、リスクを固定しない仕組みが重要だって議論してたのよ。だけど、バブルで不動産の売買が活発になったから、わざわざ流動化しなくてもよくなったってことよ」

木島と口論しても意味がないと思ったマーシャルズの三人は、無言でうなずく。

「証券化して売るには、格付けが要るんでしょ？　絶対要るわけ？」

「これは絶対必要です」

リチャードソンがいった。

「ABSやMBSのリスクを判断する能力を持っているのは、銀行とか生保など、ごく一部です。そうした144aのプロの投資家は、格付けのない私募債を買ったりしています。しかし、証券化市場を支えている大多数は、一般の投資家や個人です。彼らは、格付けを見て投資判断するしかありません」

一九三三年米証券法のルール144aは、少なくとも一億ドルの投資を行なっている機関投資家（したがって、個人は含まない）をプロの投資家として認め、彼らに対して販売する証券に関し、情報開示や転売制限などの条件を緩くしている。

「MBSの格付けは、どうやってやるの？　簡単に説明してちょうだい」

床の間を背にした木島ゆかりは、冷やの日本酒のグラスを傾ける。良子が注ぎ足そうとすると、木島は、自分でやるからいいというふうに片手で遮った。

「MBSの格付けにあたっては、まず不動産の価値を評価します。時価、キャッシュフロー、テナント状況、運営者のマネジメント能力などです」

リチャードソンがいった。

「次に、証券化のストラクチャー、すなわち、ローン・トゥ・バリュー（不動産価格に対する借入の比率）、アセット・マネージャーの倒産リスクからの隔離、コベナンツ（財務比率の維持や転売制限など契約上の各種義務）などを分析します」

アセット・マネージャーとは、当該不動産を運用・管理する人（組織）で、彼らの経営状態が、当該不動産に影響を及ぼさないような仕組み（すなわち、アセット・マネージャーの倒産リスクからの隔離）が必要である。

「こういう条件だったら、こういう格付けになるというようなマトリックスみたいなものはないの？」

「当社で公開しているMBSやREIT《リート》（不動産投資信託）の格付手法に関する資料があって、そこに簡単なマトリックスを載せています」

ただし、マトリックスといっても、諸条件を入れれば自動的に格付けが出てくる類《たぐい》のものではなく、シングルAであれば、借入と優先株の合計額が総資産の三割以下とか、年間の債務償還額が債務総額の二割以上ならダブルBといった、ごく大雑把な目処を示したものだ。

「その資料、明日届けてもらえます？」

木島が命令口調でいった。

大蔵省は、不動産の流動化対策を協議するワーキング・グループを発足させる予定で、そのための資料を集めている。グループは、大蔵省、建設省、預金保険機構などのほか、都銀・証券・生保などがオブザーバーとして参加する。

「ところで、どのような流動化のスキームを考えておられるのですか？」

梁瀬が訊いた。

「とりあえず、信託方式の推進だわね」

不動産信託の受益証券を投資家に売り出す方式のことだ。

「不動産の取得移転に関わる権利関係も簡単だし、SPC方式と違って、課税上の問題も少ないですからね」

リチャードソンと梁瀬はうなずいたが、専門外の良子は、いまひとつぴんとこない。

「ただ、SPC方式を認めないと、健全な市場ができないことは分かってるのよね。そっちのほうは、今後、主税局と調整するわ」

SPCに不動産を移転する際の登録免許税（二・五パーセント）や不動産取得税（二パーセント）、SPCから生じた利益に対する法人税などを免除しないと、投資リターンが損なわれ、SPCが機能しない。

「業法《ぎょうほう》でやられるんですか？　それとも、一般の法律ですか？」

業法とは、食品衛生法や薬事法のように、特定の業種に属する事業者が守るべき法律のこと。

「最初は、業法でやろうと考えていたんだけど、それだと金融機関しかSPCを作れなくなって広く使われないんで、一般の法律でやることになると思うわ。……銀行なんかは、自分たちだけでやりたいから、業法にしてくれっていってくるけどね」

木島は、冷酒のグラスを傾ける。

三十歳で地方税務署長を務め、地元の議員、警察幹部、病院長、学校長などの有力者との宴会で、酒は鍛えられた。相手にナメられないように、同じ杯で酒を酌み交わす返杯も平然として受けてきた。

「ところで、あなたは、銀行の格付けをやってるの?」

木島が鋭い視線を良子に向けた。良子より四歳年下だが、二十歳くらい年上のような態度である。

「そうです」

良子は、うなずいた。

「あなたねえ、日本の銀行をみんな潰すつもりなの?」

凄みのある視線を良子に注いだ。「あなたのところで出してる『財務格付け』って、いったいどういう意味があるのよ?」

マーシャルズは、昨年八月に邦銀の「財務格付け」を発表した。大蔵省の支援といった外的要因を除いた、各行の裸の実力を示す指標で、「例外的ともいえるほど卓越した財務内容」を意味するAから、「非常に弱い財務内容」を意味するEまでにランク分けされていた。米国や英国の優良銀行はAやB+（Bプラス）といった高ランクであるのに対し、日本の最高は、静岡銀行のBだった。大手都銀の上位（東京、三菱、三和）でもC＋で、大半がCかD、三井信託、安田信託、北海道銀行、紀陽銀行などはE＋、北海道拓殖銀行、日債銀、中央信託は最低のEだった。

「財務格付けの意味は、大蔵省の支援などのセーフティ・ネットがなかった場合の支払い能力を示すもので……」

「そんなことは分かってるわよ！」

卓をひっくり返しでもしそうな木島の剣幕に、リチャードソンまでびくりとした。

「わたしが訊いてるのは、なんでわざわざ財務格付けなんか発表したのかっていうことよ。実際の支払い能力を示すのは、従来の格付けなんでしょ？」

ぎらりとした目で良子を睨みつけた。良子は反論したかったが、口を開けない雰囲気だった。

「投資家からの依頼です」

梁瀬次郎がしれっとしていった。「わたしどもは、社名のとおり、投資家に対してサービスを提供する会社ですから」

木島はむっとした顔で、梁瀬を見る。

「邦銀はいまだに不良債権処理に時間がかかっており、収益力も欧米の銀行に比べて大きく劣っています」

「黄色い白人」は怯《ひる》む様子もない。

「主要米銀の預貸金利鞘《りざや》が約五パーセントであるのに対し、邦銀は約一・五パーセントです。その一方で、これからはインターネットという電子のマーケットで情報やお金のやりとりもできるようになるわけです。時代がどんどん進んで、邦銀が不良債権処理にエネルギーを使っている間に、取り残されてしまいます。ですから、これからのハイテク時代には、収益力を上げ、運用力をつけなければ、国際競争で生き残れません」

梁瀬は立て板に水でいった。

「あなたがたね、日本で営業できるのは、誰のおかげだと思ってるの？」

指定格付機関をどこにするかを決めているのは大蔵省だ。

「これから証券化に関する指定格付機関をどこにするかっていう話も出てくるでしょうから、気をつけて物をいったほうがいいわね」

そういって木島ゆかりは三人を睨んだ。

しかし梁瀬次郎は、「業界の盟主」マーシャルズを脅すなど、ちゃんちゃらおかしいといった顔をしていた。去る八月一日からは、社債発行に関する適債基準が撤廃され、格付けの重要性がますます高まっている。

翌朝——

川崎市多摩区南生田にある乾慎介の自宅のリビングに、明るい朝日が差し込んでいた。駅から歩いて十分ほどの坂道の途中にある、狭い敷地の上に建てられた一戸建てである。近くにはファミリー・レストランの「ジョナサン」がある。

(ふーん、SPCはケイマン諸島に置くわけか……)

ワイシャツにネクタイ姿の乾は、テーブルでトーストを齧りながら、マーシャルズが出している不動産証券化の資料を熱心に読んでいた。

隣りのキッチンでは、香が洗い物をしている。

時刻はまだ六時半だった。

華はまだ二階の寝室で眠っている。この一年間で、足の手術を受けたり、癲癇の発作を起こしたり、ひどい下痢《げり》をしたりと様々なことがあった。それでも身体は少しずつ大きくなり、この四月から、隣り町の幼稚園にある重度の障害児のクラスにかよっている。

銀行の同僚たちに、華のことを打ち明けて一年あまりが経った。思っていた以上に、皆温かい反応で、「今日は早く帰れよ」とか「この仕事、僕がやっておきます」と声をかけられるようになった。本店では出世競争が厳しく、陰口を叩かれたり、足を引っ張られたりするのはしょっちゅうだが、少なくとも営業本部の同僚たちは、心から乾の役に立ちたいと思ってくれているようだった。

その一方で、彼らに余計な負担をかけないよう、乾は一層仕事に励んでいた。誰よりも早く出勤する習慣も崩さず、去る四月には、同期のトップをきって主事に昇格した。

（これなら、少ない真水〈自己資金〉で、不動産開発ができる……）

コーヒーをすすり、食い入るような視線で、不動産証券化の資料を読み続ける。

担当している不動産会社の多くが、バブル崩壊後に業績が悪化し、銀行から十分な融資を受けることができない。乾はそれを、証券化によって解決しようと、熱心に勉強していた。

証券化はこれから急速に発展しそうな分野であり、個人的にも興味があった。

「慎ちゃん、今日は遅くなるの？」

洗い物を終えた香がタオルで手を拭きながら訊いた。

「ああ。取引先の接待が入ってるから、遅くなると思う」

乾は、資料に視線を落としたままいった。

「ちょっと、華のことで相談したいんだけど……少し早く帰れない？」

「え、華のこと？」

香のほうに視線をやる。

「少し体調がすぐれないような感じがするのよ。……しばらく幼稚園を休ませたほうがいいかなと思って」

エプロン姿の香は、顔にかかるほつれ髪を手で直しながらいった。かつては若い輝きに満ちていた顔に疲労が漂い、小さな皺も刻まれていた。

香は、華を朝晩車で幼稚園に送り迎えし、必要に応じて付き添いもしている。体調が悪くなったとき、病院に連れて行ったりするのも香の仕事になっている。

乾は、香に悪いと思いながらも、家族を経済的に支えているのは俺なんだからと思って、華のことは基本的に香に任せていた。頭取への夢も諦めていなかった。

「体調がすぐれないって、どんな感じなんだ？」

資料をテーブルの上に置いて、乾は訊いた。

「熱とかあるのか？」

「ううん、熱はないわ」

「痙攣《けいれん》とか、下痢とかは？」

「それもない」

「じゃあ、何なんだよ？」

乾は苛立ってきた。

（結論から話せよ、結論から！）

毎日銀行の第一線で仕事をしていると、専業主婦である香の話し方が遅く感じられて仕方がない。

「なんか食欲がない感じなのよ。いつもは、リンゴのすったのなんかをやると喜んで食べるのに」

「ふーん……でも、食事はするのか？」

「食べることは食べるわ。幼稚園でも、一応給食は、食べてるみたいだし」

「そうか…」

また香の取り越し苦労ではないかと思う。以前も「華が呼吸すると、頭の天辺《てっぺん》がぺこぺこしている」とひどく心配して、乾が医者に連れて行ったことがある。しかし、赤ん坊の頭頂部は骨がくっついていないので、柔らかいというだけの話だった。

「分かった。なるべく早く帰るようにするわ」

乾は、不動産証券化の資料を手に立ち上がった。

翌朝――

土曜日の朝五時半であった。

乾は、玄関にしゃがんで革靴の紐《ひも》を結んでいた。三和土《たたき》には、担いで行くゴルフバッグが置いてあった。

「ねえ、慎ちゃん、休みの日ぐらい、家にいられないの？」

パジャマ姿の香が、乾の背中に不機嫌そうな声をかけた。

「ええ？　……俺にとっては休みじゃないんだよ。取引先とのゴルフなんだから」

うるせえなと思いながら、乾は靴の紐を結び続ける。前日の宴会の酒がまだ残っていて、軽い頭痛がしていた。

「きのうだって早く帰ってくるっていいながら、午前様だったじゃない。わたし寝ないで待ってたのよ」

「しょうがないじゃないかよ。客がもう一軒行こうっていうんだから。客を気持ちよくさせて、こちらのいうことをスムーズに聞いてもらえるようにするのが、接待の目的なんだから」

立ち上がって香のほうを振り向いた。紺色のブレザーにグレーのチノパン姿だった。

「休みの日ぐらい家にいるのは、当然だと思うんだけど」

香の声に苛立ちがまじる。

「だから、取引先の接待だって、いってるだろう！」

乾の声にも苛立ちがまじる。

「慎ちゃん、わたしの身にもなってよ。わたし一日中家にいて、華の面倒を見てるのよ。土日もないのよ。……息が詰まりそうだわ」

声が感情で震えた。

「慎ちゃんは、仕事で外に出てるからいいけど……それに、こないだ夜出かけたのなんて、仕事じゃなくて、友達と飲みに行ったんじゃない！」

（まったく、細かいこと、憶えてんなあ！）

二週間ほど前の日曜日に、大学時代の友人と新宿に飲みに出かけたときのことだった。

「あのな、友達と飲みに行くのも、半分は仕事なの。異業種の人間と付き合って、色々情報を収集してるの」

「勝手なことばかりいって！　こないだの土曜日だって、図書館に行くって、外に出っ放しだったじゃない！」

「いや、だから、それも証券化の資料を探すために……」

反論しながら、これはいつまで経っても平行線だと思う。

「とにかく、今日は大事な取引先と約束があるんだから、行かせてくれ。帰ったら、また話す」

話を断ち切るようにいって、ゴルフバッグを担いで玄関を出た。

外はまだ薄暗かった。

ゴルフのあと大渋滞に巻き込まれて、夜遅く帰宅してから、また香と口論するのかと思うと、気が重かった。


二時間後——

マーシャルズの水野良子は、東横線沿線の自宅マンションで、朝食をとっていた。

渋谷から電車で十分の学芸大学駅の西口を出て、鷹番《たかばん》の商店街を抜けた先の静かな住宅地にある三階建てのマンションは、外壁が灰色の石造りで、入り口はオートロックになっている。各戸の床面積は百平米近くあり、天井も高く、世田谷区らしい高級感のある物件である。

朝日が差し込むテーブルの上に、フランスパン、チーズ、サラダ、イチゴ入りヨーグルトなどが並べられていた。

扶桑証券に勤務する夫は、二年半前からロンドンの現地法人で債券の引受けをやっており、今は一人暮らしだ。当初、夫について行くかどうか迷ったが、アナリストとしてのキャリアを優先し、東京に残ることにした。数年前に今のマンションを購入し、住宅ローンが残っていることも理由だった。

現在は、休暇のたびにロンドンに行き、日本に出張で戻った夫が自宅に泊まる通い婚状態である。

黄色いボートネックのシャツに長めの裾《すそ》のスカートを身に着けた良子は、朝食をとりながら、ラジオでＮＨＫのＦＭを聴いていた。朝七時十五分からやっている「ベストオブクラシック・セレクション」という番組で、バイオリニストの小林美恵が出演していた。

戸外では、蟬《せみ》が鳴いていた。

部屋の隅に置いた電話が鳴った。

壁時計の時刻を見ると、午前八時になるところだった。

就寝前の夫が電話してきたのだろうと思って、良子は立ち上がり、受話器をとった。ロンドンは夜中の十二時になるところだ。

「Hi Ryoko! I hope I didn't wake you up.（良子、もう起きてた？）」

米国東海岸訛りの英語は、マーシャルズ本社のＦＩＧ（金融機関グループ）の上級アナリスト、セーラだった。金髪で鼻梁《びりょう》が高く、男勝りの女性である。

「Oh no, you didn't. I was having breakfast. What's up?（起きて、朝ごはんを食べてたところだけど……何かあったの？）」

セーラがわざわざ自宅に電話してくるのは珍しい。ニューヨークは、金曜日の夜七時だ。

「ピーターが会社を辞めることになったわ」

ピーターとは「マーシャルズの良心」といわれる格付委員会のチェアマン（委員長）、ピーター・サザランドのことだ。

格付委員会のチェアマンは、格付け決定の責任者で、アナリストたちの教育も行う。いわば職人のトップで、名誉職的色彩もあるポジションだ。

「えっ、本当⁉ 何があったの？ 例のリオーガナイゼーション（組織改革）の関係？」

マーシャルズでは、五月に組織の改編が行われていた。

事の発端は、三月にコロラド州デンバーの複数の公立学校がマーシャルズを訴えたことだった。原告側は、「依頼格付けにしないと、低い勝手格付けにするとマーシャルズに脅迫され、応じなかったので、勝手格付けを発表され、資金調達に七十六万九千ドルの余分な費用がかかった」と主張した。これを受けて、米司法省が反トラスト法（日本の独占禁止法に相当）抵触容疑で調査に乗り出した。

結果的に裁判は、五月にコロラド地裁が「格付けの公表は、言論の自由に守られた権利」というマーシャルズの主張を認め、公立学校側の訴えを棄却した。

しかしこの間、四月にマーシャルズの社長が辞任し、一九八一年から八九年まで社長を務めて引退していた人物が、新社長として呼び戻された。

判決が出た直後に、マーシャルズは大幅な組織改革を行い、公立学校の格付けを担当していた公共債格付（municipal bond rating）部門を、社債格付（corporate bond rating）部門に合併した。また、従来、公共債、社債、FIG、ストラクチャード・ファイナンス（証券化）の各部門がそれぞれ行なっていた営業活動を分離し、独立の営業部を創設した。

「ピーターの辞任は、リオーガナイゼーションとは直接関係ないみたい。……実は、癌らしいのよ」

セーラが声をひそめるようにいった。

「え、ええっ⁉」

良子は、思わず絶句した。

「定期健診を受けてなかったそうなのよ。あのとおり丈夫な人で、おまけに、死ぬときは死ぬんだ、みたいな考えだったでしょ？」

「そうね……」

良子は、米国西海岸を散歩していて、沖合いにアシカの群れを見つけ、海に入って行ったサザランドを思い出す。驚いて止める妻と良子に対し、サザランドは、「万一、心臓麻痺になっても、それはそれで本望だから、助ける必要もない」と、春の冷たい水の中を平然とクロールで泳いで行った。

「それで……後任は、パット（パトリックの愛称）になるの？」

パトリック・ニューマンは、ＦＩＧのトップを務めるベテラン・アナリストだ。肩書きはマネージング・ディレクターである。本人は、人事や採算など部門の管理をするＦＩＧのトップより、格付委員会のチェアマンになることを希望している。

「それが、どうもそうじゃないらしいのよ」

セーラが悩ましげにいった。

「外部から人を持ってくるらしいわ」

「外部って？」

「米銀の審査部門の人間が来るらしいのよ」

「ほんと……」

「たぶん、パットは辞めると思うわ」

「そうでしょうね」

パトリックは、企業分析が趣味というほどの職人で、自分の力に自信を持っている。会社が希望を受け入れてくれないなら、転職するはずだ。

「ピーターがいなくなって、パットもいなくなったら、わたしも考えちゃうわ。……それでなくても、ストファイ（ストラクチャード・ファイナンスの略称）の連中がのさばってきて、会社の雰囲気が変わってきてるし」

公共債格付部門と社債格付部門を合併した新部門のトップに就いたのは、ストラクチャード・ファイナンス部門の人間だった。

「何年か前は、ストファイなんて、ゴミみたいな存在だったのに」

セーラが忌々しげにいった。

ここ数年で、マーシャルズのビジネスにおけるストラクチャード・ファイナンス部門の比率が急拡大していた。格付けによる総収入は、年間四億ドル（約四百三十億円）程度だが、その三五パーセント前後が社債格付部門からの収入で、それに続くのが、約三〇パーセントを占めるストラクチャード・ファイナンス部門だ。

親会社である米国の大手信用調査会社は、数年以内にマーシャルズを分離して、ニューヨーク証券取引所に上場させる意向である。そのために、昨年十月からコンサルタント会社のマッキンゼーを雇って、組織の改革について調査をさせた。マッキンゼーの結論は、「今後成長が見込めるストラクチャード・ファイナンス部門の強化」であった。

「だいたい、ストファイじゃあ、客が格付けに文句いってきたら、アナリスト替えたりしてんのよ。信じられる⁉」

「そんなことまでやってるの……」

良子は驚きを禁じ得ない。

マーシャルズは、顧客からの電話にすら出ない「象牙の塔」といわれてきた。客が何といおうと自分たちの格付け判断を変えず、雑誌に「Why Everyone Hates Marshall's（なぜみんなマーシャルズが嫌いなのか？）」という記事を書かれたこともある。しかし、そうした姿勢が、格付けの信頼性につながっていた。

「こないだなんか、GMAC《ジーマック》（ゼネラル・モーターズの消費者金融部門）とストファイの連中が、スカイダイビングに行ったらしいわよ」

マーシャルズでは、アナリストが顧客とビールを飲むようなこともよくないとされている。

「とにかく、良子にだけは早く知らせておこうと思って、電話したのよ」

「有難う。……わたしもどうするか、考えてみるわ」

良子は受話器を置いて、食卓に戻った。

少し冷めたコーヒーを飲みながら、今後どうなるのだろうと考える。

ふと、駐日代表の梁瀬次郎の神経質そうな色白の顔が浮かび、嫌な気分になった。

これまで梁瀬に対して、勝手格付けや、格付けの基本姿勢について、率直な意見を述べてきた。

そういうことができたのも、サザランドやパトリックの庇護《ひご》があったからだ。

2

十月――

水野良子は、マーシャルズ・ジャパンの会議室で、「スターフィッシュ（ヒトデ）」と呼ばれる三本足の会議用電話機に向かって、英語で話していた。

「……therefore, whether the bank is the "main bank" for a particular company is judged by（……ですから、銀行が、その会社のメーンバンクであるかどうかは）①会社の借入全体に占める融資比率、②銀行から派遣されている役員の数、③株式の持ち合い状況、④銀行の証券子会社による社債引受シェア、⑤子会社・関連会社との取引状況、といった点を総合的に勘案し、個々に決定するしかありません」

時刻は、午前九時を少し回ったところで、ブルーのカーディガン姿の良子に、明るい秋の朝日が差していた。

ニューヨークは冬時間で、夜の七時を過ぎたところだ。格付委員会の議論は、すでに二時間以上に及んでいた。

去る三月に、ライバル格付会社であるS&D（スタンダード&ディロンズ）が、北海道拓殖銀行の短期債務を投資不適格のBに引き下げたことから、良子らは、北拓や日債銀、中央信託など、投資適格の最低限（Ｂａａ３）に張り付いている銀行の格付けをどうすべきか議論していた。

話し合いが終わりに近づいた頃、「いったい日本のメーンバンク制度というのは、どういうものなのか？」という疑問が本社側から呈され、良子が説明していた。

「どうして、メーンバンクは、企業を支援するわけ？　経済合理性からいって、どうしてそこまでやるのか、理解不能なケースもあるようだけど？」

「スターフィッシュ」から上級アナリストのセーラの声が流れてきた。すでにパトリックは退職し、ウォール街の投資銀行のリスク管理部門に転じた。

「企業は、メーンバンクを一種の保険と見ているからです」

良子がいった。

「たとえ正式な契約でなくても、メーンバンクが取引先を支援しなかった場合、他の大口顧客が、『いざというとき、あの銀行は助けてくれない』と、メーンバンクを変える可能性があります。それは、銀行にとって大きな損失です」

「なるほど……」

セーラは納得した声。

「ただし、バブル崩壊後、不動産や株式の価値が大きく下落し、企業と銀行の体力は弱っています。経営不振の取引先を支援するコストは、過去とは比べ物にならないほど大きく、銀行の経営を揺るがす可能性もあると思います」

日本側の主任アナリストの男性が付け加えた。

「オーケー、分かった。……今日のところは、これまでにしよう」

格付委員会のチェアマンの声がした。米銀の審査部門から来た四十代前半の男性だった。

「じゃあ、北拓、日債銀、中央信託の三行をネガティブ・ウォッチにかけるかどうかは、次回、再度話し合うことにする」

三行をネガティブ・ウォッチにかけるということは、投資不適格にする方向で見直すということだ。マーシャルズは、まだ邦銀を投資不適格にしたことはない。

良子と主任アナリストは、「スターフィッシュ」のスイッチを切り、それぞれの席に戻った。

良子が席で、仕事の資料を読んでいると、電話が鳴った。

受話器をとると、人事を担当している日本人男性だった。

「すいませんけど、お話があるので、人事・総務の部屋まで来ていただけますか？」

相手は、躊躇《ためら》いがちな口調でいった。

「分かりました」

受話器を置いて、良子は立ち上がった。ついにきたか、という思いだった。

人事・総務の部屋に行くと、ガラス張りの小会議室にとおされた。

「大変申し上げづらいんですが、梁瀬さんから、水野さんに辞めてもらうように指示がありました」

太って眼鏡をかけた、人事担当マネージャーの中年男性は、気まずそうな表情でいった。

「理由は、どういうことでしょうか？」

生まれて初めて解雇の勧奨を受け、内心穏やかでなかったが、努めて冷静にいった。

「そのう……まあ、会社の方針と水野さんのお考えが、合わないという判断です」

(当たらずとも、遠からずかなあ)

良子は、心の中で苦笑した。

「それでまあ、会社側の都合ということですので、一応、規定にしたがって、十三・二ヶ月分の給料を退職金としてお支払いさせていただきます」

気遣うような表情で、良子を見た。

（十三・二ヶ月分か……悪くないわね）

良子の年俸は約千三百万円で、これを十四等分（ボーナス月に二ヶ月分受け取るため）したもの（約九十三万円）が一ヶ月分の給料になっている。

結婚で扶桑証券を辞めたときの退職金は、百万円にも満たなかった。

「分かりました。……今後の就職のこともあるので、表向きは会社都合ではなく、自己都合による退職ということにしていただけますか？」

相手は、ほっとした顔つきになった。

「では、そのようにさせていただきます。今後のことなんですが……」

ハンドブックを開いて、退職手続について説明を始めた。

（これで十一年間のマーシャルズでのキャリアが終わるんだなあ……）

説明を聞きながら、良子は、ぼんやり考えていた。

八月にセーラから、サザランドが辞め、パトリックも辞めるであろうと告げられてから、身の振り方を考えるようになり、夫とも話し合った。

もともと、自分が求められていない場所に、無理してまでいたくない性格なので、相応の退職金がもらえるなら、辞めるつもりでいた。「象牙の塔」と呼ばれ、正しい格付けを求めて、真摯《しんし》に議論を戦わせるアカデミックな雰囲気は好きだったが、マーシャルズで見るべきものは見たという気持ちもしていた。子供もいない共働きなので蓄えも十分にあり、扶桑証券ロンドン現法で働いている夫に合流して、しばらく英国で暮らしてみるのも悪くないと思っていた。

人事担当マネージャーの男性との話し合いを終えると、良子は私物をまとめ、梁瀬を除く会社の同僚一人一人に挨拶をして、午前中に会社を後にした。

インペリアルタワーを出ると、戸外では爽やかな秋風が吹いていた。

良子は、十一年間勤務した会社がある十三階のあたりを見上げ、それから視線を地上に戻し、地下鉄千代田線の日比谷駅のほうへ歩き始めた。

その晩——

かえで銀行の乾慎介は、夜中の十二時くらいに、自宅に向かって南生田の坂道を歩いていた。

秋の夜風が涼しかった。

乾は、十月一日付けで京橋支店の取引先課長に栄転し、引継ぎで多忙を極める毎日だった。取引先課長就任は、同期のトップだった。京橋支店は大型で格の高い支店であり、ポジションとして申し分ない。

（もう寝ているのか……）

自宅の少し手前で自分たちの家に視線をやったが、窓の灯りは消えていた。

日中の目の回るような忙しさのあとで、取引先との宴席と二次会のカラオケをこなし、身体は汗ばみ、酔いで目のあたりが赤かった。

（まったく、香のやつ、何考えてんのか……）

暗い自宅を見ながら、心の中でため息をついた。

この一年くらい、夫婦の会話がめっきり減った。香は乾に対して相当な不満を持っているようだが、乾のほうでは、香の自分に対する不満が不当なものであると思えてならない。そもそも、何が不満なのかもよく分からない。口を開けば口論になるので、会話はますます少なくなりつつある。この頃は、夜帰宅しても、「お帰りなさい」ともいわれない。

華は少しずつ身体が大きくなり、不明瞭な発音で、香とよく話している。しかし、いまだに乾には、華がいっていることが分からない。三人の家族の中で、自分だけが疎外されているような気持ちだった。

（何で外で働いて、大変な思いをして家族を支えている自分が、疎外されなきゃならないんだ……まったく！）

玄関の扉を開け、中に入って電気のスイッチを点《つ》けた。

念のため、扉の裏側の郵便受けを見てみると、手紙やダイレクトメールが何通か入っていた。

（ん、何で郵便物があるんだ？）

普段は、日中に香が片付けている。変だなと思いながら靴を脱いだ。

「今帰ったぞー」

リビングに続く廊下を歩きながら呼びかけた。

家の中は海の底のように静かだった。スーツ姿の乾は、靴を脱ぎ、書類鞄と郵便物を手に、短い廊下を歩き、リビングの電灯を点《つ》けた。

室内が妙に片付いていた。

（やっぱり寝たのか……）

キッチンの冷蔵庫を開け、ミネラルウォーターのペットボトルを出して、グラスに注ぐ。冷たい水を一息に喉に流し込み、ふとテーブルの上に視線をやると、一枚のメモらしい紙が目に留まった。

（ん、何だ？）

歩み寄って、ハガキ大の紙を手にとる。文字に視線を這《は》わせた途端、乾は愕然となった。

『華と一緒に、しばらく実家に帰ります。　香』

（ななな、何だこれは⁉）

紙を握り締めて、呆然となった。

（まったく、あいつは、何考えてんだ！）

キッチンに行き、冷蔵庫から缶ビールを取り出してプルトップを引き、呷《あお》るように喉に流し込んだ。

三日後（日曜日）――

「お前、いったい何考えてんだよ？」

自宅のリビングの食卓にすわった乾は怒りを押し殺した声でいった。

香は、少し離れたソファーで、怒ったような顔で押し黙っている。

すでに陽《ひ》は落ち、リビングは、蛍光灯の白々とした光に包まれていた。

外はしとしとと雨が降っており、暖房を入れていない室内はうすら寒い。

「お前が大変なのは分かるよ。でも、俺だって大変なんだ」

乾は、アウトドア用の厚手の長袖シャツを着て、運転してきた車のキーを握り締めていた。

香の実家に出向いて「とにかく家で話し合おう」と頭を下げ、香と華を自宅に連れ戻したところだった。

「俺の何が不満なんだ？ いってみろよ。いったら直すよ。何もいわなきゃ、分かんないじゃないか！」

香はモスグリーンのカーディガン姿で、むっつりと押し黙ったままである。モスグリーンは、昔から好きな色で、大学生の頃からよく身に着けていた。

（こいつも、いつの間にか老けたなあ……）

香を見ながら、乾は思った。

前髪を横に流したボブより長めの髪型や、小さな顔、大きな目、少し上を向いた形のよい鼻は昔のままだ。しかし、髪に艶《つや》がなく、眉間《みけん》にはうっすらと縦皺《たてじわ》が刻み込まれている。

（俺たち、いつからこうなったんだろう……。ほんの三年前までは、仲良くしていたのに）

「なあ、何とかいえよ。……お前、いったい何考えてんだよ！」

乾は、車のキーを持ったまま、片手でテーブルを叩いた。

ガシンという殺伐とした音が静かな室内に響いた。

香が顔を上げ、乾を見た。

「慎ちゃん……あたしが、いつも何を考えてるか分かる？」

声が震えていた。

「華と暮らしながら、毎日何を考えてるか分かる？」

目を見ると、潤んでいた。

（泣いてるのか……？）

乾は、軽い驚きにとらわれた。気丈な香は、滅多に泣くことがない。

「ねえ、あたしがいつも何を考えてると思う？」

両目から、涙がぽろぽろこぼれ始めた。

（どうしたんだ……？）

乾は、香を凝視する。

「わたしが、いつも考えているのはね……それはね……わたしたちが、死んだあとのことよ！」

嗚咽《おえつ》まじりで、叫ぶようにいった。

（俺たちが、死んだあとのこと……？）

予想もしていなかった反応に、乾は言葉が出なかった。

「そう。……わたしたちが、死んだあとのことよ」

香は、ハンカチで涙を拭う。

「わたしたち二人が死んだあと、華はどこでどうやって生きていくのかなあ……誰が、華の面倒を見るのかなあ……一人で生きていけるのかなあって……わたしたちは……天国から、華を見守るしかできないのかなあ、って……」

最後のほうは、嗚咽で言葉にならなかった。

宙を見上げた香の両目からあとからあとから涙が流れ続け、乾は、その様子を呆然と眺めるだけだった。

「わたしは……わたしたちが死んだあとのことを、慎ちゃんと話したかったの」

香は涙を拭いながらいった。

「でも慎ちゃんは、仕事のことで頭が一杯だし……忙しくて、聞いてくれないし……どうせ、いったって、分からないだろうし……」

香は鼻水をすすり上げる。

食卓の椅子にすわった乾は、頭をハンマーで殴られたような気分だった。

「でも、わたしは心配で心配で、夜も眠れないの……わたしたちが死んで、この世に一人ぼっちで残された、わたしたちの可愛い華が……どうやって、一人で生きていくんだろうって考えると……夜も眠れないの」

香はハンカチに顔を埋《うず》め、激しく嗚咽し始めた。もはや言葉を発することもできないようだった。

翌朝——

いつものように早い時刻の小田急線の電車に乾は揺られていた。

座席にすわって書類鞄を膝の上に置き、自分の前に林のように立ったサラリーマンたちの姿をぼんやり眺めながら、昨晩の会話を反芻《はんすう》していた。

（「いったい何考えてるんだ？」は、俺のほうだったんだなあ……）

今まで、他人に負けたくない、自分にも負けたくないという一心で、周囲が見えていなかった。

（香は、俺なんかより、ずーっと、ずーっと、先のことを考えていたんだなあ……）

昨晩香からは、「慎ちゃんに話したかったけれど、聞いてくれないし、親には心配かけたくなかったから、話せなかった。だから一人で苦しんでいた」と打ち明けられた。華が不憫《ふびん》で、よく公園のベンチで華を抱いて、泣いていたという。

（家族にあんな思いをさせて、銀行で出世することに、何の意味があるんだ。……俺って、本当に馬鹿だよなあ！）

電車に揺られながら、自分の頭を殴りつけたい気分だった。

自分にとって、何よりも大切なものは、愛《いと》しい香であり、愛しい華である。金や出世ではないことは、明らかだ。

翌週——

乾は、千代田区一番町の英国大使館の近くのビルにオフィスを構える外資系人材紹介会社の応接室で、日本人ヘッドハンターと向き合っていた。

外資系らしいすっきりとした応接室で、ソファーは高級感のある黒い革張りだった。

「かえで銀行さんのばりばりのエリートが、ご転職を希望されるわけですか……。ご事情をお聞かせいただけますか？」

銀縁眼鏡をかけた五十歳過ぎのヘッドハンターの男性が、値踏みするような目つきでいった。頬がこけた、したたかそうな風貌の人物だった。

「実は、わたしには、障害児の娘がおります。家族のために、もう少し自由な時間を持ちたいというのが、転職したい理由です」

ヘッドハンターに初めて接する乾は、緊張した面持ち。

応接室の窓からは、茶色や黄色に色づいた皇居の森や、その先の大手町のビル街が見える。すっきりと美しい秋の夕暮れだった。

「奥様には、転職のことは、ご相談されたんですな？」

「はい。家内も賛成してくれています」

乾が家庭のことを真剣に考えるようになったことを、香は喜んだ。

「ご希望の職種は金融関係で、今よりなるべく収入が下がらず、かつ、時間に余裕がある仕事ということですか……なかなか難しいご注文ですなあ」

ヘッドハンターは苦笑いした。

「乾さんのスキルは何ですか？　人に負けない特技みたいなものは、何かお持ちですか？」

「資格としては、不動産鑑定士を持っております。これは自分で勉強してとりました。不動産会社も担当していましたし、不動産に関する知識は豊富です」

相手がうなずく。

「それから、実際にやったことはありませんが、証券化に関して、かなり勉強しました。その他では、財務分析とか、対人折衝能力などに自信があります」

「英語はいかがですか？　金融業界の求人は外資が多いので、そういうところでは、英語が必須になりますが」

「英語は、ちょっと……」

乾が顔を顰《しか》めると、ヘッドハンターは、ややがっかりした顔になった。

「そうなると、かなり選択肢が狭くなりますねえ」

英語ができれば、欧州系の銀行のクレジット・アナリスト（審査担当者）などのポジションがないこともないという。

「すいません……英語は、昔から苦手でして」

下がり眉の乾は、泣き笑いのような顔になった。

「まあ、ご事情がご事情のようですので、わたしどももお力になれるよう頑張りますけれどもね」

痩身《そうしん》のヘッドハンターは、したたかそうな微笑を浮かべる。

「ただ、お話を伺った限りでは、すぐに適当な仕事が見つかるとは思えません」

「……そうですか」

「老婆心ながら申し上げますが、転職先が決まるまでは、せっかく積み上げてきたキャリアを擲《なげう》つようなことはされないほうがいいと思いますよ」

乾はうなずく。

「それからもう一つ。今からでも、英語を勉強されることです」

「は、はい」

「今後の転職のためだけでなく、これからはインターネットをつうじて、色々な情報が英語でどんどん入ってくる時代になります。英語ができないということは、鍵穴から世界を覗くようなものです」

「鍵穴から世界を……」

相手は大きくうなずいた。

3

翌年（一九九七年）一月二十八日火曜日——

ワンピースの水着を、すらりとした大柄な身体に着けた水野良子は、ゆっくりとクロールで泳いでいた。水中の壁からライトアップされた水は、エメラルドブルーに澄んでいて、幻想的な気分にさせられる。隣りのレーンでは、色白で筋肉質の、若い英国人女性が泳いでいる。

ロンドンに来て三ヶ月が経った。

日中は、庭仕事や家事をしたり、スポーツジムで汗を流したりし、夜は、夫と食事をしたり、友人とオペラやバレエを観る毎日だ。日本では忙しくて読めなかった『源氏物語』（宇治十帖）も紐解き、薫の君と宇治に隠棲する皇族の娘たちのプラトニックな恋愛模様にも心惹かれている。

　かよっているスポーツジムは、ロンドン中心部から地下鉄ノーザンラインで三十分ほど北に行ったヘンドン・セントラル駅前の「ホルムズ」というジムだった。できて間もない、明るく近代的な施設で、一階に二〇メートルプールやサウナがあり、二階にトレッドミルなどの各種マシンがある。

　日課の一〇〇〇メートルを泳いだ良子は水から上がり、銀色のスイミングキャップとゴーグルを外して、プールのそばのジャグジーに浸《つ》かった。身体がすっきりと軽く、日本で、金融機関の動向を追いながら神経をすり減らしていた日々が嘘のようだった。

　ジャグジーから上がって、ロッカールームに隣接したシャワー室でシャワーを浴び、バスタオルを身体に巻いて体重計に乗った。

（あ、また少し減った！）

　赤く発光するデジタルで示された数字を見て微笑した。

　ドライヤーで髪を乾かし、セーターとジーンズに着替え、スポーツバッグを提げて、ロッカールームの外のカフェテリアに向かう。

　カフェテリアは、床がフローリングで、テーブルや椅子のほか、ソファーが置いてある。ソファーの前に大きなテレビスクリーンがあり、Ｆ１の映像を流していた。奥にバー・カウンターがあり、緑色の半袖のポロシャツを着た黒人のバーマンがいる。

良子は、バーでカフェラッテを買って、椅子の一つに腰を下ろし、スポーツバッグの中から英語の新聞を出した。

ウォールストリート・ジャーナルの欧州版であった。夫のロンドン勤務もあと一年程度なので、良子は、日本に戻ったらまた働くつもりで、ニュースには常に注意を払っていた。

紙面をめくり、記事に目をとおしていると、気になる見出しがあった。


『Japan Shares Fall 2% Amid Troubling Trend』

(問題続きで、日本株が二パーセント下落)


邦銀の健全性に対する懸念と、日本政府の経済改革への取組み姿勢に対する不信感から、日経平均株価が三百五十四円下落して、一万七七三四円になったと報じられていた。

『More bad news soon followed when Marshall's Investors Service Inc. changed the credit rating outlook to "negative" from "stable" for four Japanese banks.（さらに悪いニュースが続いた。マーシャルズ・インベスターズ・サービスが、邦銀四行の格付け見通しを、安定的からネガティブに変えたのである。）』

記事は、見通しをネガティブに変更された銀行は、日債銀、北海道拓殖、安田信託、中央信託の四行であると報じていた。

（いよいよマーシャルズは、ルビコン川を渡るのか……）

記事を読みながら、良子は感慨にとらわれた。マーシャルズは、これまで邦銀を投資不適格にしたことはない。

（まあ、橋本首相の最近の発言や、年が明けてからの日本経済の状況を考えれば、妥当な判断だとは思うけれど……）

マーシャルズは、日本政府が邦銀を救うつもりがあるのかどうかを見極めるために、橋本龍太郎首相や閣僚の発言をフォローしていた。彼らは「バブル崩壊以降、税収が減り、経済が低迷する中で、政府に株価や邦銀を支える余力はなく、市場も銀行も政府から乳離れすべきである」と繰り返している。

一方、年が明けてから、日本経済の雲行きが怪しくなってきていた。

今年一月の大発会は一万九四四六円で、前年末比八十五円の小幅上昇だったが、続く四日間、株価は棒下げし、一月十日には、大発会を二千円以上下回る一万七三〇三円を付けた。

株価急落で、暗雲が銀行だけでなく、生保業界にまで広がっていた。資産一兆円を超える生保十七社のうち、大手二社を含む八社が株式の評価損を抱え、とりわけ東邦生命や日産生命など、体力が弱っている中堅生保が不安視され始めている。

良子が住む家は、「ホルムズ」スポーツジムから歩いて十分ほどの住宅地にある。家は借家で、一つの家を左右二つに分けて、別々の家族が使う「セミデタッチト」と呼ばれるタイプだ。玄関を入ると左手に来客用のダイニングルーム、正面左寄りが居間、右手がキッチンになっており、居間とキッチンは庭に面している。

庭は幅が七メートル、奥行きが一〇メートルほどで、一年中芝は緑で、季節によって水仙、鉄線（クレマチス）、バラ、スズランなどが咲く。

スポーツジムから戻ると、玄関ホールに置かれた電話の緑色のメッセージランプが点灯していた。

良子は、スポーツバッグを床に下ろし、メッセージ再生ボタンを押した。

ピーッという再生開始の音に続いて、日本語の女性の声が流れてきた。

「えー、はじめまして。わたくしはエリス・ゼンダー・ジャパンの○×と申します。水野良子様に一度お話しさせていただきたく、ご連絡いたしました」

（エリス・ゼンダー・ジャパン……？　ヘッドハンティング会社のエリス・ゼンダー？）

有名なヘッドハンティング会社だ。

「……もし可能でしたら、わたくしどものほうにお電話をいただけないでしょうか？　電話番号は、東京03―5217……」

翌朝――

夫を送り出したあと、良子は、エリス・ゼンダー・ジャパンに電話を入れた。

時刻は朝の八時で、日本は、夕方五時である。

「あ、水野さんですか！　お電話有難うございます。○×でございます」

相手は、歯切れのよい話し方をする中年と思しい女性だった。エリス・ゼンダーは世界的に名のとおったヘッドハンティング会社で、社員の質も高い。

「実は、アメリカ系の格付会社のスタンダード&ディロンズ（S&D）が、金融機関の格付けを担当するシニア・アナリストを探しておりまして、水野様のほうでご興味がないかと思って、ご連絡を差し上げました」

「えっ、S&D⁉」

マーシャルズのライバル会社だ。

「先方は、水野さんのことをよくご存知だそうです。ご興味があれば、是非、お目にかかりたいと申されています」

「はあ……」

咄嗟《とっさ》のことで、どう反応したらよいか分からない。ただ、S&Dは、マーシャルズと格付業界を二分する大手であり、悪い話ではないのは確かだ。

「突然のお話なので、この場で、興味があるとも何とも申し上げられないんですが……」

「ごもっともだと思います」

「ただ、あのう……マーシャルズとS&Dの間で、辞めた人間はお互いに採用しないというような不文律はないんでしょうか？」

マーシャルズ出身の人間がS&Dに行ったとか、あるいはその逆のケースは聞いたことがない。

また、日本の四大証券などは、辞めた人間を互いに採用しないという暗黙のルールを定めている。

「その点は、先方に確認してありますから、ご心配ありません。確かに日本では、両社の間で人の行き来はあまりないようですが、アメリカでは、ごく普通にあるそうです」

「あ、そういえば、そうですね」

マーシャルズの本社に、S&D出身の人間がいたことを思い出す。

「差し支えなければ、スペック（求める人材の条件）をメールかファックスでお送りしたいのですが」

「じゃあ、メールでお願いできますか。わたしのメールアドレスは、ryoko.mizuno@……」

同じ頃、乾慎介は、日系格付会社で面接を受けていた。

ヘッドハンターと接触してから三ヶ月あまりが過ぎていた。格付会社と初めて聞いたときは、意外な感じがしたが、詳しい話などを聞いてみると、確かに自分が求めている条件に近い仕事だった。

オフィスは、地下鉄門前仲町駅から歩いて七、八分の場所にあった。閑静な公園や住宅街の一角に建つ十五階建ての大型ビルで、付近を走る首都高速九号線からもくっきりと見ることができる。

「きみは、格付けは、何のために存在すると思うかね？」

ストラクチャード・ファイナンス部上席フェロー（研究員）の堀川健史《ほりかわたけし》が、大きな声で訊いた。

広い額に、細い黒縁の分厚いレンズの眼鏡。小柄な痩身に茶色いスーツを着た姿は、会社員というより、大学助教授のような感じである。年齢は四十代半ば。

「はい。格付けは、投資家が適切な投資判断をするための目安を提供するために存在しているのだと思います」

両手を膝に置いて、ソファーにすわった乾は、堀川の迫力に気圧《けお》されながら懸命に答えた。

「格付けは、投資家のために存在する。そうだな？」

堀川は、まるで乾の負けん気を試そうとでもしているかのように、挑むような口調。

「はい。そうだと思います」

堀川がうなずく。

「では、証券化において、発行体が目指すものは何だ？　発行体にとって、何が重要だ？」

「発行体にとっては……なるべく低い金利で、資金を調達することだと思います」

「それから？」

「え、ええと……」

乾は一瞬考え込む。

「調達資金の極大化だ」

堀川がいった。

「あ、はい」

「では、アレンジャーにとって、重要なことは？」

アレンジャーとは、発行を引き受ける主幹事証券会社（投資銀行）のことだ。

「アレンジャーにとっては、発行を成功させることが、最も重要だと思います」

「発行を成功させるとは？」

「なるべく大きな金額の債券を、低い金利で発行し、それを投資家にスムーズに販売することです」

「それよりもっと重要なことがある」

「え、ええと……」

乾は、咄嗟に思いつかない。

「手数料だ、手数料。アレンジャーにとって一番大事なのは、一円でも多く手数料を稼ぐことだ。それから発行体を満足させて、次のビジネスにつなげること」

「は、はい。おっしゃるとおりだと思います」

スーツ姿の乾は、畏《かしこ》まってうなずく。

「いいか、投資家は少しでも多く金利を払ってほしい、発行体とアレンジャーは、少しでも払いたくない」

「はい」

「となると、発行体とアレンジャーは、果たして何をするだろうか？」

質問というより、自問するような口調だった。

乾が答えをひねり出す前に、堀川は、自分から口を開いた。

「彼らが考えることは二つ。複雑な金融技術を用いて、投資家を判断不能にすること。もう一つは、リスクとリターンの関係をカモフラージュすること。……発行体とアレンジャーは、常にこの二つの誘惑に駆られている」

「あ……はい」

「格付会社がオペレートしている（業務を行なっている）のは、こういう相反する欲望が渦巻く環境なのだ」

堀川は英語まじりでいった。もともとは、日系大手証券会社であるN証券の社員で、ニューヨークの証券現地法人で勤務した経験がある。

「リスクとリターンの関係をカモフラージュするために、アレンジャーと発行体は何をするか？」

再び自問するような口調。

「彼らは、格付会社を使うのだ」

堀川は、喝破するようにいった。

「う、ううーん……」

乾は、思わずうなる。

「いいかね？　馬鹿な格付会社が、最先端の金融技術で複雑化されたストラクチャーの中に隠されているリスクを見抜けなかったり、あるいは、商売ほしさに高い格付けを付けたりすると、最後に困るのは、債券を買った投資家なのだ。なぜなら、発行体は資金さえ調達できれば、あとは何のリスクも負わない、アレンジャーは、債券を完売してしまえば、何のリスクも負わない、格付会社は、債券がデフォルトになっても、格付けは一つの意見の表明にすぎないと裁判所が認めているので、何の賠償責任も負わない」

乾はうなずく。

「さっき、格付けは、投資家のために存在するといったが、文字どおり、我々は、投資家の利益を守るために仕事をしているのだ」

「はい」

「しかるに最近は、儲けるために、発行体やアレンジャーの誤魔化しを、見て見ぬふりをしている格付会社が多い。マーシャルズのアレックス・リチャードソンなんてのはとんでもない奴だ！　あいつのやる格付けは、滅茶苦茶だ！　あんなものは、格付けなんてものじゃない！」

堀川は、憤然といった。

マーシャルズのアレキサンダー・リチャードソンは「象牙の塔」的な企業文化のために証

券化部門でS&Dやフィッチの後塵を拝していたのを何とかしようと、クレジット・エンハンスメント（劣後部分の比率等）の基準を甘くして高格付けが出るようにし、シェアアップを図った。

昨年（一九九六年）前半のCMBS（commercial mortgage backed securities＝商業不動産担保証券）におけるマーシャルズのシェアは一四・三パーセントで、S&D（七五・二パーセント）やフィッチ（七三・五パーセント）に大きく離されていたが、後半には、シェアを一気に四六・一パーセントまで高め、S&D（五五・五パーセント）とフィッチ（五六・二パーセント）に迫った（註・証券化商品の発行に際しては、二つの格付をとることが多いので、各社のシェアの合計は一〇〇パーセントを超える）。

競争の激化で、S&Dやフィッチも格付けの基準を緩め、証券化ビジネス全体で、格付けが甘くなる傾向が出てきている。

「きみは、デカルトの有名な言葉を知っているか？」

堀川は、顎をしゃくって乾を見た。デカルトは、十七世紀のフランスの哲学者だ。

「は……『我思う、ゆえに我あり』でしょうか？」

堀川は大きくうなずく。

「デカルトは、思惟《しい》を徹底することで、思惟している主体としての『我』の存在を認識した」

「はい……」

よく分からなかったが、とりあえず相槌を打つ。

「僕にいわせれば、格付会社は、『我疑う、ゆえに我あり』だ」

「はい」

「発行体やアレンジャーのいうことを鵜呑《うの》みにして格付けはできない」

「はい」

「それだけではない。発行がなされる経済環境に関する報道も疑うこと。世間で通用している常識を疑うこと。そして、自分自身をも疑うことだ」

「はい」

乾の答えに満足したように、堀川はうなずいた。

「あなたがこの会社で働くようになるかどうかは、僕は分からん」

堀川は突き放すようにいった。

「もし働くことになったら、疑うということを忘れずにやってほしい。……じゃあ、そういうことで」

堀川はソファーから立ち上がり、軽く頭を下げて、応接室から出て行った。

乾も立ち上がって頭を下げ、半ば唖然《あぜん》として、堀川のぴんと伸びた背中を見送った。

間もなく、六十歳くらいの男性が応接室に入ってきた。

頭髪も眉毛も白髪まじりで、銀縁眼鏡をかけ、仕立てのよいグレーのスーツを着ていた。

差し出された名刺には、常務取締役の肩書きがあった。

「乾慎介さんか……」

島津という名の常務は、乾の履歴書に視線を落とす。話し方や物腰が自然体で、腹のすわった人物のように見うけられた。

「今は、かえで銀行の京橋支店におられるわけですな？」

「はい。取引先課長をやっております」

浅黒い顔の島津は、うなずいた。

「障害を持った娘さんがおられるとか？」

「もうすぐ四歳になります」

「そうですか。……ご苦労があるでしょうな」

しみじみとした口調でいった。

「銀行でしっかり仕事をやられ、不動産鑑定士の資格もとり、証券化についても、そこそこの知識がおありということですな？」

「はい。それらについては、自信を持っております」

島津はうなずいた。

「うちのストファイ（ストラクチャード・ファイナンス部）は、できてまだ日が浅い部署です。堀川のほかには、アナリストが一人とアシスタントが一人いるだけです」

この日系格付会社は、全体で約百人の社員がいる。

「今、堀川の面接を受けられたんですな？」

「はい」

「堀川は、何かいってましたか？」

浅黒い顔の常務は、微笑を浮かべて訊いた。

「『格付けは、投資家のために存在する。発行体やアレンジャーのいうことを鵜呑みにせず、何事も疑ってかかることが大事だ』とおっしゃっていました」

「そうですか……」

島津の顔に、苦笑が浮かんだ。

「あれは、かなり個性的な男でね。……証券化のプロとして、一年ほど前に、三顧の礼でN証券から迎えたんです。部長とか室長じゃなく、上席フェローという肩書きにしているのも、自由に講演や執筆をしたいからという、本人の希望によるものなんです」

堀川は、日本で数少ない不動産証券化の本を書いており、乾も堀川の本を読んだことがある。

「N証券のニューヨーク現法で証券化をやっていたんだが、休みの日には一切外に出ないで、自宅で哲学書と実務書を読みふけっていたから、ニューヨークの地理をほとんど知らないとか、昼食には、三百六十五日マクドナルドだけを食べ続けたとか、色々な逸話がある男です」

「はあ……」

「格付けに対する考え方も、間違ってはいないんだが、非常に学者的というか純粋で、妥協を許さないところがあります」

乾はうなずく。

「とはいえ、格付けというのもビジネスです。霞《かすみ》を食って生きていくわけにはいきません」

酸いも甘いも嚙み分ける深みのある顔つきでいった。

「その辺は、堀川も分かっていて、本人もジレンマを感じているようですな」

4

乾が日系格付会社の面接を受けてから一週間後の二月四日火曜日――

マーシャルズに見通しを「ネガティブ」とされていた日本債券信用銀行の利付き金融債（リッシン）が債券市場で暴落した。

翌五日には証券市場に波及して株価が急落し、終値は前年来の最安値百八十一円を付けた。同日夕方、西川彰治副頭取は緊急記者会見を開き、経営不安説を強く否定した。蔵相の三塚博も「日債銀が破綻することはまったくあり得ない。同行は日本の基幹銀行の一つで、（政府として）全面的に支援していくことに何ら変更はない」と援護射撃した。

しかし、市場の疑いが簡単に晴れるはずもなく、同行の株価は低迷し、金融債はぱったり売れなくなり、マネーマーケット（短期金融市場）から資金調達ができなくなった。

二月十八日には、追い討ちをかけるように、マーシャルズが日債銀を正式にネガティブ・ウォッチにかけると発表した。

三月二十一日——

二日前に、北海道銀行の長期預金格付けを投資不適格とする方向で見直すと発表したばかりのマーシャルズは、日債銀の金融債の格付けを、Ｂａａ３から投機的等級のＢａ１に引き下げた。

引下げの理由について、駐日代表の梁瀬次郎は「多額の不良債権や自己資本の低さが原因」と述べた。これに対し、日債銀側は「現在、抜本的なリストラを含む経営改善策を検討中で、マーシャルズがその内容を確認せずに結論を出したのは拙速である」として、再検討を申し入れた。しかし、「格付けの権威」であるマーシャルズが、まともにとりあうはずもなかった。

格下げによって資金調達の途《みち》を断たれた日債銀は、生き残りを賭《か》け、三月二十七日に、捨て身のリストラ策を発表した。内容は、①海外から全面的に撤退し、自己資本比率が四パーセントで済む国内専業銀行へ転換、②三月期決算で、二千五百億円の不良債権を償却、③東京の本店ビルと大阪支店ビルを関係会社に売却し、約六百億円の売却益を計上、④優良貸出資産二千億〜三千億円を大手都銀や外資系金融機関に売却し、資産を圧縮（自己資本比率を向上させるため）、⑤役員報酬や行員の給与の大幅削減、というものだった。

大蔵省は、一九九五年の住専処理に六千八百五十億円の公的資金を投入して批判を浴びたので、当初、公的資金による日債銀救済には及び腰だった。しかし、背に腹は代えられず、住専処理のために設けた「新金融安定化基金」をとおして日銀が九百億円を拠出し、大手都銀や生保が二千九百億円を拠出する奉加帳方式による救済策取りまとめに動き出した。

第五章　格担《かくたん》誕生

1

（一九九七年）四月一日――

乾慎介はかえで銀行を退職し、門前仲町にある日系格付会社に転職した。

退職の直前に、同期入行の有志十人あまりが送別会を開いてくれた。彼らは一様に「銀行の中でもエリート街道を順風満帆で突っ走っているお前が、どうして突然辞めるんだ？」と不思議がったが、乾が事情を説明すると、驚きや同情とともに納得した。

一方、ロンドンから帰国した水野良子は、この日、米系格付会社S&D（スタンダード&ディロンズ）に、金融機関担当のシニア・アナリストとして入社した。オフィスは、東京駅から歩いて数分の丸の内一丁目の金融街にあるビルである。

入社初日から、良子は仕事に追われた。この日、日債銀系のリース会社三社が、東京地裁に自己破産を申請し、北海道拓殖銀行と北海道銀行が合併することを発表したためだ。

自己破産を申請した日債銀系のリース会社は、クラウン・リーシング、日本トータルファイナンス、日本信用ファイナンスサービスだった。三社は、バブル期の不動産関連融資の拡大が裏目に出て、多額の不良債権を抱えていた。負債総額は合計で約一兆九千億円である。三社に対して、メーンバンクである日債銀のほかに、信託銀行が七行合計で約四千三百億円、農林系金融機関が約二千四百億円を融資しており、これら金融機関に及ぼす影響も見極めなくてはならない。

数日後――

日債銀頭取窪田《くぼた》弘は、日比谷通りに面した皇居のお濠端に建つ大手生命保険会社、日比谷生命の本社を訪れ、社長らに深々と頭を下げていた。奉加帳方式による二千九百億円の資金支援への参加依頼であった。

「……何卒《なにとぞ》、MOF《モフ》（大蔵省）の案を受け入れてくださるよう、ご忖度《そんたく》をお願いします」

大蔵省理財局長や国税庁長官を経て、四年あまり前に日債銀に迎えられた窪田は、禿《は》げ上がった頭で、フレームの大きな銀縁眼鏡をかけていた。役人出身者らしく、身だしなみはよく、物腰は丁寧だが、言葉の端々に大蔵省の案なのだから呑んでくれという響きがあった。

隣りに、日債銀の常務と部長が神妙な顔つきですわっていた。

「わたしどもも、ご協力できるものなら、させていただきたいのはやまやまですが……なにぶん、劣後ローンと株式は、支払い順位や配当がまったく違いますからねえ」

窪田と向き合ってソファーにすわった日比谷生命の社長がいった。

日比谷生命は、日債銀に対して数百億円の永久劣後ローンと期限付き劣後ローンを供与している。大蔵省と日債銀は、前者の半分と後者の四分の一を、それぞれ普通株と優先株に転換するよう求めていた。

社長と並んで企画担当役員がすわり、その横に、経営企画部長と沢野寛司がすわっていた。沢野は、四月一日付けで調査部から経営企画部に異動になった。大蔵省が、日債銀だけでなく、経営不安説が囁かれる日産生命などへの支援を日比谷生命に求めてくるようになったため、金融機関のリスク分析の経験がある沢野に、白羽の矢が立てられた。現在の肩書きは、課長のすぐ下の副長である。

「そもそも、これらの劣後ローンは、御行が海外業務を継続するための資本充実にご協力するということで、提供させていただいたものです。今後、海外から全面的に撤退するというのであれば、これらは本来返済していただくべきものであると、わたしどもは考えています」

日比谷生命の社長がいうと、日債銀の三人は、困った顔になった。

2

四月二十五日金曜日——

朝、沢野寛司は、都内の自宅マンションで目覚め、洗面所で歯を磨いていた。

自宅は地下鉄半蔵門線の水天宮前駅の近くで、住所は中央区日本橋蠣殻町《かきがらちょう》一丁目である。ビルやマンションに埋め尽くされた一帯で、そばに首都高速道路の箱崎ジャンクションがあり、いつもたくさんの車両が流れている。付近には、日本ＩＢＭの本社や箱崎の東京シティ・エアターミナルがあるほか、昼間でも提灯《ちょうちん》を点している水天宮があり、歌舞伎座や築地にも近く、都心と下町が出会う合流地点だ。

「寛ちゃん、ちょっとちょっと、大変よ！」

リビングのほうから、妻の声がした。

三歳年下の妻は、栃木支社の同僚だった女性で、ロンドンから帰国してすぐに結婚した。

「んー？」

パジャマ姿の沢野は、歯ブラシを咥《くわ》えたまま、リビングに行った。

窓から、明るい春の陽が差し込み、ソファーには、妻が作った動物の刺繡《ししゅう》をあしらったクッションが置かれていた。

「日産生命が破綻したんだって！」

エプロンを着て朝食の用意をしていた小柄な妻がいった。

「むぅ、うーん……」

沢野は歯ブラシを咥えたままうなる。

テレビ画面の中で、若い女性アナウンサーが、ニュースを読み上げていた。

「……大蔵省は、経営破綻した中堅生命保険会社、日産生命保険に対し、保険契約の解約停止を柱とする業務停止命令を出す見込みです。これは、生命保険会社向けとしては、戦後初の業務停止命令となるもので……」

日産生命は、明治四十二年創業の太平生命保険が前身で、旧日産コンツェルンの流れを汲《く》み、日立製作所、日産自動車などと関係が深い。保険契約件数千五百九十万件、総資産二兆千六百七十四億円で、業界第十六位である。

「……同社は、今日午前中に取締役会を開き、自主再建断念を決める予定です。大蔵省は、生命保険契約への信頼を維持するために、日産生命が顧客と結んでいた契約のすべてを保護する方針で……」

（ついにきたか……！）

沢野らは、日産生命が一九九五年九月の大蔵省検査で、債務超過に陥っていることを指摘されたという情報を摑んで以来、状況の推移を注視していた。

同社は、一九八〇年代半ばに、業界初の歯科医療保険を発売したが、保険請求が非常に多く、経営を悪化させた。その後、バブル期の八〇年代後半に、銀行の融資とセットで、予定利率五・五パーセントの個人年金保険を売りまくった。このため、一九八七年の時点で六千九百億円台だった総資産が、一九九二年には二兆円を超えた。総資産に占める個人年金保険の比率は業界平均で七パーセントだが、日産生命では五〇パーセントを超えている。

バブル崩壊後、相次いで金利が引き下げられ、現在は、十年物国債でも利回りは二パーセント台にすぎない。日産生命は、五・五パーセントの予定利率を達成しようと、不動産投資や、外国債券などを組み込んだ海外投信、デリバティブを組み込んだ仕組み債などに傾斜していった。しかし、地価が下落し、為替が円高ドル安に振れたりしたため、損失はますます拡大した。

（うちも何か手を打たないと、ヤバイかも……）

口の周りに白い歯磨きの泡をつけたまま、沢野は思案した。

今年に入って、いよいよ生保も経営が危なくなってきたという新聞や雑誌の記事がよく出るようになった。「生命保険各社の経営体力」といった記事では、日経平均株価がどこまで下がると、生保各社の株式含み益がゼロになるかの表が掲載され、上位の生保は、一万三〇〇〇～一万六〇〇〇円（日比谷生命は、一万五〇〇一円）であるのに対し、千代田、東邦、東京といった経営不安が囁かれる会社は一万八〇〇〇～二万円、日産生命は二万七二一円とされている。

昨日の日経平均株価の終値は、一万八六九八円だった。

その日、日比谷通りに面した皇居のお濠端に建つ本社に出社すると、二十階の経営企画部のフロアーの扇の要の位置にすわった部長が、沢野を呼んだ。

「ついに、きたなあ」

沢野がデスクのそばに行くと、色黒で太り肉《じし》の部長が、感慨をこめていった。髪も眉も黒々として、一見強面《こわもて》だが、話の分かる上司である。

背後の窓の下には、片側三車線の日比谷通りが左右に延び、その先に濃緑色の水を豊かに湛えた日比谷濠や凱旋濠《がいせん》、二千本の黒松が植えられた皇居外苑が見える。こんもりとした木々の間に宮殿の青銅色の屋根がのぞく皇居は桜が満開で、それを都心のビル群が屏風《びょうぶ》のように取り囲んでいる。

「金融危機の始まりですかかね？」

ワイシャツ姿の沢野がいった。

「山一も、ついにネガティブ・ウォッチにかけられたしなあ」

二日前の四月二十三日に、マーシャルズ・インベスターズ・サービスが、投資適格の最低限（Ｂａａ３）に張り付いている山一証券の格付けを、格下げ方向で見直すと発表した。過去二年間にわたり市場シェアが低下し、今後の収益見通しも弱く、また、当局から支援を受けられる可能性も低いことが理由であるとしていた。

「日産生命に続いて、日債銀や山一がばたばた倒れたら、金融危機が起きますよね」

日債銀からの「奉加帳方式」による資金支援の要請に関して、日比谷生命は大蔵省と交渉し、「大蔵省は、全関係金融機関の同意が得られ今回の再建策が実行されれば日債銀の再建が可能である旨、確認する」という念書を差し入れてもらうことを条件に、要請に応じる方針でいる。

二週間前に、日債銀は、米系大手商業銀行バンカース・トラストとの資本提携を発表し、株価は持ち直した。

「日産生命は、どう処理するんですか？」

沢野が訊いた。

「ＭＯＦ《モフ》（大蔵省）が、生命保険協会で何とかしろっていってきてるんで、とりあえず、業界で三十人くらいの管理チームを作って、あさってくらいからデューディリ（資産査定）をやる。うちの会社からも三人ほど出す予定だ」

　管理チームの長は、生命保険協会の会長（大手五社の輪番制）である波多健治郎明治生命会長が務める。

「何とかなるんですか？」

「たぶん駄目だろう」

　色黒の部長は首を振った。

「おそらく発表している数字より、実態は相当悪いはずだ」

「でしょうね」

「ただ、業界として、保険契約をほっぽらかしにするわけにもいかんから、会社は潰して、契約だけどこかで管理するってことになるだろう。……予定利率の五・五パーセントは、当然引下げだ」

　沢野がうなずく。

「営業の現場でも、客から『おたくの会社は大丈夫ですか？』って問い合わせが相当きているらしい」

「しかし、まあ、うちは大手ですからねえ」

日比谷生命は、業界トップクラスの大手生保だ。

「だけど、そういうことをちゃんと分かってるのは、都心と県庁所在地のサラリーマンくらいでさ。支部のおばちゃんたちが保険売ってる客なんて、日産生命と日比谷生命の違いすら知らないだろ？」

「うーん……いわれてみれば」

沢野は、栃木支社時代の現場の雰囲気を思い出す。

「このままでいくと、うちの営業にも、相当な影響が出ると思うんだよな。……どうしたらいいと思う？」

「うーん……」

沢野は一瞬考える。

「格付けとったらどうですかね？」

「なるほど……」

「第三者である格付会社が、日比谷生命は間違いない会社だっていうお墨付きをくれれば、葵《あおい》の御紋になると思うんですけど」

債券の発行のための格付けではなく、保険会社が保険金や給付金を約定どおり支払う能力に関する「保険金支払能力格付け」（別称・保険財務力格付け）という種類の格付けをとるということだ。

「うむ、そのとおりだな。実は、俺も同じことを考えていた」

部長は、我が意を得たりといった顔つき。

「ついては、沢野、お前が格付けの取得を担当しろ」

「えっ⁉」

突然の話に、沢野は驚いた。

「どうして僕が？」

「お前しか、できそうな人間はいないじゃないか」

「え？　……うーん」

沢野は考え込む。

「保険会社の人間なんてのは、お前、どうやって保険をたくさん売るかしか頭にないだろ？　銀行マンと違って、企業分析とか信用リスクなんて、みんなノーアイデアなんだから」

部長は、視線で部内の数十人の社員たちを示す。

「はあ……まあ、そうですねえ」

「お前はさ、一応アナリストとかやって、企業分析も齧ったんだろう？」

「それはそうですけど……しかし、主にやってきたのは株のアナリストで、信用リスクのアナリストというのは、基本的に違うと思うんですけど」

「基本的には違うけど、似たようなもんじゃないか」

「いや、しかし……」

（無茶苦茶だな、もう！）

「いいから、やれ。やれといったら、やれ！」

「はあ……」

沢野は、困惑顔で、頭を掻いた。

創業明治二十年代の大手生命保険会社日比谷生命に、史上初の「格担《かくたん》」が誕生した瞬間であった。

五月上旬——

山一証券の社長三木淳夫は、企画室の部長、課長と一緒に、ゴールデンウィークの連休を利用して、ニューヨークのマーシャルズ・インベスターズ・サービスの本社を訪れた。四月二十三日に発表されたネガティブ・ウォッチによる格下げを何としてでも思い留まってもらうためだった。

山一証券では、これまで格付会社とのミーティングには、常務が出席するのが精々で、社長が出席することは皆無だった。しかし、瀬戸際に追い込まれ、必死になった。国内におけるスケジュールの調整がどうしてもつかなかったため、ゴールデンウィークを利用し、往復のフライトを含めて二日半というとんぼ返りの強行軍でニューヨークにやって来た。

マンハッタン島の南西寄り、世界貿易センターの斜向いにある十一階建ての本社ビルの会議室からは、付近にある一九〇〇年代初頭に建てられた、凝った装飾の石造りのビル群が、初夏の日差しを浴びているのが見えた。

「……リューイチ・コイケ（小池隆一）の事件は、御社には、波及しないということでしょうか？」

マーシャルズ本社で、ＦＩＧ（金融機関グループ）のトップを務める中年の米国人男性が訊いた。

去る一月に、野村証券の元社員がＶＩＰ口座があると公表し、総会屋の小池隆一に対し、同社が、七千数百万円に上る損失補塡を行なってきたことが明らかになった。責任をとって、酒巻《さかまき》英雄前社長をはじめとする十五人の役員が退任し、去る四月二十八日に開かれた臨時取締役会で、氏家《うじいえ》純一が新社長に選ばれた。

一方、大和、日興、山一に対しても証券取引等監視委員会の調査が入り、三社すべてに小池隆一の親族企業である「小甚ビルディング」の取引口座があり、ワラント債や株の先物取引で、いずれも多額の利益が上がっていることが判明した。同監視委員会は、損失補塡の疑いがあると見て、三社の取引担当者の事情聴取を行なっている。

「当社が、小池隆一に損失補塡を行なったという事実は、まったくありません」

広い額の上に横分けした髪をきちんと撫で付け、役人風の地味な背広を着た社長の三木淳夫がいった。一九六〇年（昭和三十五年）に東大法学部を卒業して入社し、投資信託本部、金融法人部、企画室と順調に出世コースを歩み、五年前の一九九二年六月から社長を務めている。八年以上にわたって山一証券に君臨している会長行平次雄《ゆきひらつぎお》の操り人形で、社内における発言力はない。

「山一証券では、ＶＩＰ口座などというものは、大昔に廃止されています。野村証券が、いまだにそうした口座を持っているというのは、正直いって驚きです。……そこまで顧客管理をしっかりやっており、しかも、当局から検査で指摘されなかった、あるいは、指摘を撥《は》ねつけていたのではないかという点は、さすが野村証券という感じもしますけれど」

三木の言葉を、隣りにすわった企画室の部長が英語に通訳した。かつて水野良子に「本当に『飛ばし』はないんでしょうか？」と詰め寄られ、「ないと、信じております」という苦しい答えをした男性であった。

「ところで、御社に関しては、『飛ばし』があるのではないかという根強い噂がありますが、この点、どうなんでしょうか？」

東京から出張してきた主任アナリストの日本人が訊いた。かつて水野良子と一緒に仕事をしていた男性である。

「『飛ばし』は、断じてありません」

三木は、きっぱりといった。

マーシャルズの五人は、三木の心中を推し量るように、じっと視線を注ぐ。

「バブル期に、御社を含む証券各社で、『にぎり』が盛んに行われていたという話を聞いていますが」

主任アナリストの日本人が、意地の悪そうな顔で訊いた。

「『にぎり』というのは、投資の利回りを保証する行為で、違法である。

「確かに、一九八〇年代の後半に、そうした行為で、預かり資産を増やそうとしていた時期があったと理解していますが、一九九一年十月の証取法の改正で、一任勘定と損失補塡が禁止されてからは、一切行われていません。『にぎり』にもとづいて損失を補塡し、そのために『飛ばし』を行なっているなどというのは、邪推以外の何物でもありません」

三木は語気を強めていった。

「お恥ずかしい話ではありますが、日本の証券会社は、六年前の損失補塡事件以来、当局の厳しい監視下にあります。したがって、野村証券のように、当局に顔がきく特別な会社でもない限り、『にぎり』だとか『飛ばし』というのは、まったく不可能な話です」

三木の強い口調と揺るぎない視線に、マーシャルズの二、三人が、納得顔でうなずいた。

しかし、三木自身は、「飛ばし」が存在することを、誰よりもよく知っていた。五年前に社長に就任して以来、「飛ばし」は、三木にとり憑《つ》いた亡霊だった。

山一証券の飛ばしは、主としてバブル期に事業法人本部が顧客と行なった「にぎり」と、債券のディーリング（自己勘定売買）による損失から生じたものだ。

バブル崩壊後の一九九〇年に、「にぎり」から損失が生じている営業特金（証券会社が顧客に代わって運用を行うファンドの俗称）などを処理するための極秘の社内委員会が設けられ、当時専務だった三木もメンバーになった。

顧客に損をかぶってもらうべく交渉を続けたが、東急百貨店や伊藤忠総合ファイナンスなど、解決不能のファンドが七つ（含み損は千二百七億円）残った。結局、一九九一年の暮れに、これらを山一が引き取り、国内に五つのペーパーカンパニーを作って飛ばした。ファンドを買い取るための資金は、山一証券が現先でペーパーカンパニーに供与した。

一方、債券ディーリングや、海外現法のディーリングの失敗による損失は九百四十五億円で、これらは、仕組み債や外貨建て債券の含み損という形で隠されている。

「当社は今年創業百周年を迎えます」

三木がいった。

山一証券は、明治三十年（一八九七年）四月に山梨県出身の小池国三が、東京株式取引所仲買人の免許を受け、兜町《かぶとちょう》に創業した小池国三商店に源を発する。小池は、かつて奉公した商家の商票「山市」をもじって、「山一」という商標を用いることにした。

「昨年十一月には、百周年記念事業の一環として、本社を八重洲から、中央区新川に移転しました。また、全社員へのパソコンの配備、事務職女性社員への新制服支給、百年史の刊行などの記念事業を予定しており、社員一丸となって、業績の向上に努力いたしております。支店の独立採算制を徹底する『自主経営制度』も導入しました。また、今年三月期の決算では、系列ノンバンク山一ファイナンスの不良資産千七百億円も一括して償却しております」

そういって会議用テーブルの向い側にすわったマーシャルズの五人を見る。

「ここで格付けを下げられると、我が社は、資金調達ができなくなります。どうか、山一証券を信じて、格下げを思い留まってくださるよう、お願い申し上げます」

三木はテーブルに両手をついて頭を下げた。

投資不適格にされることは、今の山一証券にとって、死刑宣告に等しい。投資家から投資対象外にされ、銀行から融資枠を絞られ、常時三千億～三千五百億円を調達しているマネーマーケット（短期金融市場）の借入と、ＣＰ（コマーシャルペーパー）の発行ができなくなるからだ。

五月十四日――

山一証券社長の三木淳夫が、マーシャルズのニューヨーク本社を訪問してから約十日後の水曜日、東京地検特捜部は、総会屋小池隆一の実弟が経営する不動産会社「小甚ビルディング」（東京港区）に利益供与をしたとして、商法（利益供与）と証券取引法（損失補塡）違反の疑いで、野村証券元常務（株式担当）松木新平、同（総務担当）藤倉信孝、総務部理事藤田修の三名を逮捕し、酒巻英雄元社長の自宅など、十数ヶ所を家宅捜査した。

さらに二週間後の五月三十日、特捜部は、酒巻英雄元社長を、証券取引法と商法違反の容疑で逮捕した。これについて、山一証券会長で日本証券業協会会長を務める行平次雄は「証券界に対する投資家の信頼を損なうもので、誠に遺憾。自主規制機関として、厳正に対処する」と談話を発表した。しかし、過去八年八ヶ月の長きにわたって社長・会長を務め、「山一証券のドン」として君臨してきた行平は、当然、自社の「飛ばし」の事実を熟知し、酒巻以上に脛《すね》に傷を持つ身だった。

六月五日木曜日――

東京は日中の最高気温が二十七・七度に達し、初夏から夏への季節の変化を感じさせる日だった。

夕方――

大手町の金融街にある米系格付会社S&Dのオフィスで、金融機関担当のシニア・アナリスト水野良子が、デスクに山のように資料を積み上げ、パソコンにデータを打ち込んでいた。日本の金融界が大揺れに揺れているため、良子は多忙をきわめている。四月に入社して以来、東京三菱銀行（Aプラス）、第一勧銀（A）、三和（同）の格付けを据え置き、日興ヨーロッパの短期カウンターパーティ格付けをA1からA2に引き下げ、山一証券をトリプルBから引き下げる可能性があると発表、日興証券をAからAマイナスに引き下げ、五月に、安田信託銀行の格付けをトリプルBマイナスから引き下げる可能性があると発表、足利銀行の格付けをトリプルBからトリプルBマイナスに引き下げ、日本産業銀行の格付けをAに据え置き等、矢継ぎ早に格付けの見直しを行なっている。

特に注意を払っているのが、山一証券、足利銀行、北海道拓殖銀行などだ。山一証券とは、マーシャルズ時代からの因縁で、同社の格付けについては、去る四月十六日にネガティブ・ウォッチにかけ、先ほど、トリプルBプラスからトリプルBへの引下げを発表したところだ。

なおマーシャルズでは、トリプルBをBaaと表記するが、S&Dでは文字どおりBBBと表す。

また、マーシャルズでは、トリプルBの中に、Baa1、Baa2、Baa3の三つの区分があるが、S&Dでこれに対応するのは、BBB+、BBB、BBB－である。短期格付の記号は、マーシャルズがP1〜3、S&DはA1〜3、およびB、Cである。

室内の窓に差し込む陽の光が弱まり、茜色《あかねいろ》がかってきていた。

デスクの電話が鳴った。

「水野です」

良子は、受話器を耳にあてる。

「水野さん、一勧の役員が逮捕されたみたいですよ」

相手は、S&Dの格付業務推進部（営業部）の男性だった。四十一歳の良子より五、六歳下で、学生時代はスピードスケートの選手だった。

「えっ、ほんとですか⁉」

「今、時事通信のニュース速報で流れました。例の小池隆一の関係で、元常務とか総務部長なんかの四人が逮捕されたそうです」

「ほんとに……」

受話器を耳にあてたまま、呻《うめ》くように呟いた。証券界に発した不祥事が、いよいよ銀行にまで及んできた。場合によっては、第一勧銀の格下げも検討しなくてはならない。

「ところで、水野さん、『諸君！』に面白い特集が出ていたんで、あとで社内便で送ります」

『諸君！』は文藝春秋が出している保守的傾向が強い月刊情報誌だ。

「どんな記事なんです？」

「『金融の支配者マーシャルズの虚像』っていう記事ですよ」

「へーえ……」

「日債銀をジャンク（投資不適格）にしてから、格付けが、結構話題になってますよねえ」

「確かにねえ」

『諸君！』だけでなく、ここのところ新聞や雑誌に格付会社の記事がよく出るようになった。

間もなく、社内便で『諸君！』の記事のコピーが送られてきた。

煽《あお》り立てるような文章で始まっている記事だった。

『いまやマーシャルズが、銀行の生殺与奪の権を握っている。「金融システムを必死で支えているはずの大蔵省も拱手《きょうしゅ》傍観するばかりだ」と、上位都銀の実力会長も苦虫を嚙み潰したような表情で語る。米国の大手格付会社マーシャルズが巻き起こした旋風は、一向に凪《な》ぐ気配を見せず、日本の金融システムを揺さぶり続けている。』

続いて、マーシャルズの歴史、格付記号の意味、勝手格付けと依頼格付けの違い、日債銀に対する影響、邦銀の幹部の格付けに対する不満のコメント、格付決定のプロセスといった内容が、八ページにわたって書かれていた。

インタビューを受けたマーシャルズの梁瀬次郎のコメントも載っていた。

『格付けとは、科学的なものでもなければ、公明正大なものでもありません。これはあくまで格付会社の意見、つまりアナリストの意見でしかないのです。しかし、国際的に経験豊かなアナリストが、それぞれ自信を持った分析を提供していますし、それが正しいかどうかは、市場が判断するものだと思います。』

『発行体から、それでは納得がいかない、数字を示せ、根拠を示せ、基準を示せといわれることがあります。日本にはマニュアル崇拝があって、財務諸表のような定まった基準がないと納得してもらえないのは、困りものだと思っています。』

『格付会社は探偵団ではありません。発行体企業が、詐欺や粉飾決算をしているような場合は、アナリストは対応できません。そういうリスクを孕《はら》んだ意見であることは、市場でも理解されていると思います。我々は神ではなく、市場の生き物なのです。』

頭のよい梁瀬らしい比喩《ひゆ》に満ち、例によって巧妙に責任を回避するコメントが並んでいた。また、言葉の端々から、マーシャルズの日本における知名度を上げることに腐心してきた梁瀬の慢心のようなものが感じられた。

（これで、いいのだろうか……）

と良子は思う。

格付けは、あくまで市場の黒子であるべきだというのが「マーシャルズの良心」ピーター・サザランドの教えだ。

3

六月下旬になると、総会屋小池隆一事件は、金融界にますます深刻な影響をもたらした。

六月二十九日には、頭取時代に小池への融資を急増させた第一勧銀の宮崎邦次《くにじ》相談役が三鷹《みたか》市の自宅で首吊り自殺をした。七月四日には、同行の奥田正司前会長が逮捕され、大蔵省は同行に対し、新規融資先開拓の一時停止などの行政処分を科した。

七月三十日には、山一証券本社に東京地検特捜部の強制捜査が入り、八月に、行平会長、三木社長ら十一人の役員が退陣し、野澤正平が新社長に選ばれた。退任する行平ら十一人の役員は、全員顧問として残ることになった。

四月二十五日に破綻した日産生命については、六月に、生命保険協会が十億円を出資して受け皿会社の「あおば生命保険」を設立し、保険契約者保護基金から二千億円の資金援助を受けて、保険契約を維持・管理することになった。既契約の予定利率は、一律二・七五パーセントに引き下げられる予定である。

一方海外では、五月十四日に、米系投資銀行が大口のバーツ売りを仕掛けたのをきっかけに始まったタイの金融不安が、アジア全域に広がっていった。


八月十六日土曜日――

阪神甲子園球場では第七十九回全国高校野球選手権大会の二回戦が行われており、第一試合では、沖縄代表の浦添商業が二回と三回にそれぞれ二点、四回にも一点を入れ、古豪の秋田商業をリードしていた。

日比谷生命本社では、緑溢れる皇居を見下ろす会議室で、十人ほどが会議用のテーブルについていた。

時刻は、午前十一時過ぎ。窓の外には青い夏空が広がっている。北東寄りの風が強く、しのぎやすい日だった。

「……we are concerned about your loss from securities investment. Could you explain your views on this?（……我々は、貴社の証券投資ポートフォリオから生じている損失について懸念を抱いています。この点について、考えをお聴かせ願えますか）」

鉛筆を握った右手をレポート用紙の上に置き、ダークスーツ姿の大柄な白人男性がいった。

かたわらにすわったスーツ姿の日本人女性が日本語に訳す。

「お答えします」

会議用の長テーブルの反対側にすわった、すだれ頭で恰幅《かっぷく》のよい六十歳過ぎの男性がいった。日比谷生命の社長であった。

左右に、経営企画部を担当する副社長、取締役、経営企画部長と、「格担《かくたん》」の沢野寛司がすわっていた。

「確かに資金の運用面、いわゆる『利差益《りさえき》』は、逆鞘《ぎゃくざや》が生じておりますが、これを十分に上回る『死差益《しさえき》』と『費差益《ひさえき》』があります。したがって、業績については、まったく懸念ありません。なお、『三利源《さんりげん》』の状況については、お手元に配布した資料のとおりです」

社長の言葉を、日比谷生命側の一番端にすわった沢野が英語に訳す。

生命保険会社の収益性を表す三要素は、死差益、利差益、費差益の三つで、これらは「三利源」と呼ばれる。「死差益」は、あらかじめ想定した死亡率と実際の死亡率の差から生じる損益、「利差益」は、資産の運用利回りと、契約者に約束した利回り（予定利率）の差から生じる損益、「費差益」は、想定した経費の見込み額と実際にかかった経費の差から生じる損益である。

「三利源の中でも、死差益は、毎年数千億円の黒字が出ており、当社の経営基盤を揺るぎないものにしております」

生命保険会社は、ある年齢の人が、一年間に何人死ぬかという予定死亡率を算出した上で、保険料を決めている。期間が二十年、三十年といった長期の保険でも、当初に算出された予定死亡率が、全期間にわたって適用される。しかし、国民の平均寿命が延びているため、過去に見積もった死亡率より、実際の死亡率は低い。また、保険加入にあたって、健康診断などを義務付けて契約者を選んでいるので、この点からも実際の死亡率は低くなり、差益が発生する。

「日比谷生命は、日経平均株価が一万五〇〇〇円になると、株の含み益がゼロになるということで、間違いないでしょうか？」

白人男性が訊いた。

現在の日経平均株価は、一万九三二六円である。

「その数字は、雑誌か何かからとられたのではないかと思いますが、現在は、若干違っております」

テーブルの上で両手を組んだ社長がいった。

「当社の株式の含み損がゼロになる水準は、一万三九〇〇円です。これは、株式のポートフォリオを減らしたことなどによります」

テーブルの向い側にすわった白人男性、日本人男性、日本人女性の三人がうなずく。三十代後半と思しい白人男性は、顔にニキビの跡があり、どことなくウドの大木風である。二人の日本人は、きりりと引き締まった抜け目のなさそうな顔つきをしている。

「日産生命と御社の違いを一言でいうと、どういうことでしょうか？」

白人男性が訊いた。

（うーん、もうちょっと突っ込んだ質問できないのかなあ？　……そもそも、この人たち、ちゃんと勉強してきてるの？　契約するときだけは、調子よかったけど……）

若侍ふう醬油顔の沢野は、テーブルの向い側にすわった三人を眺めながら胸中でぼやいた。

沢野としては、デリバティブのリスクが開示されていないじゃないかとか、全体のパイが縮小する中で、外資系のカタカナ生保にシェアを食われているじゃないかとか、セールスレディのGNP（義理・人情・プレゼント）方式の営業は、もはや古いのではないかといった、手厳しい質問を期待していた。

「日産生命と当社の違いを申し上げますと、日産生命は、高い予定利率の個人年金保険の総資産に占める比率が五〇パーセント超という、業界でも突出して不安定な負債構造だったため、死差益と費差益の黒字を生かせませんでした。当社の場合は、個人年金保険の比率は約七パーセントで、ほぼ、業界水準であります」

「利差益については、今後も negative spread（逆鞘）が続くのでしょうか？」

「逆鞘は縮小しております」

社長がいった。

「一つの理由は、バブル崩壊以降、継続的に金利が下がってきており、債券投資の利益が拡大していることです」

三人がうなずいて、メモをとる。

「もう一つの理由は、外債投資です。為替が円安に振れていますので、外債投資で為替差益が出てきています」

二年前（一九九五年）の四月に一ドル八十四円台までいった為替は、現在百二十円前後になっている。

「おい、沢野君、ちょっと一休みさせてくれんか？」

社長が沢野のほうを見ていった。

「あ、はい。では、ここでちょっと休憩にいたしましょう」

沢野は、向い側にすわった三人に視線をやって、うなずき合う。

「沢野、ちょっと、冷たいものでも頼んでくれんか？」

色黒で太り肉の経営企画部長がいった。

「はい。では、ただいま」

立ち上がって、部屋の隅にある電話機に向かい、休日出勤している経営企画部のアシスタントの女性に電話をした。

間もなく、アイスコーヒーとお冷《ひや》が運ばれてきた。

「どう、こんなもんでいいのかね？」

アイスコーヒーをストローですすりながら、社長が訊いた。

「Yes, your answers are excellent.（はい。大変結構だと思います）」

ウドの大木風の白人男性がいい、左右にすわった日本人男性と日本人女性が、アイスコーヒーを飲みながらうなずく。

「特に、社長自らが経営に関する細かい数字を把握し、自らの口で答えられる点は、格付会社から高く評価されると思います」

三人は、米系投資銀行東京支店の債券部の社員で、日本企業に対する格付取得のアドバイザリー業務をやっている。ウドの大木風の米国人は、かつてマーシャルズに勤務したことがあり、格付取得プロセスについて熟知しているという触れ込みだった。

日比谷生命は、格付けを取得するため、この投資銀行をアドバイザーとして雇い、この日は、格付会社との面談の練習をしていた。

「ところで、格付けは、マーシャルズでなく、S&Dからとられる予定なんですね？」

投資銀行の日本人男性が訊いた。

「そうです。S&Dと、あと日系の格付会社からとろうと思っています」

黒々とした頭髪をきちんとサラリーマン・カットにした経営企画部長がいった。

「マーシャルズからとらない理由は何なんですか？」

白人男性が不思議そうな表情で訊いた。金融市場では、マーシャルズの格付けが最も権威があるとされ、同じ水準の格付けでも、調達金利に差が出てくる。

「マーシャルズは、すでに当社を勝手格付けしているんですけど、シングルAなんで、うちとしては、不満なんです」

経営企画部長がいった。

日比谷生命に対するマーシャルズの勝手格付けは、A1で、シングルAの中では最上級だ。しかし、日本で三指に入る大手生保としては、ダブルAをとりたい。すでに、日系格付会社のほうからは、ダブルAになるだろうと内々にいわれている。

「うちが格付けをとる理由は、債券の発行ではなくて、保険の営業政策のためなんです。ですから、マーシャルズにこだわらなくてはならない理由はないんです。セールスレディが保険を売っている個人のお客さんは、マーシャルズとS&Dの違いなんて、知らないですから」

沢野らがマーシャルズを嫌った理由は、もう一つある。それは、マーシャルズの業務推進部長（すなわち営業部長）の日本人の態度が不遜だったことだ。いかにも外資に勤めているといったバタ臭さを漂わせた中年男で、ろくに営業にも来ず、ミーティング中も足を組んで話し、格付けがほしければ付けてやるという、客を客とも思わぬ態度で日比谷生命側の感情を逆撫《さかな》でした。

「それじゃあ、そろそろリハーサルを再開しましょうか？」

しばらく休憩したあと沢野がいい、一同は再びそれぞれの席について、居ずまいを正した。

同じ頃――

五日前の臨時取締役会で山一証券の新社長に選ばれた野澤正平は、中央区新川にある本社のオフィスのソファーにすわったまま、愕然とした顔をしていた。

山一証券は創業百周年記念事業の一環として、昨年十一月に、本社を八重洲から中央区の新川一丁目に移転した。隅田川にかかる永代橋の袂《たもと》に建つ地上二十一階・地下二階のビルで、薄い海老茶色の壁とエメラルドグリーンのガラス窓のコントラストが美しい。正面入り口は永代通りに面し、裏手を神田川の分流である日本橋川が流れている。

白髪まじりの頭髪をオールバックにして大きなフレームの眼鏡をかけた野澤は、唇が厚く、朴訥《ぼくとつ》とした風貌の人物である。

東京五輪が開催された昭和三十九年（一九六四年）に、法政大学を卒業して山一証券に入社。主として営業畑を歩き、東大・企画室といった主流派とは無縁のサラリーマン人生を歩んできた。突然社長に抜擢《ばってき》されたのは、直前まで専務大阪支店長を務めていて、小池隆一がらみの不祥事と無縁であったことと、顧問に退いた行平（前会長）や三木（前社長）らにとって、操りやすい人物であることが理由だった。

「えっ、本当かよ⁉　……大きいのがあるといわれたけど、そんな数字、全然聞いてないぞ」

まだ社長室への引越しも終わらず、本社にある二人部屋の地方駐在役員室のソファーで、野澤は、後頭部をいきなり殴られたような表情をしていた。

ソファーの隣りには、新たに専務から会長になった五月女《さおとめ》正治がすわっていた。五月女は、東大法学部卒だが、引受部門の出身で、やはり社内の主流派ではなかった。

十日前の八月六日に、野澤は三木前社長から、社長就任の要請を受け、六日前に、本社で行平前会長、三木前社長、五月女らと昼食をとった。しかし、特別の申し送り事項はなく、「色々あるが、よろしく頼む」といわれただけだった。

「本当に、こんな大きな含み損があるのか⁉」

野澤が喉から搾り出すような声でいい、向いにすわった、常務取締役財務本部長、同企画室長、取締役債券本部長らがうなずいた。

三人は、野澤が飛ばしについて前経営陣から申し送りを受けていないことを知り、危機感を抱いて、やって来たのだった。

野澤の目の前には、二千五百億円に達する含み損の概要を記した資料が置かれていた。

「大蔵省の検査のときなんかは、どうしてたんだ？」

野澤が訊き、隣りにすわった五月女は呆然としていた。

「オフバランス（簿外）の分については、報告していません」

「嘘の報告書を作ってたってことか⁉」

三人の役員は、重苦しい表情でうなずいた。

「こりゃ、大変なことじゃないか！　……マーシャルズの格下げを、何とか回避した矢先だっていうのに……」

四月二十三日に、山一証券を投資不適格にする方向で見直すと発表したマーシャルズは、ニューヨークでの三木前社長の説明などが功を奏し、格下げを見送り、アウトルック（見通し）を「stable（安定的）」から「negative（ネガティブ）」に変更するにとどめた。

「とにかく、詳しく説明してくれ」

野澤に要請され、三人は、損失発生の経緯や、含み損を隠してきたスキームなどについて、説明を始めた。

その日、話を聴き終えた野澤は、三人を近くの中華料理店での昼食に誘った。冷めやらぬ驚き、前経営陣に対する憤り、背負わされた責任の重さと不安を感じながら、何杯も紹興酒を呷《あお》った。

週明けの月曜日、常務取締役財務本部長と同企画室長、および企画室と経理部の幹部三人の五人からなる極秘チームが立ち上げられ、含み損の金額の確定、一括償却の方法、それに伴うリストラ策などの立案作業を開始した。作業は、新生山一の頭文字をとって「Sプロジェクト」と名づけられた。

翌八月十九日に、野澤と五月女が、顧問となった行平次雄（前会長）を訪ね、「いったいどうするつもりだったんですか？」と問い質すと、行平は「とにかく業績を上げて消していくことだ。ソフトランディングすることだよ」と嘯《うそぶ》いた。

これ以降、野澤と五月女を囲んでの会議が連日夕方から開かれ、対策が練られた。野澤らは、たとえ二千五百億円が消えても、自己資本（純資産）はまだ千五百億円程度は残るので、一株百円の価値は維持できると考えた。しかし、日にちが経ち、実情を知れば知るほど、野澤と五月女は、解決策が見えなくなる泥沼の中にはまり込んでいった。

4

九月中旬——

水野良子は、S&Dのオフィスで、足利銀行に関する資料を読んでいた。

同行の格付けについては、去る五月十九日に、長期の譲渡性預金の格付けをトリプルBから、投資適格最低限のトリプルBマイナスに引き下げた。不良債権比率が地銀の中では高水準で、処理が長引くと見たからだ。

これに対し、足利銀行側は「不良債権処理を前倒しで行うなど、当行の経営に懸念すべき点はなく、格下げは不本意だ」と猛反発した。

（猛反発されてもなあ……）

良子は心の中でぼやきながら、資料のページを繰る。足利銀行の大口融資先に関する資料であった。

足利銀行（本店・栃木県宇都宮市）がある北関東は、足利銀行、群馬銀行（本店・前橋市）、常陽銀行（本店・茨城県水戸市）の三大地銀が群雄割拠する金融激戦区だ。各行とも拡張主義の旗印を掲げて勢力を競い合うさまは、上杉謙信、伊達政宗、武田信玄、北条氏政らが関東で覇権争いを演じていた戦国時代を髣髴《ほうふつ》とさせる。

一九八〇年代末から九〇年代初頭にかけては、各行とも「円・円スワップ」（円の固定金利と変動金利のスワップ）で、期間五年で一パーセント台という「ハラキリスワップ」さながらの長期低利の融資をつくり出し、それぞれのテリトリーに殴り込んでいった。

中でも足利銀行は「北関東の暴れ馬」の異名をとる異色の存在だ。同行を率いてきたのは、一九七〇年代後半から十四年間にわたって頭取として君臨し、現在も、五年にわたって会長の職にある向江《むかえ》久夫である。

向江は、大正十二年（一九二三年）、鹿児島県に生まれ、陸軍幼年学校、陸軍士官学校を経て、群馬県高崎市で、本土決戦に備えて遊撃訓練中に大尉で終戦を迎えた。その後、公職を追放され、東京大学法学部に進んで、在学中に司法試験に合格した。

しかし、当時、弁護士では食えなかったため、知人の勧めで、昭和二十三年に足利銀行に入行した。入行当初から将来の頭取候補と目され、本店業務部、東京支店次長などを経て、初代大阪支店長に就任。大阪では、実力主義を掲げる住之江銀行と親しく付き合い、同行のシンパになった。

バブル前夜の一九七八年に頭取に就任すると、住之江銀行の磯野一郎ばりに「失敗を恐れるな。向こう傷は問わない」、「関東の住之江銀行を目指せ！」と号令をかけ、拡大路線を突っ走った。ゴルフ場開発やパチンコ業界に対する融資を積極的に推進。ノンバンクも相次いで設立し、北関東リースなど関連五社の融資残高は、六千億円に膨らんだ。銀行の各支店には、融資の前年比二〇パーセント増という厳しいノルマが課され、一九八五年に二兆三千億円だった融資残高は、十年後に四兆八千億円に増え、念願の地銀トップテン入りを果たした。

（その結果が、これなのよねえ……）

良子が見ていた大口融資先の資料には、鹿沼72カントリークラブ（栃木県）、しぶかわカントリークラブ（群馬県）、秩父キングダム・ゴルフ倶楽部《クラブ》など、ゴルフ場がずらりと並んでいた。これらの多くが、客単価や利用者数の落ち込みで、売上げが激減し、不良債権化している。

　(不良債権の償却を前倒ししているというけれど……この向江って会長が辞めない限り、再建の見通しは立たないだろうなあ)

　足利銀行の融資額に占める不良債権の比率は九パーセントを超え、金額、比率とも地銀業界最悪である。

　処理が進まない理由は二つあり、一つは、不良債権の原因をつくった会長の向江久夫がいまだにその職にあるため、向江に気を遣《つか》って、思い切った処理策がとれないこと。もう一つは、足利銀行が、県内の預金シェアで四〇パーセント、融資シェアで五〇パーセントを占め、県をはじめ県内四十九市町村すべての指定金融機関という、いわば栃木県の大動脈であることだ。不良債権を処理すれば、銀行の経営は楽になるが、バブル崩壊後の不況にあえぐ地元企業は次々と倒産し、いずれ足利銀行にも撥ね返ってくる。

　(不良債権に対する引き当ても十分じゃないし、保有有価証券も含み損が発生している……。しかも、経済環境に関して、明るいニュースは何一つない)

　去る九月十一日に発表された第2四半期の実質経済成長率は、年率でマイナス一〇・六パーセントという惨憺《さんたん》たるもので、株価も下落し始めている。九月十二日には、去る四月に合併に合意した北海道拓殖銀行と北海道銀行が、不良債権に対する認識の違いや、合併後の営業戦略を巡って対立し、合意を白紙撤回すると発表した。

(今度、山一を格下げしたら、ジャンク……日本経済にどういう影響が出るのだろう?)

自分が金融恐慌の引き金に指をかけているような気がして、嫌な気分になった。

一つ伸びをして立ち上がり、同じフロアーにあるスタッフルーム(休憩室)に行き、清涼飲料水の自動販売機で缶コーヒーを買った。

缶のプルトップを引き、カフェテリア風のテーブルにすわって一息つく。

窓の外を見ると、眼下の路上に大手町の金融街を行き交う人々が見えた。街路樹の葉はまだ青々としており、ワイシャツ姿の男性もちらほらいる。

カフェテリアでは、化学品メーカーなどを担当している女性アナリストが、コーヒーを飲みながら資料を読んでいた。

マーシャルズに比べると、S&Dは、既婚で子持ちのママさんアナリストが多く、女性としては働きやすい職場である。また、格付けだけをやっているマーシャルズと違って、S&Dは、株価指数や投資信託(ファンド)評価業務も手がけ、さらに、親会社である米国の出版社グループ傘下にあるビジネス週刊誌、エネルギー関連情報会社なども同じビルの中に同居しているので、所帯が大きい。部署間の業務隔壁(ファイヤーウォール)はあるが、合同での会社イベントなどで、格付部門以外との人的交流があり、オープンな雰囲気の職場である。

缶コーヒーを飲んだ良子は、腕時計に視線を落とした。

夫とシンガポールに旅行したときに空港の免税店で買ったシルバーの文字盤に黒のベルトが付いたバーバリーの腕時計の針が、そろそろ山一証券とのミーティングの時刻であることを告げていた。

一時間後――

良子は、中央区新川一丁目の山一証券本社の応接室を訪れていた。

応接室の窓の下はビルの裏手を流れる日本橋川で、青や緑色に塗装された艀《はしけ》が二十隻くらい係留され、その上をカモメが舞い、川の対岸には三井倉庫のビルなどが壁のように建ち並んでいる。

「……短期借入金のこの部分は、富士銀行さんからのものなんですね？」

チャコールグレーのスーツを着た良子は、低いテーブルの上に広げた資金繰り表の一ヶ所を指差した。

「そうです。ですから、その分については、ロールオーバー（借換え）の心配はありません」

小柄で四角い顔の四十代前半の男性がいった。東大卒で米国留学もしている企画室の部長で、大蔵省との折衝や格付会社との対応を担当している。良子とは、マーシャルズ時代からの因縁だ。

かたわらで、三十代半ばの課長が二人のやりとりを聞いていた。

「十一月末までの資金繰りは、だいたいついているということですね？　十二月はどうなんですか？」

「年末越えの資金については、円はだいたい目処がついていて、ドル資金のほうは、これから調達します。なるべく長めでとっていく予定です」

「ドルでとれていない部分はいくらぐらいですか？」

「ええと……それについては、ちょっと把握していないので、調べてあとでお答えします」

企画室の部長は、ずいぶん細かいこと訊くなあ、という表情だった。

一方、良子は、山一証券の資金繰りに格別の注意を払っていた。

去る七月三十日に、本社に東京地検特捜部の強制捜査が入って以来、顧客による「山一外し」が相次ぎ、業績悪化に拍車がかかっている。関西電力やフジクラの社債引受シンジケート団から外され、東証における株式売買シェアも、八月は四・六パーセントと、前月比一・

二パーセント下落し、メリルリンチとモルガン・スタンレーの外資系二社に抜かれ、初めて上位四社から陥落した。

日本の株価そのものがじりじりと下がって業績を押し下げているだけでなく、アジアで通貨危機がますます広がっているため、山一証券に資金を出している邦銀や大手外銀が痛手を受け、短期の融資枠を絞ってくる可能性もある。

「ところで、資産のほうですが、国債の投資額がずいぶん増えているんですねぇ」

良子が、テーブルの上にあった最新の月次貸借対照表を手にとっていった。

国債保有額が三千五百億円を超え、過去一年間で千八百億円も増えていた。

「株と金利が下がって、債券価格が上昇していますから、国債への投資を増やしているんですよ」

企画室の部長はなにげない口調でさらりといった。その目の奥に一瞬動揺の色が走っていた。

山一証券は、信託銀行に自社の特金口座を開設し、その口座を通じて国債を買い付け、それを飛ばし用のペーパーカンパニー五社に貸し付け、五社は、国債を山一証券との売り現先（買戻し条件付きで売却すること）に出して、資金を調達していた。

「確かに、昨今の金融環境では、債券投資を増やすというのは、理にかなっているとは思いますけど……」

良子は、貸借対照表の数字をじっと見詰める。国債残高が気になって仕方がなかった。巷《ちまた》では、山一証券に二千億円を超える「飛ばし」があるという噂が根強い。噂が本当なら、貸借対照表のどこかに徴候が現れてくるはずだ。良子は、毎日穴が開くほど、山一証券の貸借対照表や附属明細表を眺めていた。

(資産の中で、二千億円を超える項目は国債しかない。隠れているとすれば、この中なんじゃないだろうか……?)

貸借対照表から視線を上げて、相手の顔を見ると、山一の部長は微妙に視線を逸《そ》らせた。

(怪しいなあ……)

しかし、それ以上は、どうやって追及したらいいのか、今のところ分からない。

「ところで、海外の金融機関との提携のほうは、どういう状況なんですか?」

「今月、香港でコメルツ銀行と提携の協議をする予定です。それから、来月、クレディ・スイスと協議をすることになっています」

相手の顔を、ほっとしたような気配がよぎった。

去る七月十五日、経営不安説が囁かれる日本長期信用銀行が、スイス銀行(SBC)と、①株式の三パーセントを相互に持ち合い、②日本に共同で証券子会社を設立、③長銀の二千億円の増資をSBCが引き受ける、という資本・業務提携を発表し、株価が持ち直した。
経営不安のある他の金融機関も、起死回生の信用回復手段として外資との提携を模索している。

「提携が成立する見通しは、どうなんですか？」

「コメルツのほうは、何ともいえないですが、クレディ・スイスは、昔からうちと親しい関係にありますから、期待はできると思います」

クレディ・スイスが東証に上場したとき、山一証券は主幹事を務め、行平顧問（前会長）は、同行のライナー・グート会長と、個人的に親交が厚い。

「ところで、小池隆一に対する利益供与事件がらみで、七月末に御社に強制捜査が入りましたが、やっぱり逮捕者が出るんでしょうかねえ？」

「ちょっとその辺については、捜査の状況を把握しておりませんので……。わたしとしては、ないと信じているのですが……」

（ないと信じている……。いつもの答えだなあ）

強制捜査が入って、逮捕者が出ないということは、まずあり得ない。市場はすでに逮捕を織り込んでおり、春先に四百円台だった山一証券の株価は、強制捜査を受けて急落し、現在は二百円台前半まで落ちている。

同じ頃——

日比谷のビル街にある日比谷生命本社二十階の経営企画部の小会議室で、「格担《かくたん》」の沢野寛司が部長と話をしていた。

「……なあ、沢野。お前は、どう思う？　三洋証券って、保《も》つと思う？」

黒糖饅頭《まんじゅう》を連想させる風貌の経営企画部長が訊いた。会議用のテーブルの上にいくつか資料が広げられていた。

「いや……今度の今度は、相当厳しいと思いますね」

ワイシャツ姿の沢野は、難しい表情でいった。

「そうだよなあ。決算は毎年赤字だし、三洋ファイナンスの不良債権の処理も全然目処がつかないらしいし」

部長は湯呑みの茶をずるずると音を立ててすする。

三洋ファイナンスは、三洋証券のノンバンク子会社で、バブル期に積極的に積み上げた不動産関連融資が大量に焦げ付いている。

「メーンバンクも体力がなくなってきて、救済どころか、株式の持ち合い解消に走ってますからねえ。……下手したら、うちだけ取り残されて、『そして、誰もいなくなった』になりますよ」

三洋証券のメーンバンクは、大和、日債銀、東京三菱の三行だ。

「大和と日債銀じゃなあ」

部長が浮かない顔でいった。

二人は、日比谷生命が三洋証券に供与している劣後ローンをロールオーバー（期限延長）するかどうかを話し合っていた。過去、一年ごとのロールオーバーに応じてきたが、去る七月は、三ヶ月だけの延長にとどめ、「新たな再建策を早急に提示してほしい」と、実質的な最後通牒《つうちょう》を突きつけた。

三洋証券は、明治四十三年（一九一〇年）に創業された「土屋鋭太郎商店」が前身で、国際証券、新日本証券、勧角証券、岡三証券などとともに、準大手証券会社の一角を占める。今年三月期の決算は、営業収益が五百二十三億円で業界七位（経常利益は十八億円の赤字）、従業員数は二千七百六十一人である。

同社はバブル期に、オーナーである土屋家が積極経営を推進し、江東区塩浜に東京証券取引所の一・八倍という世界最大規模のディーリング・センターを造った。しかし、バブル崩壊後は、業績不振と系列ノンバンクの不良債権に苦しんでいる。一九九四年に、大蔵省証券局が主導して再建九ヶ年計画が策定され、①メーンバンクによる金利減免、②大株主である野村証券による二百億円の第三者割当増資引受け、③生命保険各社からの「奉加帳方式」による総額二百億円に上る劣後ローンの供与が行われた。しかし、株式市場が低迷する中で、業績は六期連続赤字で、ますます体力は弱まり、生保の劣後ローンを自己資本に算入することで、辛うじて廃業を免れている状況だ。

「この劣後ローン、下手すると、ほんとに焦げ付くと思いますよ」

沢野がいった。

「そうだよなあ」

「日債銀もそうですけど、何でもかんでも『奉加帳方式』で生保に押し付けるMOF（大蔵省）のやり方は、間違ってますよ。……うちは、駆け込み寺じゃないんですから」

日比谷生命は、他の生保と足並みを揃え、日債銀への資金支援に嫌々ながら応じた。三洋証券に対する劣後ローンの延長にも、やむなく応じている状況だ。

「この辺で、MOFの『奉加帳方式』に一度、ノーを突きつけるべきじゃないでしょうかねえ。そうしないと、きりがないですよ」

「まあ、それはそうだが……」

色黒の部長は湯呑みを摑んだまま、思案顔になる。

「俺たちが劣後ローンのロールオーバーを拒否すると、いよいよ三洋は倒産だな」

「うーん……そうですねえ」

「なんか、人殺しの引き金を引くような感じだな」

部長は、嫌そうな顔でいった。

「うーん……」

沢野も考え込む。

「う、ううっ……！」

突然、沢野が顔を顰《しか》め、胃袋のあたりを手で押さえた。

「おい、沢野、どうした⁉　大丈夫か⁉」

部長が驚いて、椅子から立ち上がった。

「胃、胃が……い、いててて」

両手で胃のあたりを押さえ、背中を丸める。

「ぼ、僕はもともと、胃が弱くて……ここんところ、三洋の劣後ローンのことをずっと考えてたんで、し、心労が……」

「ちょっと待ってろ。今、胃薬持ってきてやるから」

部長は、慌てて会議室から出て行った。

数日後の九月十七日――

東京地検は、小池隆一事件にからみ、山一証券元専務でエクイティ本部長を務めた井山日出邦、元総務部付部長岩佐茂太良ら五人を、商法や証券取引法違反容疑で逮捕した。

これを受けて大蔵省は、山一証券を国債の入札・引受から除外し、自治省は、地方公共団体に対し、公募地方債の入札から山一証券を除外するよう要請を出した。

同日夕方、東証で会見した野澤社長は「行政処分で決算の見通しは厳しくなる。事件は、五人でやったと聞いており、三木淳夫前社長は、関与していないといっている」と述べた。法人として、証券取引等監視委員会から告発されていることについては、「穴があったら入りたい。顧客や社員、その家族に対して申し訳ない気持ちだ」と答えた。

翌九月十八日には、小池事件に関連し、東京地検特捜部と証券取引等監視委員会が、大和証券本社や、同社の土井定包《さだかね》会長・江坂元穂《もとお》社長・十亀博光副社長宅など、十数ヶ所を一斉に家宅捜索した。

九月二十四日には、東京地検特捜部が、山一証券前社長の三木淳夫を逮捕した。株主総会での円滑な議事進行への協力を得るため、元総務部付部長らに指示して、小池隆一の実弟が経営する「小甚ビルディング」に約七千九百万円の利益供与を行なった商法・証券取引法違反容疑だった。

第六章　金融危機

1

十月に入ると、経済はますます混迷の度合いを深めていった。

金融業界の不祥事と歩調を合わせるかのように、体力低下が囁かれていた準大手証券会社の経営危機が顕在化し、十月六日に、大和銀行など主力三行が、三洋証券に対して百億円の緊急融資を実行した。

アジアでは、九月中一ドル三千ルピアの水準で持ちこたえていたインドネシア・ルピアが、十月に入ると急速に値を下げ始め、十月五日に、一ドル三千六百九十ルピアまで下落した。

十月二十三日には、香港の通貨当局が投機筋を市場から締め出そうと、短期金利（翌日物銀行間金利）を一時三〇〇パーセントを超える水準に引き上げたため、株式相場が一〇パーセント以上下落。アジア、欧州、米国、日本と地球を一周する暴落の連鎖を引き起こし、週明けの十月二十七日には、ニューヨーク・ダウが五百五十四ドル安という、「ブラック・マンデー」（一九八七年十月、五百八ドル安）を上回る過去最大の下げ幅を記録。翌日の東京市場でも日経平均が一万六千円台に下落し、年初来最安値を更新した。

十一月初旬――

水野良子は、黒いワンピースに黒いタイツ姿で、米国コネチカット州の小さな町の教会にいた。

マンハッタンから電車で北に四十分ほど行ったところにある町で、「マーシャルズの良心」といわれたピーター・サザランドの葬式がとり行われた。サザランドは、一年あまりの癌との闘いの末に亡くなった。

祭壇には、白い布がかけられた棺が置かれ、周囲に白い百合《ゆり》の花がたくさん飾られていた。

葬儀には、三百人以上が参列し、故人の人徳を偲ばせた。マーシャルズの現役社員や元社員たちも数十名が顔を見せた。

ミサは一時間ほどで終わり、ヘッドライトを点した車で隊列を組んで墓地に向かい、そこで簡単なお祈りをして、男たちが棺を担いで埋葬した。秋の日差しが、色づき始めた街路樹を明るく包む静かな日だった。

　サザランドの親族や地域の人々は、簡単な食事をとるために教会に戻って行ったが、マーシャルズの関係者たちは、町のレストランに集まって昼食をとった。商店街の一角にあるカフェテリア風のフレンチレストランで、格付けにたずさわる者は質素を旨とすべしというサザランドの教えを偲ばせる雰囲気の店だった。

「では、ピーターの冥福《めいふく》を祈って」

　かつてマーシャルズでＦＩＧ（金融機関グループ）のトップを務め、今はウォール街の投資銀行のリスク管理部門にいるパトリック・ニューマンの音頭で、ワインのグラスを掲げて乾杯し、食事が始まった。

　良子の隣りには、かつてマーシャルズのＦＩＧで上級アナリストをしていたセーラがすわった。

「どう、投資銀行のアナリストっていうのは？」

　オニオンスープをスプーンですくいながら、良子が訊いた。

　セーラは、半年ほど前に、大手投資銀行の株式アナリストに転職し、金融業界を担当している。

「ウォール街は、とにかく忙しいわ」

金髪で鼻梁が高く、男勝りのセーラはいった。

「毎朝、トレーディング部門やセールス部門との電話会議があるし、セールスマンと一緒に投資家を訪問して色々説明しなけりゃならないし、人事評価は、投資家や社内のセールス部門からの評点が大きく影響するし……」

「へーえ、投資家やセールス部門がアナリストを評価するの？」

「そうよ。要は、みんなの役にどれだけ立っているかが、シビアに点数付けされるってわけ」

「厳しいわね」

「あっちに気を遣い、こっちに気を遣いで、個人商店みたいな感じね。それに比べると、マーシャルズでは、自分たちの格付けは絶対である、みたいな感じでふんぞり返っていれば済んだから、楽だったわ。今から考えると、お役所みたいな会社だったなあと思うわ」

良子はうなずいた。

「報酬はマーシャルズの二、三倍はもらえるけど、インベストメント・バンカーは、長くやってられる仕事じゃないわね」

そういってセーラは、オニオンスープを口に運ぶ。

「良子は、S&Dに転職したんだってね。どう、マーシャルズと比べて？」

「あくまで比較の問題だけど、マーシャルズは厳格で閉鎖的、S&Dは柔軟でオープンという感じね」

セーラはうなずいた。

「マーシャルズにいたとき、S&Dから転職してきた人たちが、似たようなことをいってたわ」

「マーシャルズでは、何がマーシャルズの意見なのかしっかり頭に叩き込んで発言しなけりゃならなかったでしょ？　S&Dは、そこまでうるさくはないわ」

S&Dでは、メディアへの露出も重視されており、「メディアカバレッジ」として、メディアに取り上げられた頻度を集計している。政府関係の審議会の委員になっている社員もいる。

また、マーシャルズでは、アナリストの電話番号を外部に公開していないが、S&Dは電話番号を一般に公開しており、顧客以外の投資家やマスコミがアナリストに直接電話してくる。

「それから、『アピール』っていう制度があるのも、マーシャルズと違っているわね」

自分たちがいったん格付けを付けたら、頑として変更しないマーシャルズと違って、S&Dには、内示された格付けに不満な発行体のいい分を聞く「アピール」制度がある。「アピール」は、格付委員会で議論されるべき重要な後発的事象がある場合や、S&Dが事実を誤認している場合に備えて、緊急避難的に設けられている制度で、異議をとり上げるかどうかは、あくまでS&Dの判断による。しかし、一度決めた格付けに絶対間違いはないというようなマーシャルズの態度に比べれば、柔軟性があるといえる。

「たぶん、マーシャルズとS&Dの違いは、マーシャルズは、格付けだけが業務だから、格付けの中立性や権威を保つための色々な規則や仕組みを作ってきたのに対して、S&Dは、格付け以外にも手広く業務を手がけているので、万一の際でも、他の業務で食っていけるという発想が根底にあって、柔軟な対応をしているのかもしれない」

ただし、ここのところ、マーシャルズの厳格な企業文化に翳《かげ》りが見えてきている。原因はいうまでもなく、アレキサンダー・リチャードソンが推進力となっているストラクチャード・ファイナンス部門だ。今年（一九九七年）前半のCMBS（commercial mortgage backed securities＝商業不動産担保証券）の格付けにおいては、マーシャルズが七〇パーセントのシェアを獲得して、フィッチ（六八パーセント）とS&D（六五パーセント）を抑え、初の首位に躍り出た。

「面白いのは、マーシャルズは、自分たちこそ業界ナンバーワンだと思ってるけど、S&Dのほうも、ナンバーワンはマーシャルズで、自分たちはナンバーツーだと思っていることね」

良子の言葉に、セーラは苦笑してうなずく。

「ところで、日本の金融界は大揺れみたいだけど、良子は、どう見ているの？」

飲み終えたスープの器を若いウェイトレスに片付けさせて、セーラが訊いた。

「大蔵省は、金融機関を破綻させないよう、ずっと問題を先送りしてきたけど、いよいよ限界が近づいてきたと思うわ」

「どこか大きな金融機関が倒産するってこと？　……どこ？」

「銀行では、北海道拓殖と日債銀が危ないと思う」

「北海道拓殖と日債銀……」

セーラは、名前を脳裏に刻み付けるような表情で復唱した。

「株式市場では、北海道拓殖と日債銀が、ある種の指標銘柄みたいになっていて、この二つが下がると、銀行株全体が下がるのよ」

「へえ……面白いわね」

「銀行株が下がると、日経平均全体が下がるので、大蔵省は、この二つを何とか立て直したいと思っている。でも大蔵省自身が、金融と財政の分離の問題に追われているから、しっかりした金融政策をとれないって感じね」

「日債銀や長銀の外資との提携は、どう見られてる？」

サーモンと蟹《かに》のパテにナイフを入れながら、セーラが訊いた。

「外資が、日債銀と長銀からいいとこだけをとろうとしているだけで、救済どころか、提携にもなっていないと思うわ。バンカース・トラストはほとんど金を出さないで、日債銀の不良債権ビジネスという宝の山を手に入れるわけだし、SBC（スイス銀行）も三パーセントぽっち出資して、長銀の証券子会社と顧客名簿を手に入れるんだから」

良子は、サーモンと蟹のパテを口に運びながら、醒《さ》めた表情でいった。

株式市場が提携の中身をろくに見ないで大騒ぎしたので、日債銀と長銀の株価は持ち直した。しかし、マーシャルズもS&Dも提携を評価せず、格付けは据え置きとした。

「欧米の銀行から見たら『日本の銀行なんて、危なっかしくて、とても買えたもんじゃない』っていうのが本音だと思うわ」

セーラがいった。「一番健全だといわれていた東京三菱銀行でさえ、突然一兆円を超える不良債権の償却を発表したりするんだから、『日本の銀行はいったいどうなってるんだ⁉』って、みんな唖然としてるわ」

良子はうなずく。

「山一はどう？」

セーラの問いに、良子は首を振った。

「明るい材料は何一つないわ。生き残れるとしたら、外資に身売りするしかないと思う」

山一証券の株価は、二百二十円から二百四十円のあたりで、一進一退を繰り返している。

「外資との話は、何か進んでいるの？」

「コメルツ（独）、クレディ・スイス、ＩＮＧ（蘭）に打診したらしいけど、色よい返事はなかったみたい」

セーラがうなずき、グラスの白ワインを口に運ぶ。

「相変わらず収益性は異様に低いし、飛ばしの噂は絶えないし……。八月には、顧客相談室長が刺殺されて、三週間前には、顧問弁護士の妻も刺殺されてるのよ」

「ほんと⁉」

「顧客相談室長を殺した犯人はまだ捕まっていないけど、弁護士夫人を殺した犯人は、山一と株取引でトラブルがあった無職の男だそうよ」

「怖いわね……。そういえば昔、住之江銀行名古屋支店長も射殺されたわね」

三年前の九月に発生した事件は、今年になって、別件で服役中だった七十六歳の男が逮捕され、先月起訴された。事件の背後には暴力団がいるといわれる。

「バブル経済の一番の原動力は関西のアングラマネーといわれているから、不良債権処理の方法を誤ると、身に危険が及ぶみたい。大蔵省も、関西の金融機関の破綻処理には、腰が引けてるわ」

関西では、銀行、信金、信組が複雑にからみ合っており、特に信組が、アングラマネーの資金洗浄に使われている。去る三月に日本最大の暴力団山口組の若頭宅見勝《たくみまさる》が射殺されたが、木津信組が倒産する直前に、宅見は、同信組から五百九十八億円を引き出している。

「関西の金融機関の処理の問題が深刻化すると、大蔵省の幹部の車が追突されたりするらしいわ」

「ジャパニーズ・マフィアっていうのも怖いわねえ……良子も気をつけないといけないんじゃない？　あなたが格下げすることで、金融機関が破綻したりするわけだから」

「まあ、ヤクザが『格下げするな』っていってきたことはないから、わたしは大丈夫だと思うけど」

良子は笑った。

「ただ、自分が、金融危機の引き金を引くことになるみたいで、あまりいい気分じゃないわね」

そういって良子は、グラスの白ワインを口に運んだ。

翌朝――

良子は、マンハッタンのホテルで目覚めた。

宿泊していたのは、レキシントン街と四十八丁目が交差する角に建つ二十七階建てのホテルだった。建物は古い煉瓦造りで、内部も老朽化しており、三年後くらいに改装予定だという。

カフェテリアは一階の角にあり、大きくとったガラス窓から、付近のビル街が見えた。あちらこちらに、赤・青・白の三色が鮮やかな星条旗が翻っているのが、マンハッタンの特徴だ。

良子は、黒いベストを着た中南米系と思しいウェイトレスに、トーストとベーコンエッグを注文し、近くの食料品兼雑貨店で買ったニューヨーク・タイムズを開いた。

コーヒーを飲みながら、記事に目をとおしていく。

十一面の記事を追い始めて間もなく、良子の視線が訝るように揺れた。

『Firm Is Casualty of Tokyo Slump（東京の株価下落で会社が犠牲となる）』

という小さな記事が載っていた。

『Tokyo, Nov. 3-The Sanyo Securities Company, a Japanese brokerage firm, filed today for court protection from its creditors.（十一月三日・東京―日本のブローカーである三洋証券が、本日、会社更生法を申請した。）』

（三洋証券が、更生法を申請⁉）

愕然として、手にしていたコーヒーカップをテーブルに戻し、食い入るように記事を読んだ。

記事は、三洋証券が東京地裁に会社更生法の適用を申請したことについて、三塚博大蔵大臣が「相場環境が例外的に悪いため、三洋証券は更生法適用申請に至った。しかし、他の証券会社で経営危機にあるような会社はない」と述べたと書かれていた。

良子は慌てて、一緒に買ったウォールストリート・ジャーナルを開いた。

十四面に『Sanyo Seeks Bankruptcy Protection（三洋証券が、会社更生法を申請）』という記事が掲載されていた。経済紙らしく、ニューヨーク・タイムズの三倍くらいのスペースを使って、詳しく報じていた。

それによると、三洋証券は、銀行や生命保険会社からの融資を延長することができなかったため、三千七百三十億円の負債を抱え、更生法適用申請に至ったという。この日は、文化の日だったために、証券取引所は休みで、緊急記者会見を開いた三塚大蔵大臣は、「三洋証券は業務を停止するが、投資家の資産は保護される」と述べたとあった。

（生保は、ついに引き金を引いたのか……）

この十月末に期限が到来した生保からの劣後ローンを延長できるかどうか、良子は注目していた。

（これから、連鎖的に金融機関の破綻が起きるんじゃないだろうか……？）

三洋証券は、大蔵省が主導して再建九ヶ年計画を策定した三年半前の時点で、倒産していてもおかしくない会社だった。それが今まで生きながらえてきたのは、曲がりなりにも、大蔵省に一定の力があったからだ。しかし、それがついに、綻《ほころ》び始めた。潰さないことを優先してきた大蔵省の従来の手法が限界にきたのだ。

三洋証券が破綻した日、市場では、山一証券の株が売り叩かれた。山一は、短期の資金繰りにも窮する事態になり、月末が越えられるかどうかの瀬戸際に追い込まれた。

三洋証券の会社更生法申請から三日後、マーシャルズは、山一証券の短期と長期の格付けを、ともに格下げ方向で見直すと発表した。春先に続く二度目のネガティブ・ウォッチなので、市場は投資不適格への格下げを織り込み始め、株価は、発表前の二百五円から、一気に二百円割れして、百七十三円となった。

2

山一証券では、月末の資金繰りや、大蔵省、金融機関との対応を検討するためのミーティングが、頻繁に開かれるようになった。出席者は、野澤社長、五月女会長、常務財務本部長、同企画室長と、三人の顧問だった。

すでに、約一ヶ月前の十月六日に、メーンバンクである富士銀行に対して、二千六百億円に膨れ上がった含み損のことを報告していた。富士銀行側は「重い案件である」という認識を示し、特別チームを編成して、含み損解消スキームや資金繰りの策定に向け、山一証券と共同作業にあたっていた。

十一月十一日火曜日――

夕方六時に、富士銀行の兜町支店長が山一証券本社を訪ね、常務財務本部長、経理部長、企画室付部長の三名と面談。支援に際しての三条件を告げた。

①富士銀行が劣後ローンを出すのは、他行も同調して、八百億円全体が仕上がるのが前提。

②富士銀行分の劣後ローンは、二百五十億円が上限。

③既存融資の無担保部分の担保差し入れを早急に行う。

三つの条件は、山一が破綻することを視野に入れており、山一側にとって厳しい内容だった。

十一月十四日金曜日——

午後一時に、野澤社長、常務財務本部長、金融法人本部長が、大手町の富士銀行本店を訪問し、山本惠朗《よしろう》頭取らと面談した。

山本頭取は「メーンバンクとはいえ、株主への責任があるので、富士銀行が損をかぶることはできない。全面協力ではなく、限界のある協力と理解してもらいたい。つまり、担保に見合った協力である」と述べ、山一側の期待感を牽制した。

同日午後六時、野澤社長と常務企画室長が大蔵省を訪問し、長野厖士《あつし》証券局長と面談。含み損の存在、再建策、富士銀行側の態度、資金繰りが窮していることなどを伝えた。

長野局長は、「もっと早く来ると思っていました。話はよく分かりました。三洋証券とは違いますので、バックアップしましょう」と述べた。

午後十時頃、大蔵省証券局業務課の小手川大助課長より、常務企画室長に電話があり、計数の分かる人と一緒に来てほしい」と伝えてきた。

翌十一月十五日土曜日——

午後五時頃、常務企画室長、経理部長、企画室付部長が大蔵省を訪問し、午後十時頃まで、小手川課長らに、含み損の内容、再建策、支援先の状況などについて説明した。

翌日曜日も、午後三時半から五時頃まで、常務企画室長らは大蔵省を訪問し、小手川課長に、外資との提携などについて説明した。しかし、提携成立の目処はまったく立っていなかった。

一方、資金繰りは、十一月二十五日の分までは手当てできていたが、同二十八日には、二千五百億円という巨額の資金ショートが発生する見込みだった。また、格付会社が、投資不適格に格下げした場合は、顧客の預かり金が流出し、その時点で、デフォルトする可能性が高い。

この間、株価は坂道を転げ落ちるように下がり続け、十一月十四日の終値は百円ちょうどになった。また、十月中、一日二百万株程度だった出来高は、マーシャルズのネガティブ・ウォッチ発表と同時に一千万株を突破し、十一月十四日には、六千三百十八万株にまで膨れ上がった。

十一月十七日月曜日――

東京周辺は、朝から雨が降り、肌寒い日だった。

七ヶ月半前に、日系格付会社に転職した乾慎介は、小田急線生田駅から歩いて十分ほどの自宅のリビングルームの食卓で、仕事の資料を読んでいた。キッチンでは、華を幼稚園に送ってきた香が洗い物をしていた。

乾が読んでいたのは、不動産証券化のストラクチャー（仕組み）に関して、マーシャルズが出している英文の資料だった。

ストラクチャード・ファイナンス部の上席フェローで上司の堀川健史は、日頃「俺は毛唐《けとう》（外国人）は嫌いだ。投資銀行の奴らは、けしからん！」といっているが、仕事に関しては外国流で、やるべきことをやっていれば、どこで仕事をしてもかまわないとしていた。乾に障害児の娘がいることにも配慮し、ときどき自宅で仕事をすることを許可してくれていた。

大蔵省の木島ゆかりが作ろうとしているＳＰＣ（特別目的会社）法もまだできていないため、証券化の案件は少なく、仕事もそれほど忙しくない。銀行員時代に比べて給料は減ったが、公認会計士や投資家などを対象とした不動産証券化のセミナーの講師を務めたりして、収入を補うことができる。

転職して一番よかったのは、娘の華と接する時間が飛躍的に増えたことだ。以前は、華がいっていることを聴き取ることができず、乾は適当に相槌を打ったり、誤魔化したりしていた。そういうとき華は、自分の言葉が理解されていないことを敏感に感じ取り、悲しそうな顔をした。しかし、今では華の言葉をほとんど理解できるようになり、華も嬉しそうな表情をするようになった。

（ええと、このDSCRに対応するデフォルト率は……）

乾は、英和辞典を左手に、赤鉛筆を右手に持って、資料を読んでいく。不動産証券化の勉強のためには、約二十年の歴史がある米国の証券化の資料を読むことが不可欠だ。もはや「俺は英語が苦手だから、ドメでいい」などといってはいられない。

読んでいたのは、DSCR（debt service coverage ratio）に関する資料だった。DSCRは、元利金支払額に対する営業純利益の比率である。この比率が高いと債券の安全性は高いとされる。

（さすが、米系の格付会社っていうのは、凄いもんだなあ……）

資料を読みながら、心の中でうなった。

マーシャルズやS&Dは、どれくらいのDSCRだと、将来どれくらいデフォルトが発生するかといったデータを持っている。DSCRに限らず、米系格付会社の証券化に関するデータは詳細かつ豊富で、しかもそれを公開している。証券化がほとんど行われていない日本とは雲泥の差だ。

乾は、勉強すればするほど、米系格付会社と日系格付会社の実力の違いを痛感させられた。

「慎ちゃん、コーヒーでも飲む？」

キッチンから香の声がした。

乾が日系格付会社に転職してから、香の機嫌もいい。

「おー、頼むわ」

乾は一つ伸びをして、椅子から立ち上がった。長時間英文の資料を読み続けたので、少し休憩しようと思った。

テレビの前のソファーにすわり、リモコンでスイッチを入れると、サッカーの試合の映像が現れた。

（昨日からこればっかりだなー）

乾は苦笑した。

昨日、マレーシアのジョホールバルでサッカー・ワールドカップのアジア最終予選の第三代表決定戦が開催され、日本が3－2でイランを下し、悲願のワールドカップ出場を決めた。本大会は、来年、フランスで開催される。

「はい、どうぞ」

香が目の前の低いテーブルのガラスの天板の上に、コーヒーカップを置いた。

「おっ、サンキュー」

乾はコーヒーを一口飲み、リモコンでチャンネルを切り替えた。

男性アナウンサーがニュースを読み上げているところだった。

「……自主再建を断念し、同じ北海道の北洋銀行を軸に、預金や貸し出しなどの営業を譲渡すると発表しました」

（ん……自主再建断念？）

何のことだろうと思い、画面を見詰める。

「……東京株式市場では、北海道拓殖銀行の経営破綻を機に、政府が金融機関の不良債権処理のために、公的資金の投入に踏みきるのではないかとの観測が強まり、日経平均株価は……」

（え、北拓が破綻したのか⁉）

驚いて、テレビの音量を上げた。

画面の映像は、札幌にある拓銀本店での記者会見場に変わった。河谷禎昌《かわたにさだまさ》頭取が苦渋の表情で、「リストラを進めてきましたが、信用不安報道や北海道銀行との合併延期で、預金の流出が止まらず、明日以降の資金繰りの目処が立たなくなったため、北洋銀行に営業譲渡することになりました」と話していた。

その日の夕方——

午後五時、山一証券の常務取締役企画室長が、大蔵省の小手川証券局証券業務課長から呼び出しを受け、霞が関三丁目の庁舎を訪れた。

小手川課長は、①目先の資金繰りをどうするのか、②第三者割当増資の核をどうするのか、③外資の提携先を確定する必要がある、④資金繰りが上手くいかない場合は、最悪のケースも考えられる、⑤深刻な問題であるので、早急に証券取引等監視委員会に報告したほうがよいと述べた。

これを受け、もはや大蔵省に縋《すが》るしか生き残る術《すべ》がない山一証券は、同日午後七時半に、野澤社長と常務企画室長が証券取引等監視委員会を訪問し、含み損について口頭で報告した。

二日後（十一月十九日水曜日）——

東京は、風が少しあったが、秋晴れの好天だった。

北海道拓殖銀行の破綻で、短期金融市場では、資金の出し渋りなどの混乱が見られたが、株式市場のほうは、不良債権処理に公的資金が導入されるのではないかとの期待感から、銀行・証券株を中心に買いが入り、日経平均株価は二日連続で上昇した。

十一月に入って以来、前月末の二百二十八円からつるべ落としに下げ、北海道拓殖銀行が破綻する前日には百円ちょうどを付けた山一証券の株価も、二日続けて百八円と小康状態を保った。

午前十一時半——

野澤社長と常務企画室長の二人は、霞が関三丁目の大蔵省に、車で向かった。五日前に長野厖士証券局長から「もっと早く来ると思っていました。三洋証券とは違いますので、バックアップしましょう」といわれ、二日前にも小手川証券業務課長から、危機回避の要点を伝えられていたので、二人は、大蔵省から前向きな話が聞けることを期待していた。

大蔵省本庁舎は、桜田通りに面して建つ地上五階、地下一階の重厚な建物である。昭和十八年七月に竣工したもので、戦争による資金不足で当初計画したものより、地味な建物になっている。前庭に横一列に並んで植えられた枝ぶりのよい大きなヒマラヤスギが印象的である。

野澤と常務企画室長を乗せた車は、池田勇人《はやと》蔵相（当時）の揮毫《きごう》による「大蔵省」と「国税庁」の看板を左右に見ながら、正面のアーチ形の門を潜《くぐ》り、中庭の車寄せへと進んだ。二人は車を降り、二十段ほどの石段を上がって、庁舎の中に入り、赤絨毯《じゅうたん》が敷かれたホールでエレベーターに乗った。

四階でエレベーターを降り、赤絨毯が敷かれた木の廊下を少し歩くと、黒地に白い文字で「証券局長室」と書かれた表示板があり、部屋に入ると局長秘書の女性がすわっている。その奥が証券局長室である。

山一証券の二人は、大きな木製の扉を開け、局長室に入った。

部屋は小学校の教室ほどの大きさで天井は高い。室内の半分を局議用の大きな木製のテーブルが占め、テーブルの周囲に椅子が二十脚ほど置かれている。壁際には、局議に出席する幹部に随行する若手補佐や係長がすわる椅子が並んでいる。奥にある窓は、車寄せのある中庭に面している。

二人が部屋に入ると、長野証券局長は奥の執務机から立ち上がり、二人に、ソファーセットにすわるよう手で示した。ソファーは質素な布張りで、コーヒーテーブルを中央に、一人がけが二脚と、三人がけが二脚置かれていた。

長野は役者のような色白の細面に、いつになく厳しい気配を湛《たた》えていた。

「感情を交えずに淡々といいます。検討した結果、自主廃業を選択してもらいたい」

空気が淀《よど》んだような古めかしい室内に、ナイフのような言葉が響き渡った。

「え……!?」

山一証券の二人は、予想だにしていなかった言葉に衝撃を受けた。

「野澤社長に、廃業の決断をしていただきたい。金融機関として、こんな信用のおけない会社に免許を与えることはできません。……まったく、行平さんはどう考えていたのか、伺いたいくらいだ！」

一人がけのソファーにすわった長野は、吐き捨てるようにいった。

「局長、そ、それは……」

野澤がソファーから身を乗り出すようにして、縋るような眼差しを向ける。

「飛ばしの開示については、タイムリミットが近づいています」

長野は表情を変えずにいった。

「十一月二十六日が限界と考えています。それ以上引き延ばすと、今の経営陣の責任問題にもなりますよ」

野澤と常務企画室長は、声もなく長野の顔を凝視する。

「おたくが待ってくれといっても、大蔵省は、飛ばしについて十一月二十六日に発表します」

大蔵省屈指の秀才と謳《うた》われ、刃物のような怜悧さを色白の顔に湛《たた》えたキャリア官僚は、引導を渡すようにいった。

「大蔵省の発表と同時に、会社のほうで自主廃業の発表をしてください。それを前提に富士銀行と協力して、準備をしてください」

「き、局長、会社更生法でやるという選択は、ないのでしょうか？」

山一の名前を残すことに望みをかける野澤が、搾り出すような声で訊いた。

「海外での大混乱が予想されるので、更生法の適用は無理であると考えます」

長野は相手の望みを断とうとするかのように、強い口調でいい切った。

「本件については、すでに大臣の耳にも入れました。……野澤社長には辛《つら》い決断を求めることになりますが、証券市場を混乱させない努力をしていただきたい」

「局長、何とか助けてください！　お願いいたします！」

野澤は、白髪まじりのオールバックの頭をコーヒーテーブルにこすり付けんばかりにして下げた。

しかし、長野証券局長は、冷たい表情でそれを見下ろすだけだった。

夕方――

外出先から大手町のS&Dのオフィスに戻ってきた水野良子は、パソコンのスクリーンで、東証の株価をチェックした。

三洋証券が破綻して以来、連日目が回るような忙しさである。

安田信託、足利銀行など危ないと噂される金融機関についての情報収集、格付委員会に提出する資料の作成、格付委員会での議論とその結果についてのプレスリリース、マスコミ対応などで、毎日、深夜まで働いている。

（え、山一証券の出来高が、八千三百万株……⁉）

パーティションに囲まれたL字形のデスクのパソコンで、東証の終値と出来高を見た良子は、一瞬自分の目を疑った。

画面は、その日、東証における山一証券の取引出来高が八千三百四十七万九千株だったことを示していた。

（どうしてこんなに急激に増えたんだろう？）

山一証券株の出来高は、通常、百万株から三百万株程度だ。

しかし、三洋証券が会社更生法適用を申請した三日後の十一月六日に四百十五万株に達し、翌日、千百九十九万株と一千万株を突破。このあたりまでは、三洋証券とのからみの思惑売りで説明がつく。ところが、十一月十三日には、一気に六千三百十八万株に膨らみ、それ以降も、三千万株から四千五百万株の水準で推移してきた。

（株価も六十五円に急落している……！）

前日の終値は百八円だった。山一が一九七三年（昭和四十八年）に再上場して以来の最安値だ。

良子は、目の前の受話器をとり上げ、日頃親しくしている日系証券会社の株式部の幹部に電話をかけた。

「……今日は、ハシリュウの発言のせいで、金融株は軒並み売り叩かれたんだよねぇ」

電話に出てきた日系証券会社の幹部はいった。

前夜に、橋本龍太郎首相が、不良債権処理に公的資金を投入することを否定したので、市場に膨らんでいた期待感が完全に吹き飛び、富士、東海、足利、関東、北陸、紀陽など八つの銀行と山一証券がストップ安を付けたという。

日経平均株価の終値は、前日比八百八十四円安（下落率五・三パーセント）の一万五八四二円だった。

「ただ山一の出来高は、ダントツに多いよね。ええと、売りの手口は……」

電話の相手は、資料を見ている様子。背後で電話の鳴る音や、株式部員たちが顧客や社内の受渡部門とやりとりしている声が聞こえていた。

「……山一の売りが多いのは、大和、立花、ソロモンだね。このうちソロモンは、たぶん裁定取引でしょう」

ソロモン・ブラザーズの裁定取引は、個別企業の情報よりも、市場全体の理論値と実勢値の乖離《かいり》にもとづいているといわれる。

「そうすると、大和や立花の客がどこかってことになるけど……どうも永田町筋から大量の売りが出ているらしいんだよ」

「永田町筋から……？」

政治家が売っているということだ。

「もしかすると、山一に関して何か重大な情報があって、霞が関かどこかからそれが漏れて、政治家連中が、一儲けしようとしているのかもしれないねえ」

「重大な情報っていうと？」

「そりゃもう、あれしかないじゃない」

相手は、訊くまでもないという口調でいった。

「飛ばし」のことである。

（いったい、どこから、どういう情報が出てきたんだろう……？）

証券会社の幹部との電話を終えたあと、良子は、知り合いの新聞記者や金融ジャーナリスト、銀行員、証券マンなどに、片っ端から電話をかけた。しかし、確たることは分からなかった。

（どうしよう？　……山一を投資不適格にすべきだろうか……？）

目の前に山と積み上げた山一証券の資料や、電話をしながら書いたメモを見ながら、良子は考え続けた。

（銀行も山一も株価が下がって、体力が低下し、山一への資金供給のパイプは一段と細くなっていることは間違いない……）

すでにマーシャルズは、三洋証券が破綻した三日後の十一月六日に、山一証券を格下げ方向で見直すと発表している。S&Dとしては、マーシャルズに後れをとりたくない。

（かといって、十分な根拠なく格下げをすれば、市場にいたずらな混乱を招く……）

ふと我に返ると、自分の親指の先を噛んでいた。良子は慌てて、指先をハンカチで拭った。


その晩、午後十時から、中央区新川にある山一証券本社で、深夜の緊急役員懇談会が開かれた。

冒頭、野澤社長から初めて、二千数百億円の含み損があることが明らかにされた。しかし、まだ自主廃業の決断ができていない野澤は、大蔵省から自主廃業を迫られていることは明かさなかった。

懇談会では、外資との提携、資金繰り、株価急落問題、当面の対応策などについて、午前二時頃まで侃々諤々《かんかんがくがく》の議論が続いた。

翌朝、午前九時四十五分――

山一証券の顧問弁護士二人が、東京地裁民事第八部を訪問し、会社更生法の適用について、事前の相談に乗ってもらいたいと申し入れた。しかし地裁側は「相談は受け付けられない」と回答し、面会した裁判官は「これは非公式な見解ですが」と前置きして、①飛ばしがあると更生法適用は難しい、②大蔵省の強いバックアップが必要、③二十六日までというのも日程的に困難である、と述べた。

同日午前十時四十五分――

野澤社長、常務企画室長、二人の顧問弁護士が、大蔵省の長野証券局長を訪問した。

山一証券側は、会社の存続のために大蔵省の力を貸してほしい、また、二十六日の発表を延期してほしいと述べた。

ソファーにすわった長野は、苦々しげな表情で話を聞き終えると、口を開いた。

「昨日、わたしが野澤社長に話したことが、代議士周辺に漏れている。山一から漏れたとしか考えられない」

長野は、不快感も露《あらわ》にいった。

「発表を延期するどころか、もはや二十六日まで待つこともできない。二十四日にも大蔵省が発表するから、そのつもりで準備をしてください。そうしないと、山一の株を買った投資家から訴えられることになりますよ」

山一側の四人は、長野の激しい剣幕に、ただ呆然とするだけだった。

「顧客の資産の払い戻しについては、大蔵省主導で特別の金融措置をとるつもりです。以上は、内閣の判断です」

翌朝（十一月二十一日金曜日）――

大手町のS&Dでは、水野良子や、他のＦＩＧ（金融機関グループ）の日本人アナリスト、駐日代表の日本人男性らが会議室に集まり、「スターフィッシュ」と呼ばれる三本足の会議用電話機から流れてくる声に耳を澄ませていた。

窓から明るい朝日が差し込んでいた。北寄りの風が強く、気温は低い日だった。

「……OK. I think we can now proceed to voting.（……それでは、採決に入りたいと思います）」

ニューヨーク本社で、ＦＩＧの格付委員会のチェアマンを務めている米国人男性がいった。

「わたしは、山一証券のダブルＢプラス（ＢＢ＋）への格下げに賛成する」

チェアマンがいった。

「僕も、格下げが妥当だと思います」

本社の上級アナリストの男性の声。

「わたしもＢＢ＋でいいと思います」

スターフィッシュから流れてくる声を聞きながら、良子はほっとした。

考えた末に、山一証券を一ノッチ格下げして、投資不適格のＢＢ＋に格下げすべきだと判断し、まだ暗い早朝にタクシーでオフィスに出勤し、格付委員会に提出する資料を大急ぎで作成して、格付委員会の開催に漕《こ》ぎつけたのだった。

「……では、全員一致で、山一証券の新規格付けをダブルＢプラスにすることにします」

東京事務所側の各人が、それぞれの考えを述べたところで、格付委員会のチェアマンが締めくくった。

「リョーコ、ご苦労さまだった」

「有難うございます。では、早速プレスリリースを行いたいと思います」

自分のデスクに戻って、良子がパソコンで山一証券の株価をチェックすると、前日比十円高の七十五円で取引が始まっていた。

（いよいよ現実になるのか……）

四大証券の一角が投機的等級に下げられるのは、史上初めてであり、大変なことである。

良子は一つ深呼吸してから、目の前の受話器をとり上げ、山一証券企画室の部長の番号を押した。

「お早うございます。S&Dの水野です。実は、格付けの変更の件でお電話したのですが……」

良子が格下げのことを告げると、相手は激しく抵抗した。

「水野さん、ちょっと待ってください。今格下げされると、うちは本当に資金調達ができなくなるんですよ！　こ、こんな、突然引き金を引くようなことは、止めてください！」

東大卒で米国留学経験もある部長は、普段の穏やかさとは打って変わって必死だった。

「その点は申し訳ないんですが……ただ、御社の株価とか、金融市場の動向とか、そういったものを総合的に判断した場合、わたしどもとしては、ダブルBプラスが妥当であるという結論なんです」

「し、しかし……今、銀行や大蔵省にも相談しながら、経営改善策を打ち出そうとしているところなんです。そうした努力を、ここで断ち切るようなことをされては、本当に困るんです」

「はあ……」

「何とかその格下げを撤回してもらうわけにはいきませんか?」

「………」

「少し時間をいただけるだけでもいいんです。お願いします!」

部長は懸命にいった。

「何か、わたしどもが知らないような事実で、格付けにマテリアル(実質的)な影響を与えるようなものがあるでしょうか?」

良子が訊いた。「もしそういった事実が存在する場合は、『アピール』していただくことはできます」

「アピール」は、マーシャルズにはないが、S&Dやフィッチにはある制度だ。ただし、アピールを受けるかどうかは、あくまでS&D独自の判断で決められる。

「あ、あります! 外資との提携および増資について、近日中に新たな発表をすることができると思います」

部長は苦し紛れにいった。

「そうですか……うーん」

良子は考え込む。

「アピールは三日以内に解除する必要がありますので、それまでに正確な情報をいただけますか？」

良子は迷いながらいった。

「分かりました。必ず三日以内にご連絡します」

相手はほっとしたような声でいって電話を切った。

（これでよかったのかなあ……）

受話器を置いたあと、良子はしばらく考え込んだ。

午後──

山一証券の企画室の部長は、部下の課長代理と一緒に、茅場町《かやばちょう》から内幸町に向かう地下鉄に揺られていた。

「……S&Dの水野さんには、新たな情報を提供しますって、思わずいっちゃったけど……悪いことしたかなあ」

電車の吊革につかまった四十代前半の小柄な部長は、人の好さそうな四角い顔に、かすかな自己嫌悪を滲ませていった。

「まあ、仕方がないんじゃないですか。いきなり下げるっていわれたら、止《と》めるしかないですよ」

そばに立った若い課長代理が、周囲の乗客に注意を払いながら小声でいった。

「しかし、大蔵省は、どうして急に態度を変えたんですかね？　ほんの一週間前は、バックアップするっていっていたのに」

「ハシリュウは、証券不祥事で大蔵大臣をまっとうできなかったから、証券会社に対していい感情を持ってないんじゃないか？」

橋本龍太郎首相は、第二次海部《かいふ》内閣の大蔵大臣だった。しかし、四大証券による投資家への損失補塡や、総会屋への利益供与問題の責任をとって、一九九一年十月に辞任した。

「それに、うちには小沢一郎と親しい顧問がいるだろ？」

「ええ」

小沢一郎は元自民党幹事長で、現在は保守系野党である新進党の党首になっている。

「ハシリュウと小沢一郎は、昔からライバルだからなあ」

山一証券は、小沢一郎経由で斎藤次郎元大蔵次官に救済を訴えたが、それが橋本首相の耳に入り、逆鱗《げきりん》に触れたという噂がある。

「それと、弁護士が悪かったんだろう」

本件に関する山一証券側の弁護士は、顧問（元副社長）と親しい経済評論家に紹介され、能力の吟味もせずに会社の上層部が契約した人物だった。しかし、長野証券局長から「あんた弁護士のくせに、そんなことも知らないのか⁉」と怒鳴られ、大蔵省の不信と怒りの火に油を注ぐような醜態を演じていた。

「ところで、永田町筋からのカラ売りが凄いですね。昨日も出来高が八千百万株だったですし、今日も前場を見た限りでは、七、八千万株いきそうな感じですね」

「史上空前のインサイダー取引だよね。あんなことは、内情を知らなけりゃ、絶対にできないよ。……まあ、漏れるルートがいくつもあるからなあ」

二人は地下鉄を日比谷駅で降り、歩いて内幸町一丁目に聳えるインペリアルタワーに向かった。


格付会社マーシャルズは、インペリアルタワーの十三階にオフィスを構えている。入り口は白い扉で、「Marshall's JAPAN K.K.」という文字がある。インターホンで来意を告げると、電気錠ががちゃりと開いた。

山一証券の二人は、いつもの会議室に案内された。壁に屛風絵が掛かり、仙台簞笥《たんす》が置かれたオリエンタル趣味の会議室で、FIGの主任アナリストと米国から出張してきた男性アナリストが待ち受けていた。主任アナリストのほうは、かつて水野良子と仕事をしていた日本人男性で、年齢は四十代後半である。

「お話があるということですので、まずはお聞きいたしましょうか。たぶん大事なお話だと思うので、本社のほうでも、関係者を待機させています」

主任アナリストの言葉は丁寧だったが、目つきは、藪の中から獲物を狙う蛇のようだった。

東京は午後の早い時刻で、ニューヨークは真夜中を過ぎている。

「実は、以前からお話ししていた複数の外資との提携交渉ですが、努力は尽くしたのですが、可能性はなくなりました」

企画室の部長が、伏し目がちにいった。

この日のミーティングは、外資との提携について山一証券がマーシャルズに説明するために、かなり以前に設定されたものだった。

「外資との提携の可能性がなくなった？　ほう……」

銀縁眼鏡をかけた主任アナリストの目がきらりと光った。

「それから『飛ばし』についてですが、社内調査はまだ途中の段階ですが……隠れた損失の存在が明らかになりました」

その言葉を聞いて、マーシャルズの二人は、はっとした顔つきになった。しかし、武士の情けなのか、含み損の額については質問してこない。

「そうすると、我々が検討している格下げを発表した場合、大蔵省や富士銀行から、どのような救済措置があるのでしょうか？」

　主任アナリストが訊いた。

「政府からは、日銀特融といったものは、ないと思います」

　部長がいった。

「富士銀行では、誰に訊いたらいいのでしょうか？」

「支援という意味なら、特に訊いていただく必要はないと思います」

　部長は、努めて感情を交えずに話そうとしていたが、言葉の端々に無念さが滲み出た。

「分かりました。大変誠実にお話ししてくださり、有難うございました」

　マーシャルズの二人は、満足そうにいった。

「ヨーロッパやアメリカは、これから市場が開きます」

　部長がいった。「うちは、主要金融センターに証券現法があるほか、オランダやイギリスに銀行子会社を持っています。それらが資金繰りに行き詰まると、他の証券会社や銀行も、連鎖破綻する可能性があると思います」

　マーシャルズの二人がうなずく。

「発表のタイミングについては、うちだけじゃなく、御社のほうにも、金融システムに対する責任があると思いますので、くれぐれもよろしくお願いします」

少なくとも、今日の世界各地での取引が終了するまで、格下げの発表は待ってほしいという意味であった。

山一証券の二人がミーティングを終えて、インペリアルタワーを出ると、小雨が降り始めていた。

「涙雨だなあ……」

部長が灰色の空を見上げていった。気温は十四度ほどで、風は冷たい。日比谷のビル街は、これから起きる未曾有の金融危機などまるで嘘のように、人や車がいつものように行き交っていた。

「これで終わっちゃうんだなあ」

十九年八ヶ月を山一証券で過ごしてきた部長の声に、寂しさと不安が入り混じっていた。

「やることたくさんありますねー」

課長代理がいった。

企画室では、会社清算プロジェクトの準備に着手したところだった。自主廃業決議のための臨時取締役会開催や大蔵省への廃業届けの提出から始まり、支店の顧客対応マニュアル作成、内定者対応、社員の再就職斡旋《あっせん》、海外拠点整理案策定、主要債権者対応策策定、株主対応、メディア対応など、やるべきことは山ほどある。

「馬鹿なことばかりやってきた情けない会社だけど、せめて幕引きぐらいは、周りに迷惑をかけずに、きちんとやりたいな」

「そうですね」

二人は、折り畳み傘を開いて、皇居の方角から吹いてくる風の中を、地下鉄駅に向かって歩き出した。

その日の夜九時過ぎ――

紺色のカーディガンを着た水野良子は、S&Dのデスクのパソコンで東証の取引結果を見ていた。

（山一の株価は、百二円か……）

二日前に六十五円まで急落した株価は、急落前の水準まで戻していた。しかし、出来高は、今日も七千四百六十七万株という大商いだ。

（アピールを受けたのは、間違いだったんじゃないだろうか……？）

シャープペンシルを持った手に顎を乗せて考え込む。朝からずっとこのことが頭を離れない。

窓の外を見ると、戸外はすっかり暗くなっていた。午後から降ったり止んだりしていた雨は、上がったようだ。

机上の電話が鳴った。

「もしもし、水野さん？」

相手は、知り合いの新聞記者だった。

「今、茅場町にいるんだけど、なんか山一証券がおかしいんだよ」

公衆電話かららしく、周囲で風の音や自動車の排気音がしていた。茅場町は山一証券本社の最寄駅だ。

「え？　おかしいって……どういうことですか？」

良子は、どきりとした。

「遅い時間なのに、会社の電気がまだ煌々《こうこう》と点いてるんだよ」

「ほんとですか⁉」

「うん。何かあるんじゃないかって、新聞記者やカメラマンが少しずつ集まり始めてるよ」

「何かっていうと？」

良子は、胸中の不安を懸命に抑えながら訊く。

「いや、まだ分からないけど、会社更生法の適用とか……いずれにせよ、いいことじゃないと思う。いいことだったら、すぐに発表してるはずだから」

受話器を持った良子の手がじっとりと汗ばんでくる。

「今日は、野澤社長が朝から出たり入ったりしていて動きが慌《あわただ》しい。それに役員がほぼ全員、まだ会社に残っているようだ」

「こんな時間に……」

良子は、黒革のベルトが付いたバーバリーの腕時計に視線をやる。

「また何か動きがあったら、電話するよ」

新聞記者は電話を切った。

(どういうことだろう？　何かが起こっているとすれば、どういうことが考えられる？)

良子は自分の持っている情報を総動員し、しばらく自問自答を繰り返した。

胸騒ぎが止まず、息苦しい。

(やはり、山一に当たってみるしかない……)

意を決して受話器をとり上げ、山一証券の企画室に電話をした。

部長は不在で、課長代理が出てきた。

「S&Dの水野ですけど……今、会社で何か起きているんですか？　この時刻になっても、ビルの灯りが煌々と点いているって聞きましたけど」

思わず詰問調になっていた。

「い、いえ……特に何かっていうわけじゃないんですけど……」

若い課長代理は口ごもった。何か隠し事をしているような不自然ないい方である。

「役員さんたちは、まだ全員会社におられるそうですね？」

「う……よ、よくご存知ですね」

「役員会が開かれているんですか？」

「ええ、まあ」

「定時取締役会は、確か、今朝開かれたんですよね。一日に二度も役員会を開くのは、どういう理由からなんですか？」

「いや、まあ、会社の方向性とか、色々です」

「何か重大な決定でもあるんですか？」

「いや……うーん……何といいましょうか……」

「正直に教えてください」

矢のような一言を放った。

「ええ、そう……重大な、決定があるかもしれません」

相手の口調に、観念したような気配が滲んでいた。

「どういう決定なんですか？」

「それはちょっと、わたしの口からは……」

「週明けの資金繰りはどうなんですか？」

「いや、それもちょっとどうなるのか……ちょっと、わたしには……」

（やはり何かある。普段なら、確信がなくても『大丈夫です』と答えるはず。……おそらく、格付けを守ろうという気持ちを失っているのだ）

良子は、課長代理との話を終えると、すぐにS＆Dの駐日代表の男性と、もう一人の証券会社担当のアナリストに連絡して、帰宅しないよう頼んだ。

（急がないと……）

受話器をとり上げ、ニューヨーク本社のFIGの上級アナリストの直通番号を押す。

「Hi, this is Ryoko in Tokyo office speaking. I was told Yamaichi Securities was going to announce something serious shortly.（東京事務所の良子です。山一証券から間もなく重大な発表があるといわれました）」

至急格付委員会を開きたいというと、上級アナリストは、「なるべく早く開けるように努力する」と請け合ってくれた。

受話器を置くと、良子は急いでパソコンのキーボードを叩き、格付委員会に提出するための資料の作成を始めた。

山一証券が何か発表するとすれば、先の三洋証券同様、会社更生法の適用か、それに類似したものに違いない。いずれにせよ、会社が行き詰まって、何らかの破綻をするということだ。

今朝開いた格付委員会では、いったんBB＋という結論になったが、新たなリコメンデーション（格付案）では「B（シングルB）」とした。S＆Dの定義では、「債務者は現時点では、当該債務を履行する能力を有しているが、履行にかかる不確実性は『BB』に格付けされた債務よりも高い。事業環境、財務状況、または経済状況が悪化した場合には、債務を履行する能力や意思が損なわれやすい」という意味の格付けだ。

（マーシャルズは……？）

キーボードを叩き、マーシャルズ・ジャパンのウェッブサイトを開く。

青を基調にしたページの中ほどに「プレスリリース」のセクションがあり、プレスリリースが新しい順に掲載されていた。

（まだ山一に関するリリースはない……）

良子はほっとして、資料の作成を続ける。すでに財務分析については今朝の格付委員会に提出してあったので、今回は、今日の夕方以降の状況と、自分の推論を中心に分析資料を作ればよい。

机上の電話が鳴った。

「Hi, Ryoko, this is……」

ニューヨークの上級アナリストの男性だった。

「We are going to have the rating committee at 11:00 A.M. Eastern Time.（格付委員会を米国東部時間の午前十一時に開くことになったよ）」

日本時間の真夜中ちょうどだ。

「分かりました。それまでにペーパーを出席者全員にメールで送ります」

受話器を置くと、良子は再びキーボードを叩き始めた。

英文で一ページ半ほど夢中で書いたところで、首筋や肩に凝りを感じてきた。

（まだ時間は十分あるわね……）

缶ジュースでも飲もうと思って、立ち上がろうとしたとき、ふと気になって、再びマーシャルズのサイトにアクセスした。

青を基調としたページが現れ、「プレスリリース」のセクションを見た瞬間、良子は思わず、

「やられた！」

と小さく呻《うめ》いていた。

『1997/11/21 山一証券の社債格付けをＢａａ３からＢａ３、ＣＰをNot Primeに引下げ』

見出しの日付は黒、文章は青い文字であった。

『一九九七年十一月二十一日、マーシャルズ・インベスターズ・サービスは、山一証券の社債格付けをＢａａ３からＢａ３、コマーシャルペーパー格付けをＰ３からNot Primeに引き下げると決定した。これらの格付けは、引き続き引下げの方向で検討される。

マーケット・シェアの後退と執拗《しつよう》な利益供与を巡る噂を背景として、山一証券に対する市場の信用は失墜しており、同社の短期的な営業資金の調達力についてマーシャルズは懸念している。

資金調達力が低下していることに加え、資本基盤が脆弱であるため、同社が事業戦略を立て直し、マーケット・シェアを奪回し、また、収益性を回復する能力が疑問視される。

過去数年間、同社は損失や不動産会社に対する財務支援により、自己資本が底をついてきている。

マーシャルズは、営業資金と流動性を十分に回復する同社の能力、ならびに当局等、外部支援の可能性について、引き続き注視していく。』

プレスリリースを一読して、良子はため息をついた。

(アピールを受けさえしなければ、格付けをリードできたのに……)

しかし、愚痴をいっても始まらない。山一証券はまだ会社更生法の適用などは発表していないので、それに先がけて格下げをする意味はある。

良子はマーシャルズのサイトを閉じ、再びキーボードを叩き始めた。

その日の深夜、電話会議で開かれた格付委員会で、S&Dは、山一証券をシングルBに格下げし、引き続きクレジット・ウォッチの扱いにすることを決定した。

プレスリリースを行なって、再び雨がちらつき始めた深夜の街をタクシーで走り、良子が世田谷区下馬の自宅マンションに戻ったとき、時刻は午前三時を過ぎていた。

短い睡眠のあと目覚め、郵便受けに配達された日経新聞を開くと、一面のトップに、

『山一証券自主廃業へ〜負債3兆円、戦後最大』

という大きな見出しが躍っていた。

3

十二月初旬——

水野良子は、ニューヨーク本社から出張してきたFIGの上級アナリストの米国人男性、東京事務所のアナリストの日本人男性と一緒に、東北新幹線の下り特急列車「やまびこ11号」の車中にいた。

午後二時二十分に東京駅を出発した列車の窓には、ずっと住宅地が見えていたが、埼玉県の大宮を過ぎてしばらくした頃から、田や畑がちらほらと見え始めた。左手の彼方には、冬空を背景にした灰青色の低い山並みが連なっている。

通路を挟んだ向こう側にすわった米国人上級アナリストは、日本の金融市場に関する英語の新聞や雑誌の記事を読んでいる。山一証券の自主廃業のニュースは、記者会見で涙を流す野澤社長の写真とともに、ファイナンシャル・タイムズなどでも第一面で報じられた。

山一証券の破綻以来、日本の金融市場は一種のパニック状態に陥っている。体力が弱まった金融機関の株が売り浴びせられ、十一月二十六日には、六十九銘柄が百円割れし、銀行、証券、建設など二十八銘柄がストップ安を付けた。同日、仙台市に本店を置く第二地銀の徳陽シティ銀行が経営破綻し、仙台銀行や七十七銀行に営業譲渡されることになった。

大和証券は飛ばしの噂を否定する資料を配布し、紀陽銀行は経営不安説を否定する会見を行い、日本長期信用銀行はスイス銀行との提携解消の噂を否定する会見を開き、京葉銀行は同行の株価急落に関して、証券取引等監視委員会に調査を要請し、S&Dが十一月二十五日に投資不適格（BB＋）にして、株価が七十九円まで落ち込んだ安田信託銀行は、慌てて芙《ふ》蓉《よう》グループによる五百億円の第三者割当増資や本店売却計画を発表した。

「水野さん、こんな記事が出たそうですよ」

良子の隣りにすわった日本人男性アナリストが、ある地方紙の記事のコピーを差し出した。

『金融激震～影響力増す格付会社』

という見出しの記事だった。

『日本型金融システムが揺らぐ中で、マーシャルズやスタンダード&ディロンズ（S&D）といった米系格付会社の影響力が強まっている。山一証券や拓銀も格下げの発表が破綻や株価急落の引き金となったため、どの金融機関も、格付会社の動向に神経を尖らせている。

東京株式市場では、前日にマーシャルズが格付けを引下げの方向で見直すと発表した足利、北陸、紀陽の三地銀の株価が急落し、三行は同日の夕方、「マーシャルズは、経営実態を十分に理解していない」と反論した。しかし翌朝も、東京市場は寄り付きから三行の売りが殺到し、「今や金融機関の生殺与奪の権を握るのは格付会社」(市場関係者)とさえいわれる。米国流の格付けと日本の金融システムとのきしみは、しばらく続きそうだ。』

「ふーん……でも、山一の破綻なんかは、別に格付会社が引き起こしたわけでもないし、ちょっと過剰反応だわね」

記事のコピーを一読し、良子がいった。

「近頃、『格付会社イコール死刑執行人』みたいな報道をされて、参りますよね。……注目度が上がってきたのは、いいことなんでしょうけど」

縁なし眼鏡の男性アナリストがいった。

「わたしが扶桑証券からマーシャルズに転職した一九八五年頃なんて、格付会社の存在感なんか全然なくて、ある意味、気楽といえば気楽だったんだけど」

「日本人は格付けに慣れていないし、何でも順番をつけるのが好きだし、外資崇拝みたいなところがあるし、集団で過剰反応する性質もあるから、そのあたりに格付けっていうものが、ずばりハマったんでしょうね」

「そうねえ」

やっていることは以前と何も変わっていないのに、経済環境が変わって、こちらの一挙手一投足にまで大騒ぎされるのには、戸惑いを覚える。また、自分たちが格下げをすることで、その金融機関の資金調達が一層厳しくなると思うと、辛《つら》いものがある。


「やまびこ11号」は、午後三時十四分に宇都宮に到着した。

JR宇都宮駅は、市街中心部から東の鬼怒《きぬ》川寄りに位置している。

駅ビルを北口から出ると、左手にリッチモンドホテルとチサンホテル、右手に「ララスクエア」という大きな商業ビルが視界を遮るように建っている。駅前はバス乗り場で、付近には、餃子店の看板やネオンサインが目につく。

「足利銀行本店までお願いします」

S&Dの三人は、タクシーに乗って、運転手に告げた。

駅前からほぼ真っすぐ西の方角に延びる大通り（旧奥州街道）は片側三車線の広い道路で、日比谷生命栃木支社をはじめとする保険会社、銀行、証券会社、商店などが軒を連ねている。

昭和三十〜四十年代を思わせる古いアーケードの下に、餃子店、ラーメン屋、宝石店、布団屋、コンビニ、化粧品店、薬局、眼鏡屋などが並んでいる。建物が古いせいもあり、どこか寂れた印象を与える。

足利銀行の本店は、駅から二・五キロメートルほど行った桜二丁目交差点のすぐそばの日光街道沿いに建っていた。日比谷にある旧三井銀行の本店ビルに似た黒いビルで、高さは九階建てである。すぐそばに、「日光まで26キロ」という青い道路標識があった。

「あ、まだ相当並んでいますね」

助手席にすわった日本人男性アナリストが、フロントグラスの先を指差した。

灰色の寒空の下に、足利銀行の建物をぐるりと取り囲んで、人の列ができていた。預金を下ろしに来た人々の列だった。行列は、建物正面にある本店営業部の出入り口と、その左手にあるATMコーナーに続いている。腕に腕章をした案内係の行員が、列の整理をしていた。

「Look, the car park is full.（駐車場も一杯だよ、ほら）」

米国人の上級アナリストが、ビルの横から裏手に広がる駐車場を指差した。駐車場は、預金を下ろしに来た客の車で一杯になっていた。

三人が案内された応接室は、日光街道に面しており、窓からは、東の方角に広がる住宅街と市街地、ＪＲ宇都宮駅などが見えた。眼下には、建物をぐるりと取り巻いた預金者の長蛇の列が見え、不穏な雰囲気が漂ってくる。

応接室に入ってきた企画部門担当役員や企画部門の幹部ら数人の表情も、ぴりぴりしていた。

「Thank you for meeting with us today. I am from S&D's head office in New York……（今日はお時間をいただき、有難うございます。わたしはＳ＆Ｄのニューヨーク本社から参りました……）」

米国人上級アナリストが自己紹介し、良子が日本語に通訳した。

足利銀行側は笑顔もなく、全員の顔に、手負いの獣のような苛立ちが滲み出ていた。

「先日来、見直しの作業をしておりました御行の格付けについてですが……」

米国人男性がいうと、足利銀行側にさっと緊張感が走った。

「結論としまして、長期をダブルＢプラス（ＢＢ＋）、短期をシングルＢに、それぞれ引き下げることになりました」

両方とも投資不適格への格下げだ。

良子が日本語に訳すと、ソファーの正面にすわった企画担当役員の顔が紅潮した。

「理由をお聞かせ願えますか？」

白髪まじりの頭髪をオールバックにした役員は、むっとした表情でいった。

「理由は三つあります」

米国人男性が英語でいった。

「一つは株価が下落して、資金調達などが難しくなってきていること。もう一つは、関連会社を含む不良債権の実態が、発表されている金額より多いのではないかという懸念。三つ目は、山一ファイナンスに貸し出しをしていることです」

良子が、えっ？　と思いながら日本語に訳した瞬間、怒気を孕《はら》んだ声が飛んできた。

「山一ファイナンスには貸し出しなどしていない！　何を根拠にそんな出鱈目《でたらめ》をいうんですか⁉」

企画担当役員は、真っ赤な顔をして両目を吊り上げた。

「いえ、山一ファイナンスというのは、他の邦銀と混同したいい間違いだと思います」

良子は、慌てて説明した。「御行の場合は、北関東リースなどのノンバンクに対する融資を、わたしどもは懸念しています」

（まったく……まだ時差が抜けていないのは分かるけど……）

米国人の失言に、気分が萎《な》えた。

「あんたがた、そんな程度の知識で、当行を投資不適格に格下げしようっていうのか⁉　まったく、ふざけてる！」

瘦身の役員は、憤懣やるかたないといった表情。

「だいたい、株価の下落は、うちだけじゃなく、日本中、世界中の現象じゃないか！　どうしてうちだけ槍玉《やりだま》に挙げるんだ⁉」

「No, not only your bank. We are reviewing all banks.（いえ、御行だけではありません。すべての銀行について、見直しをしています）」

米国人がいった。

「不良債権額が公表額より多いのではないかと懸念しているそうだが、当行の発表する数字が信用できないというのか⁉」

「…………」

「え、どうなんだ⁉　我々が嘘をついているというのか⁉」

今にも目の前にあるクリスタルガラス製の灰皿を摑んで投げつけんばかりの剣幕だ。

「嘘つきだと申し上げているわけではありません」

良子は、灰皿を気にしながらいった。

「ただ、関連ノンバンクから、個々の融資案件について、実態がきちんと報告されていないケースが他行も含めて往々にしてあるようですし、それらを不良債権として認識するかどうかの判断が、十分かつ客観的になされていないケースもあるかもしれないと、わたしどもは考えている次第です」

住之江銀行などでもそうだが、邦銀が「不良債権処理はこれで終わった」といって、本当に終わったためしがない。

「同じだ、同じ！　我々を嘘つきだといってるんじゃないか！」

役員はますます感情的になった。

「嘘つきというなら、S&Dのほうこそ嘘つきじゃないか！　水野さん、あんた、こないだ何といったか憶えているか⁉」

役員は怒りのこもった目で、良子を睨みつける。

「大蔵省や日銀といった外部からどの程度の支援を取りつけられるかが不透明で、リストラ策も不十分だから、格下げ方向で見直すといったよな？」

良子はうなずいた。

「あなたは、ご存知ないのか？　大蔵と日銀が栃木県庁で会見したことを」

足利銀行の株価が、危険水域といわれる百円を割って、八十八円まで急落した翌日（十一月二十七日）、大蔵省関東財務局の河手悦夫局長と日銀の竹島邦彦営業局長が、栃木県庁で会見し、足利銀行の経営不安説について、「噂はまったく根拠のないこと」と全面的に否定し、預金者に対して冷静な対応を呼びかけた。また、竹島局長は「足利銀行は豊富な手元資金と担保になる有価証券を持っており、資金繰りに支障はない。万が一の場合は、同行の地域経済に対する重要性に鑑《かんが》み、日銀として全面支援する」と述べた。

同じ日に、足利銀行と関係が深い東京三菱銀行からは、一千億円の資金支援がなされた。

「リストラ策についていては、先月二十六日に、海外拠点を全部閉鎖して国内業務に特化し、国内支店も今後三年間で二、三十店の統廃合をし、本体の人員も一〇パーセント削減するという抜本的な対策を発表しているんです」

同日、約十九年半にわたって頭取・会長として君臨してきた向江久夫は、経営責任をとって会長職辞任を表明した。

「こうした一連の対応策が市場からも評価されて、株価も二百円台に回復してるんです。それでも格下げするというのは、どういうことですか⁉　こないだ、あなたがおっしゃったことと矛盾しているじゃないですか⁉」

「We think the declaration of support by MoF and BoJ is great.（大蔵省と日銀が支援を表明したことは、素晴らしいと思います）」

米国人上級アナリストが、相手をなだめるような口調でいった。

「東京三菱銀行による資金支援や、御行が発表されたリストラ策、株価上昇についても、我々は一定の評価をしています。しかし、格付けは、五年、十年といった長い期間を見て決めるものです」

足利銀行の役員らは、不快感を顔に滲ませて話を聞く。

「大蔵と日銀が、一週間前に支援すると述べたとしても、それが、五年後、あるいは十年後に、その言葉どおりに実行されるかどうかについては疑問が残ります。なぜなら、当局によるセーフティ・ネットは、財政赤字の増大などで年々弱まっているからです」

「………」

「また、不良債権の額についても、仮に御行が開示している額が適正であっても、日本経済全体の悪化によって、さらに不良債権が増える可能性があります」

「あんたがたは、大蔵や日銀が『五年後や十年後も足利銀行を支援する』と証文でも書かないことには納得しないというわけか⁉」

役員の隣りにすわった企画部長がいった。

「あれをやればこれ、これをやればあれで、結局、格下げという結論ありきなんじゃないか⁉」

「いえ、そのようなことは、決してありません」

「だいたい、こちらの説明を聴く前に結論を出して、最後通告するようなやり方は卑怯《ひきょう》だ！」

「…………」

「アメリカ人は、とっととアメリカに帰れ！」

役員が憤然としていった。

「Ryoko, what did he say?（良子、彼は何といっているの？）」

米国人に訊かれ、良子は一瞬戸惑ってから、口を開いた。

「He says, Yankee go home.」

ミーティングの数日後、S＆Dは、足利銀行の長期格付けをダブルBプラス（BB＋）に、短期格付けをBに、それぞれ引き下げると発表した。

これに対して足利銀行側は「経営実態を正しく反映していない」と猛反発し、依頼格付契約の破棄を通告するファックスをS＆Dに送りつけてきた。

第七章　CDS登場

1

一九九八年五月——

門前仲町にある日系格付会社のストラクチャード・ファイナンス部に勤務する乾慎介は、妻の香、娘の華と一緒に、神宮球場に六大学野球の観戦に行った。母校であるM大の試合で、三塁側の内野席にすわった。

天気は快晴で、外野席正面のスコアボードの真ん中に日の丸、左右に紫紺の六大学野球連盟の旗が翻っていた。グラウンドの人工芝の緑色とアンツーカーの赤茶色が目に沁みるような鮮やかさである。一塁側のR大のスタンドからも、三塁側のM大のスタンドからも、応援の歌声やブラスバンドの音が賑やかに響いていた。

午前十一時に始まった試合は、四回の裏で、二点リードしたR大を追うM大の攻撃である。

「ほら、華、チアガールの応援が始まったぞ」

学生内野席の前方で、学生服を着た応援団員が、選手の名前や応援のセリフを書いたプラカードを掲げ、Ｍ大のスクールカラーである紫紺のミニのワンピースを着たチアガールたちが、金色のポンポンを手に、音楽に合わせて飛び跳ねる。

「チアガール……」

白い帽子に白い服を着て椅子にすわった華は、空耳のように聞こえる小さな声でいって、かすれた笑い声を上げた。今月で五歳になるが、身体はまだ三歳児のように小さく細い。

「華、今、あのお兄さんが打つからね」

香が、バッターボックスの選手を指差す。

Ｍ大の選手のユニフォームは薄いクリーム色で、帽子、アンダーシャツ、ストッキングが紫紺である。

バッターボックスに入った選手の紫紺のヘルメットが、太陽の光を受けて輝いた。

次の瞬間、木製バットが硬球に当たるカツーンという音がして、白球がセンター方向に飛んでいった。

「ほら、打った！」

香がセンター方向を指差すと同時に、Ｍ大側スタンドが、ワーッと沸き返る。塁にいたランナーがホームを踏んで、一点を返した。応援団のブラスバンドが高らかに校歌を奏で、スタンドから手拍子が湧く。

　乾一家の五メートルくらい前方のネットぎわで、M大スポーツ新聞の記者らしい女子学生二人がカメラのシャッターを切っていた。二人とも濃紺のスーツをきちんと着ていた。

(いいなあ、学生スポーツは凛々《りり》しくて……)

　社会の汚泥にまみれているうちに、学生時代の一途さを忘れてしまいそうになるが、神宮球場に来るたびに、背筋が伸びる思いがする。

　M大が一点を返したところでその回は終了し、R大の攻撃になった。一塁側スタンドから、『鉄腕アトム』の曲が賑やかに聞こえてきた。

「……ラララ、ほーしーのかーなたー……」

　乾は口ずさみながら、守備に入ったM大の選手たちを眺める。前方の高い位置から太陽が照り付けてくるので、外野手たちはサングラスをかけている。

(ここに来るまで、長い長い練習や苦悩があったんだろうなあ……)

　試合よりも、ここに至るまでの彼らの日々に想いがいってしまう。それはまた、自分がM大野球部員として、汗と土ぼこりにまみれて白球を追っていた日々の追想でもあった。

　M大学生内野席の最前列付近に、背後の応援団員たちに守られているような一角があり、二十代から七十代くらいまでの男たち三十人ほどが試合を観戦していた。男たちの表情は満ち足りて、誇らしげだ。そこは、野球部や応援部のＯＢ、大学関係者の特別席だった。ＯＢたちは、若き日の自分たちに選手たちを重ね合わせながら観戦しているようだ。

　乾は、野球部を途中退部したため、四年間を耐え抜いた者たちだけがすわることのできる栄《は》えの席には入ることができない。以前は、その悔しさをエネルギーに変えて仕事をしていた。しかし、三十六歳になった今は、負の感情は薄れ、真っすぐな気持ちで生きられるようになっていた。

「あら、華が寝ちゃったわ」

　六回裏に、Ｍ大が四連続長短打を放って四点を入れ、五対二と逆転して攻撃が終了したとき、香がいった。

　華が、細い手足を折り曲げるようにしてプラスチック製の椅子の上で眠っていた。顔を上に向けるようにして目をつむり、少し開いた口から八重歯が覗いていた。

「家から球場までの移動もあったから、疲れたのかな」

　下がり眉の乾が、微笑した。

　風が結構出てきて、スコアボードの上の三本の旗が、へんぽんと翻っている。気温は二十度ちょっとあるが、湿度が低いので過ごしやすい。

「平穏ね……」

顔全体を覆うつば付きの帽子をかぶった香が、しみじみとした口調でいった。

「まあ、今のところ、仕事もそんなに忙しくないからな」

乾は、香の少し上を向いた小さな鼻を見ながらいった。

「ずっとこんなふうに三人で過ごせたらいいなあ」

「俺もそう思うけど……。ただ、来月、SPC法が成立するから、ちょっと忙しくなるかもしれないなあ」

大蔵省の女傑・木島ゆかりが、不良債権の流動化のために作っている法律だ。正式名称は「特定目的会社の証券発行による特定資産の流動化に関する法律」。SPC（特別目的会社）の最低資本金を十万円（商法の株式会社は一千万円）とし、不動産の移転に伴う税金の軽減や、投資家保護のための情報公開などについて定める。

「格付けする案件が、増えるってこと？」

「うん。SPCを使った色んな証券化の相談が、もう結構きてるよ」

「ふーん……」

「それに、山一証券が潰れてから、銀行は格下げに次ぐ格下げで、資金調達力がなくなって、貸し渋りをしてるけど、不動産によっては、テナントがしっかりしてて、強いキャッシュフローを産み出す物件が結構あるから。物件価値に着目した資金調達が流行りそうなんだ」

昨年十一月から十二月にかけてのパニック状態は脱したものの、銀行や企業の資金調達は厳しい状態が続いている。

三月四日には、山一証券元会長行平次雄、元社長三木淳夫、元副社長で財務本部長の白井隆二の三人が、虚偽の有価証券報告書作成（証券取引法違反）や、粉飾決算（商法違反）などの容疑で逮捕された。

マーシャルズとＳ＆Ｄは、ほとんどの邦銀を格下げないしはネガティブ・ウォッチにし、大手邦銀でダブルＡの銀行は一行もなくなった。辛うじてシングルＡを維持している銀行は、東京三菱、産銀、農林中金など数行にすぎない。

また、三月に、貸し渋りの解消と、銀行の財務の健全化を目的に、一兆八千百五十六億円の公的資金が主要二十一行に注入されたが、目的達成にはほど遠い状態にある。

「忙しくなるとはいっても、銀行員時代みたいな無茶苦茶なことにはならないから、安心しろよ」

そういって乾は、一塁側外野席のほうに視線を転じた。スタンドの彼方の高いイチョウの木々は、青々とした新緑をつけ、右手の一塁側内野席の先には、伊藤忠商事東京本社の薄茶色の高層ビルが聳えていた。

「ところで慎ちゃん、日本の国債って、格下げになるの？」

「え、何で?」

「こないだ、マーシャルズが、国債を格下げするとか何とか、新聞に書いてあったから」

去る四月に、マーシャルズが、日本国債の見通しを「ネガティブ」に変更していた。理由は、①金融システムの弱体化、②進まぬ財政健全化、③景気対策への疑問、などであった。

発表をきっかけに、日本は、円安、株安、債券安のトリプル安に見舞われ、円相場は、六年七ヶ月ぶりに百三十五円台に急落した。

「ああ、その話か。……下げられる可能性は、ありだな」

眠っている華の頭を、白い帽子の上から撫でながらいった。

「アウトルック(見通し)を変更するときも、日本とアメリカのアナリストが参加する格付委員会で議論するから、そこで今後どうするかも話し合ってると思うよ」

「格下げになると、わたしたちの生活に何か影響出てくるの?」

「あんまりないと思う」

乾は首を振った。「日本国債は九五パーセントが日本の会社や個人が保有しているから、トリプルAからダブルAに下がったって、売ったりしないだろう。……強いていえば、『カントリー・シーリング』で、トヨタとかNTTとか、トリプルAの会社が格下げされることになって、資金調達コストが若干上がる程度だろうね」

「カントリー・シーリング」は、企業の格付けは、所在国の格付けを上回ることができないという原則だ。

「国債が格下げされるっていうのは、確かにいいことじゃないと思うけど、格付会社で働いている人間としては、マーシャルズと大蔵省の論争のほうが、興味深いね」

マーシャルズに対して、大蔵省系の財団であるＪＣＩＦ（Japan Center for International Finance＝国際金融情報センター）理事長で元財務官の大場智満が、「格付会社のパフォーマンス評価を行う」とブチ上げ、マーシャルズがそれに対して「ＪＣＩＦのスポンサーの実態が不透明だ」と嚙みついていた。

数日後――

大蔵省の元財務官で国際金融情報センター理事長を務める大場智満は、港区赤坂二丁目にある赤坂ツインタワー東館十七階の理事長室で、全国紙の記者の取材を受けていた。

赤坂ツインタワー東館は、溜池《ためいけ》交差点に向かってゆるやかに下る六本木通り沿いに建つ地上十八階・地下四階建ての高層ビルで、縦に白い線が入ったような洒落たデザインである。

広い理事長室の奥に夥《おびただ》しい書類が積み上げられた執務用の大きなデスクがあり、大場は、デスクの前に置かれた応接用のソファーセットで話をしていた。

部屋の広い窓からは、東京の街が一望の下に見渡せる。

「……格付けの問題が最初に出てきたのは、一九八四年の日米円ドル委員会です。あのときわたしは、財務官として日本側の議長だった。そこでアメリカ側から、日本独特の適債基準を止《や》めろという強い要求があったので、それに代わるものとして、日本で格付会社を認めたんです」

六十九歳の元財務官は、オールバックの白髪で、ストライプの入ったワイシャツに派手な柄のネクタイを締め、いかにも国際派の元政府高官といった風貌である。

「ところが、アメリカの格付会社は、グローバル・スタンダードという向こうの基準で判断するから、日本のメーンバンク制などは、むしろマイナスに考える」

ソファーの向い側にすわった男性新聞記者がメモをとり、かたわらに立ったカメラマンが、次々とシャッターを切る。

「確かに、税制とか金融資本市場のようなものは、世界の標準に合わせたほうが得だと思います。しかし、それだけじゃなくて、これまでの日本のやり方を生かしたほうがいい分野もあると思いますね。労働とか雇用については、ここまで日本企業を強くしてきたところがあるはずです。そういうことを理解しないで、自分たちの基準に合わないからといってバッサリやると、格付けを間違う可能性がある」

「マーシャルズは、日本国債の見通しをネガティブとしましたが、この点は、いかがでしょうか？」

新聞記者が訊いた。

「大いにおかしいと思いますね」

大場は、間髪いれずにいった。「日本は世界最大の債権国ですよ。その日本の格付けを下げるというなら、世界最大の債務国であるアメリカの格付けも下げるのが当然じゃないですか」

米国債の格付けはトリプルＡである。

「なぜ、格付会社の評価、いわゆる『逆格付け』をやろうとお考えになったんですか？」

「ＪＣＩＦの会員企業である金融機関やメーカーから、格付会社に関するクレームがたくさんあったからです」

ＪＣＩＦは、主にカントリーリスクに関する有料のレポートを出したり、大蔵省や日銀から調査業務を請け負ったりしている財団法人で、約二百五十の日本企業が会員になっている。うち約百八十が、銀行、証券、保険会社で、働いている研究員の多くは、それら金融機関からの出向者だ。理事長は代々大蔵省財務官の天下りである。

「クレームというのは、格付けが妥当ではないといった内容でしょうか？」

「そうです。例えば、国に対する格付けは、ＪＣＩＦでもやっていますから、比較すると分かりやすいと思います」

ＪＣＩＦは、約六十ヶ国のカントリーリスクを十段階で評価している。

「例えば、わたしのところでは、去年の三月に、タイとインドネシアの格付けを引き下げているんです。去年の三月ですよ」

アジア通貨危機が発生したのは、昨年五月十四日の米系投資銀行によるバーツ売りがきっかけだった。

「ところが、アメリカの格付会社は、事が起きてから、つまり通貨危機が発生したあとに引き下げているわけです。しかも危機が起きたあとでやるから、大きくドンと下げる。大きく下げると、それだけ影響が大きくなりますから、下げられたほうは不満ですよ」

新聞記者がうなずいて、メモをとる。

「格下げをやるなら、事が起きる前にやるのが当然じゃないですか。それができないのは、分からないからで、そういう格付会社には、やはり問題がありますよ」

そういって大場は、目の前の湯呑みの茶を一口飲む。

「アメリカの格付会社は、単に間違えるだけでなく、ウォール街やアメリカ政府と結託しているといわれていますが、この点、いかがでしょうか？　例えば、米系の投資銀行が山一証券をカラ売りして、その直後に、マーシャルズが格下げして株価を暴落させ、投資銀行が株を買い戻して大儲《おおもう》けしたというような噂を聞きますが」

記者が訊いた。

「そういう噂は、わたしも聞きました。おそらく大蔵省も調べたでしょうけど、分からなかったんじゃないですか。証明するのは難しい問題ですからね。しかし、そういう噂があるからこそ、格付けが公明正大に行われているかどうか、調べる必要があるわけです。それをやろうというのが、今回の試みなんですよ」

六月——

乾慎介は、門前仲町にある日系格付会社のオフィスで、仕事をしていた。

オフィスは、一つのフロアーに金融法人部（十五人）、事業法人部（十八人）、公共団体・学校法人・医療法人部（八人）、ストラクチャード・ファイナンス部（五人）が同居している。各アナリストの席は、すわると頭が隠れる程度のパーティションで仕切られている。各部の部長は、窓を背にしてすわり、廊下側の壁際には灰色のキャビネットが並んでいる。

乾は自分のデスクで、ある不動産の証券化案件の資料を読んでいた。物件に関する説明書や予想キャッシュフロー、証券化の条件書（タームシート）、賃貸借契約書のコピーなどであった。

銀行が貸し渋りをしていることや、企業が有利子負債を減らしたいと考えていることなどから、日本で不動産証券化の案件が徐々に増えてきていた。

逆鞘に苦しむ下位生保の大和生命は、去る四月にゴールドマン・サックスをアレンジャー兼投資家として、内幸町一丁目の本社ビルを六百億円で証券化（売却）し、引き続きテナントとしてビルを使用している。

石油元売りのジャパンエナジーは、有利子負債削減のため、虎ノ門二丁目の本社「新日鉱ビル」を七百億円程度で外資系保険会社のアリコ関連会社と三井不動産に売却し、この二社のコンソーシアムがビルを証券化し、投資家に販売する予定だ。

森永製菓は、創業百周年記念事業の「エンゼルの森」のために三重県上野市に土地を取得したが、バブル崩壊で計画を取り止めることになって撤退費用が必要になり、NECは業績不振で、それぞれ本社ビルを二百三十五億円から五百億円で売却・証券化する計画をしている。

三井不動産、住友不動産、東京建物といった不動産会社は、新規の開発案件の資金の一部を、証券化で調達する予定だ。

乾が資料を読んでいると、机上の電話が鳴った。

「お客様がお見えです」

受付の女性がいった。

「分かりました。二番の応接におとおししてください」

乾は受話器を置くと、少し離れた席にすわっている上司の堀川健史に声をかけ、一緒に応接室に向かった。


二十分後——

「……いったい、きみは、どういう根拠で、この案件の格付けがシングルＡになるというんだ⁉」

会議室の長テーブルの中央にすわった小柄な堀川が、室内に響き渡るような声でいった。

目の前には、米系投資銀行が組成を計画しているＲＥＩＴ《リート》（real estate investment trust＝不動産投資信託）「ニュー・ミレニアム投資法人」が購入（投資）する不動産物件の一覧表が広げられていた。

ＲＥＩＴは多数の投資家から資金を集めて不動産に投資するファンドだが、投資効率を上げるために、銀行から借入をしたり、債券を発行したりする。そうした銀行借入や債券の信用力を表す指標として格付けが用いられる。

「僕には、半分以上の物件の購入価格が過大に見えるんだがな」

広い額に細い黒縁の分厚いレンズの眼鏡をかけた堀川は、挑むような口調でいった。

「いや、そんなことはないんですけどねえ」

テーブルの向い側にすわった米系投資銀行のバイス・プレジデント三条誠一郎が、不満げな顔をした。日本産業銀行から移籍した男で、年齢は三十代半ば。元産銀マンらしく頭髪をきちんと分け、サイドベンツのダークスーツを着ていた。抜け目がなさそうだが、酒が好きらしく、ぬめっとした顔である。

「それぞれの購入物件については、相場だとか路線価格だとかにとらわれず、我々独自にキャッシュフローを弾いて、収益還元法で価値を算出しています。ですから、意味のない高値で購入するなんて、あり得ません」

縁なし眼鏡をかけた三条は、自信たっぷりにいった。収益還元法は、その不動産から生じる将来のキャッシュフローを一定の金利（還元利率）で割り引いて算出した物件の現在価値である。

（この男も、自信家って感じだなあ……）

乾は不快感を覚えながら、三条の顔を眺める。

日系格付会社に移ってから、色々な銀行の人間と接するようになったが、日本産業銀行と東京三菱銀行（特に三菱銀行出身者）は自信過剰で、「俺たちのほうが、よっぽど信用分析を知っている。日系格付会社ごときに、我々の案件が評価できるものか」といった態度の人間が少なからずいる。乾が和協銀行の出身だと聞くと、彼らはますます見下した態度になった。

「収益還元法で価値を算出しているから、高値摑みはしないと。……果たしてそうだろうか？」

堀川は、顎をしゃくって三条を見る。

「例えば、僕には、この新宿の新メトロポリタン・ビルの価格はずいぶん高いように思えるがね」

新メトロポリタン・ビルは、新宿駅に近い立地と近代的な設備を備え、不動産業者の間では人気が高い商業ビルだ。

「不動産ファンドが確実にいい物件を購入するためには、競争相手より高い価格を提示しなくてはならない。そうするためには、購入予定物件を、あらかじめ高く評価しておかなくてはならない。……僕のいっていることは、間違っているだろうか？」

「…………」

「収益還元法で高い評価額にするには、①予想稼働収益を大きく見積もるか、②還元利率を低く想定するか、③以上の二つを同時に行うかだ。……新メトロポリタン・ビルについて、おたくはこういうことをやっていないだろうか？」

一瞬考えるような表情をしてから、三条は口を開いた。

「そのようなことは、やっておりません」

しかし、それ以上は反論しなかった。

「それから、この西麻布の外国人の出張者用サービス・アパートメント」

堀川が、手元の資料のページをめくり、西麻布に建設中の高級サービス・アパートメントの詳細を三条に示す。

「各部屋の広さが、百五十平米とか百七十五平米になっているが、出張してきた外国人がわざわざ高い金を出して、こんな広いアパートに滞在する必要があるだろうか？　僕は、たとえ外国人でも、出張のときは三十平米くらいの部屋で十分だと思う。むしろ立地が大手町とか銀座付近で、用事があれば、コンシェルジュやハウスキーパーがすっ飛んできてくれて、一泊二万円かそこらで泊まれるホテルのほうがよほど有難いと思うがね」

「それについては、我々も十分なマーケット・リサーチをして、稼働率も上がるはずだと考えております。……市場に対する見解の相違ですね」

三条は、突き放すようにいった。

「なるほど、見解の相違か。そうかもしれない。……では、この物件については、どうかね？」

堀川は、再び資料のページを繰り、大手スーパーのセール・アンド・リースバック案件を示した。

大手スーパーが、三つの大型ショッピングセンターを「ニュー・ミレニアム投資法人」に売却し、引き続きテナントとして使う案件であった。

「これも非常に高い購入価格のように思われる。それを正当化するためにテナントとしてこのスーパーが支払う賃料も高く設定してある。こうすると、キャッシュフローも大きく、デット・サービス・カバレッジ・レシオ（元利金支払い額に対する営業純利益の比率）も良好に見える。……しかし、ひとたび、このスーパーが倒産すると、キャッシュフローはストップし、高い賃料やそれにもとづいた物件評価額も絵に描いた餅《もち》になる」

そのスーパーは業績不振で、投資不適格への格下げの瀬戸際にある会社だった。

「しかも、おたくの銀行は最近、このスーパーから大型の債券発行のマンデート（主幹事）をもらっている。……要は、主幹事と引き換えに、ショッピングセンターを高値で買い取る

「そして、きみら投資銀行は、REITを完売してしまえば、ノーリスクだ。ツケを払うのは、投資家だ。違うか⁉」

「…………」

というこことじゃないのかね？」

　三条のぬめっとした顔に、当惑とも苦笑ともつかない嗤《わら》いが浮かんだ。

「さすが、ご高名な堀川さんだけありますね。まさに『我疑う、ゆえに我あり』だ。……しかし堀川さん、この世の中は、何でも理想どおりに、きれいに割り切れるものではないんじゃないでしょうか。清濁併せ呑むことも、必要なんじゃないでしょうかね？」

「黙れ！　投資家をだまして金儲けをしようとする不届きな人間が何をいうか！」

　怒声を浴びせられた三条の顔に朱が差した。

「あなたを見ていると、わたしがかつて働いていた日本産業銀行を思い出しますよ」

　三条は、軽蔑と敵愾心《てきがいしん》の入り混じった目つきで堀川を見た。

「日本のため、天下国家のためと理想ばかりを追い、そのくせ選民意識が強くて、新入行員までが客のところに行くのに黒塗りのハイヤーを使っていた。……その挙句が、あのていたらくだ！」

　かつて自他共に「ザ・バンク・オブ・バンクス（銀行の中の銀行）」と認めていた産銀は、

スワップで長期資金を手にした都銀の激しい攻勢を受け、落日の中にある。三条は、社費で米国のペンシルベニア大学ウォートン校でＭＢＡをとったエリートだが、銀行に見切りをつけて、一年半前に、米系投資銀行に転職した。

「理想を追わない仕事に、きみは、何の意義があるというのか⁉　仕事というものは、すべからく理想を追ってやるものだ！」

堀川は三条を睨みつける。

「そもそも、ＲＥＩＴが借入や債券を発行して、レバレッジを高めるというやり方は、健全ではない。借入や債券には、必ず借換えリスクが伴うからだ」

「ですから、そういうリスクを考慮しながら、ＲＥＩＴを運営しようというんです」

三条が反論した。「マーシャルズは、この案件にシングルＡを付けるといってるんですよ」

「だからどうしたというんだ⁉」

堀川は憤然としていい返した。

「マーシャルズのストラクチャード・ファイナンスの格付けはとち狂っている！　アレックス・リチャードソンは、格付会社の魂を悪魔に売ったのだ！」

隣りにすわった乾は、黙って二人のやりとりを聞くだけである。

「そんなにシングルAの格付けがほしければ、マーシャルズのところに行け。僕は、こんな案件にシングルAどころか、トリプルBを付ける気もせん！」

「ああ、そうですか」

三条は不快感を隠そうともせずにいい、手元の資料を片付け始めた。

「わたしもおたくのような格付会社は願い下げですよ」

三条は書類鞄を手に、椅子から立ち上がった。

「願い下げは、こっちのほうだ！　きさまのような金融マンとしての良心を忘れた人間の案件を、誰が格付けするか！　二度とうちの敷居を跨《また》ぐな！」

会議室を出て行く三条の背中に、堀川は怒声を浴びせかけた。


十分後――

乾は、社内のトイレで用を足していた。

「よう、調子はどう？」

金融法人部で邦銀の格付けを担当している男がやって来て、二人は並んで用を足す。同じ頃に入社し、年齢も近いので、よく話をする相手だった。

「また堀川さんが、やっちゃってさあ」

用を足しながら、乾は下がり眉の顔に苦笑を浮かべた。

「え、また。今度はどこ？」

「米系投資銀行だよ」

乾は、三条誠一郎が働いている金融機関の名前をいった。

「同席してると、板挟みになって、結構辛いんだよなあ。……いってることは正論なんで、勉強にはなるんだけど」

乾は、ズボンのチャックを上げ、洗面台に向かう。

「しかし、来るたんびに堀川さんに怒鳴られるんじゃ、銀行側も、もうお前のところの格付けなんかいらねえやってなっちゃうだろうなあ」

金融法人部の男も、洗面台で手を洗う。

「ところで、さっきマーシャルズが、長銀の格付けを引き下げたって発表したぞ」

金融法人部の男がいった。

「えっ、ほんと⁉　シニア（普通債務）の？」

「いや、劣後債だ。Ｂａ１からＢ１に格下げだ。シニアは、新たにネガティブ・ウォッチにかけた」

日本長期信用銀行の長期債格付けは、現在、Ｂａａ３なので、一ノッチでも下がれば、投資不適格になる。

「ふーん……長銀もいよいよ終わりか」

二週間ほど前に発売された『月刊現代』に『長銀破綻』という記事が掲載されてから、顧客による預金取り付け騒ぎが始まり、二百円前後だった株価も急落して、数日前に一時百円を割った。

「日債銀のほうが早いかと思ってたけど、この分でいくと、長銀が先に倒れそうだな」

金融法人部の男の言葉に、乾はうなずいた。

「ところで、こんな本出たの知ってるか？」

金融法人部の男が、先ほどから脇に挟んでいた黄色い本を差し出した。

「なにこれ？　『格付会社マーシャルズの実力と正体』……へー、こんな本が出たの」

乾は手にとって、ぱらぱらとめくった。


同じ頃——

二十階の窓から皇居のお濠端を見下ろすことができる日比谷生命の経営企画部で、部長と沢野寛司が話をしていた。

初夏らしい晴天で、濃緑色の水を豊かに湛えたお濠は風で銀色にさざ波立ち、皇居外苑の木々の間に、馬に乗った楠木正成《くすのきまさしげ》の青銅色の像が小さく見える。

「……ふーん、『格付会社マーシャルズの実力と正体』ねえ」

太り肉で色黒の経営企画部長が、黄色い二百ページほどの本を開いて、目次を眺める。

「『マーシャルズが決めた山一証券倒産の日』、『投資不適格という名の倒産宣告』、『格下げで危なくなる会社の三条件』ね……ずいぶんセンセーショナルな見出しを付けたもんだなあ」

「山一の倒産からこっち、格付会社がマーケットを引っ張ってるって感じですよねえ」

若侍ふうの細面の沢野がいった。

雑誌も最近は、「アメリカ資本主義の尖兵マーシャルズ」、「マーシャルズがずばり予測する危ない銀行」、「権威と力を増してきた格付会社をどう扱う」といった刺激的なタイトルの特集を組んでいる。

「まったく、格付けの影響力がここまで大きくなるとは、予想外だったな」

本から視線を上げて、部長がいった。

「ところで、Ｓ＆Ｄの格付けは残念だったな」

先日、日比谷生命はＳ＆Ｄからシングルミの格付けを付与された。一方、昨年十一月に取得した日系格付会社による格付けは、ダブルＡだった。

「まあ、こんな環境で、マーシャルズもS&Dも、日本の生保を格下げしている時期ですから……。できれば、Aプラス（A＋）くらいとりたかったですけど」

「そうだなあ。……お、『市場が探し始めた次の負け組』か」

部長が手にした本のページを繰り、該当箇所に視線を走らせる。

「うーん……次は、長銀と日債銀と書いてあるなあ」

「え、本当ですか⁉　う、いてて……」

沢野が胃のあたりを押さえた。

日比谷生命は、日債銀に対して、劣後ローンや普通株、優先株など多額の債権を持っている。


四日後――

長銀株は、初めて終値で百円を割り、六十二円を付けた。

さらに四日後の六月二十六日、危機打開に躍起の長銀は、住友信託銀行と合併交渉を開始したと発表した。

しかし、七月三十日に、S&Dが住友信託銀行の長期格付けをAマイナスからトリプルBプラスに引き下げ、同行の株価も急落するなど、合併に対するマイナス評価が集中したため、住友信託内で合併懐疑派が台頭した。

八月二日には、Ｓ＆Ｄが、長銀の長期債務の格付けをダブルＢプラスの投機的等級に引き下げ、その十日後には、マーシャルズもＢａ１に引き下げた。

小渕恵三内閣は、住友信託銀行に対して、合併交渉を進めるよう要請したが、同行の首脳は、長銀の不良債権の規模を懸念して、慎重な姿勢を崩さなかった。

2

八月二十日──

三日前にロシアが債務の支払いを停止し、世界中にロシア発の金融危機が広がり始めた週の木曜日、マーシャルズは、トリプルＡだったトヨタ自動車の長期債務の格付けをダブルＡ（Ａａ１）に引き下げると発表した。

引下げの理由について、マーシャルズは次のように説明した。

①トヨタの前期純利益は四千五百四十三億円（前年比一八パーセント増）で、トヨタ一社だけを見れば格下げの理由はない。

しかし、八〇年代後半に日本車に押されて大幅赤字に転落した米ビッグ3は、人員削減や日本的生産方式導入で復活し、欧州メーカーも九〇年代前半の不振を乗り越えて、競争力を回復している。その結果、九〇年代前半に存在したトヨタの欧米メーカーに対する商品力や財務面の優位性は縮小し、競争が激化している。

②トヨタの主力市場である日本とアジアの先行きが、経済危機によって不透明になってきている。

③トヨタに限らず日本の自動車メーカーは、円安時には輸出が伸びて業績が好転するが、円高時には一挙に悪化する。こうしたリスクに対する最大の対策は、海外現地生産の強化だが、終身雇用制を維持していると、日本国内の生産分を海外に移転することができない。

これに対してトヨタ自動車は、即日、「財務体質や社債償還能力は強化されており、格下げは納得できない」とコメントを発表した。

同社の奥田碩《おくだひろし》社長は、「格付けとは社債の償還能力の指標でしょう? それでいえば、うちは二兆円からの資金があるんですから、明日にでも全額返せますよ。ですから、当然トリプルAです。終身雇用が問題だといわれましたが、それも心外です。我々からすると、マーシャルズは、ちょっとおかしいというか、公正でない。裏に何があるのか、よくよく疑ってかからないといけませんな」と、怒りを露にした。

マスコミも一斉に「終身雇用制は日本の強み」、「パートや季節工を使っているトヨタは、世界で最も柔軟性の高い企業」、「格下げされるべきはマーシャルズ」と、マーシャルズ・バッシングを始めた。それはあたかも、昨年から吹き荒れたマーシャルズ旋風に対する日本全体の苛立ちが、一気に噴出したかのようであった。

マスコミの集中砲火を浴びたマーシャルズの格付担当者は、「終身雇用が駄目といったわけではない。あくまでリスクの一つとして指摘しただけ」と説明に追われた。

一方、駐日代表の梁瀬次郎は、「我々は投資家のために、当然のことをいったまで。プレスリリースの中にある終身雇用制に関する指摘をことさらにとり上げて批判するのは、マルクスが『宗教は民衆の阿片《アヘン》である』といったのを、前後の文脈や当時の社会状況を考慮しないで、『共産主義は宗教を敵視している』というようなもの」と、例によって超然としていた。

3

十一月——

港区赤坂二丁目の赤坂ツインタワー東館十七階にある財団法人国際金融情報センター（JCIF）の会議室で、十六人の男たちが長テーブルを囲んでいた。

日本輸出入銀行の委託による「格付研究会」の会合であった。

「……野村証券が行なった二百十社の格付けに関する調査では、日本とアメリカの格付会社の格付けを比較した場合、平均で三・一ノッチ、最大で八ノッチの差異が見られ、判断の仕方に違いがあることをうかがわせる結果になっています。ちなみに八ノッチの開きがあるのはサントリーで、日系格付会社がダブルAマイナスを付与しているのに対して、マーシャルズはBa2と、投機的等級を付けています」

研究会の座長を務める日大経済学部の教授が資料を見ながらいった。白髪まじりの頭髪で、彫りの深い細面の男性であった。

「格付委員会にかけるまでのリスク分析の手法については、日米ともにほぼ同じで、似たような財務分析やキャッシュフロー分析を行なっています。違うのは、格付委員会で行われる『判断』で、例えば、業界や経済環境の変動の影響については、米系格付会社は大きめに、日系格付会社は小さめに見る傾向があります。具体的に申し上げますと、例えば、業界の自由化が五年後に実施される場合、米系格付会社は、五年後に厳しい状況になると予想して、ただちに格付けを引き下げます。一方、日系格付会社の場合は、自由化の実施を待ち、その影響を見てから、格付けを決定します」

メモをとったり、資料を見たりしながら話を聴いている男たちは、研究委員を委嘱されたリーマン・ブラザーズ東京支店債券部のシニア・バイス・プレジデント、青山学院大学教授、山一証券経済研究所出身の格付コンサルタントなど五人のほか、日本輸出入銀行の審査部長と審査役、国際金融情報センターの大場智満理事長以下、総務部長、地域総括部長、審議役、研究員たちである。

「格付けを利用する側の問題点としては、格付けの意味の取り違えということがあります。例えば、トリプルＡの会社に就職希望の学生がよく集まるというような現象があります」

何人かが苦笑した。基本的に格付けは、債券の償還の可能性を示す指標にすぎない。

「トリプルＡの会社の場合、安定はしていると思いますが、それゆえに成長余地は小さいという場合も多く、格付けで就職希望先を選ぶというのは、意味の取り違えであると思います」

「利用者側の問題については、わたしも常々感じているところです」

研究委員の一人であるゴールドマン・サックス東京支店金融戦略部バイス・プレジデントの男性が発言した。数ヶ月前まではマーシャルズ・ジャパンのＦＩＧ（金融機関グループ）の主任アナリストで、かつて水野良子とも仕事をしたことがある人物である。

「格付けは一つの意見にすぎないのに、天の声のように扱われており、この点、戸惑いを覚えます」

ゴールドマンの男は、この日、十九ページからなる『米系格付会社の評価手法について』というプレゼンテーション資料を配布し、その十八ページ目に「米系格付会社の問題点」として、「格付けは、格付会社の独断と偏見である。問題はむしろ格付けの利用者にあると思われる」と書いていた。

日大教授による「格付産業全般の動向と問題点の所在」に関する説明が一通り終わると、元マーシャルズのゴールドマンの男性に対する質疑が始まった。

「米系の格付会社では、色々な角度で分析するということですが、それぞれの項目が点数化されて、格付けが決定されるのでしょうか？　それともあなたのプレゼン資料にあるように、『独断と偏見』が入って、格付けが決まるのでしょうか？」

輸銀の審査部長が訊いた。

「マーシャルズでは、会社ごとに担当アナリストがいて、そのアナリストが全責任を負うという仕組みになっています。アナリストによって分析や評価のスタイルが異なり、点数化を用いる人もいます。ただし、最終的には、すべて格付委員会の合議によって決められます」

　ゴールドマンの男がいった。

「格付会社の中で、例えば五年前にやった格付けがどうであったかというような評価はやっているんでしょうか？」

　日大教授が訊いた。

「五年前にやった格付けがおかしかったという話になると、格付会社にとって恥なので、そういうことはやりません。また、格下げするときも、過去にさかのぼって下げるようなことはしません。そもそも、格付けを変更する作業はまったく金にならないですし、アナリストにとっては余分な仕事なので、積極的にやろうという発想はありません」

　テーブルを囲んだ一同がうなずく。

「市場がおかしくなって、後追いで格付けを下げるようなことになると、担当アナリストの評価が下がるのでしょうか？」

「そのとおりです。例えば、会社の業績が下がったから格付けを下げるというのは、誰でもできることで、どうして事前に分からなかったのだ、という話になります。……もちろん、発行体が嘘をついていたりして、一概にアナリストを責められないケースもありますが」

「仮に、明らかに間違いであると分かったときは、格付委員会全体の責任になるんでしょうか？」

日大教授が訊いた。

「その場合でも、アナリスト一人の責任にされます」

男の答えに、テーブルの周囲から、小さなどよめきが起きた。

「格付けが明らかに間違っているというのは、例えば倒産のようなケースですが、ニュージーランドのDFCの場合、マーシャルズは、破綻の一週間前になって投機的等級に格下げしたということがありました」

DFCは、輸出型企業の育成や、資本市場取引を手がけるマーチャントバンク型金融機関Development Finance Corporation（開発金融公社）の略称で、一九八九年十月に破綻した。

「S&Dは、DFCが破綻するまで投資適格にしていましたから、マーシャルズのほうがましではあったのですが、それでも担当アナリストは経営陣から叱責《しっせき》されました」

「では、どのくらい手前で投資不適格に下げておけばいいのでしょうか？」

「当時いわれたのは、半年前です」

「邦銀の場合、半年前でも破綻しそうだというのが、分からないということはあるでしょうか？」

「日本の場合は、政府のセーフティ・ネットがしっかりしているので、そういうケースはあまりないと思います。長銀の場合でも、半年のインターバル（間隔）がありましたから」

　去る十月二十三日に、春先から迷走を続けていた日本長期信用銀行の国有化が決定した。

「ただ、数ヶ月単位の速度で、経営環境や経済状況が悪化する場合は、そうした短いインターバルで格下げするのも、やむを得ないということになるでしょうか？」

　輸銀の審査役が訊いた。

「そういう場合でも、格付会社としては、ＡａａからＢａａ３に一挙に引き下げるのは恥ずかしいことなので、なるべくやらないようにします。格好悪いと思いながら、段階的に下げていくのが普通です」

　一同はうなずいてメモをとった。


　十一月十七日火曜日――

　皇居お濠端を見下ろす日比谷生命経営企画部で、課長の沢野寛司が、ロイターのスクリーンがあるデスクの前に立ってキーボードを叩き、市場の動きを確認していた。

「おい、沢野。マーケットはどんな感じだ？」

　後ろから部長の声がした。

「ほとんど動いていませんねえ」

ワイシャツ姿の沢野が振り返っていった。

「今、ドル円は百二十一円台後半で取引されてますね」

「一円くらいしか下がってないわけか？」

「昨日あたりから国債が格下げになるって噂が流れてましたから、もう相場は織り込み済みだったんでしょう」

色黒で太り肉の部長がうなずく。

この日、午前十一時過ぎに、マーシャルズが、七月二十三日以来ネガティブ・ウォッチにかけていた日本国債を、トリプルＡからＡａ１に引き下げると発表した。

また、日本政府が保証をしている日本開発銀行、公営企業金融公庫、日本輸出入銀行、東京都の債券もＡａ１に引き下げ、「カントリー・シーリング」を適用して、ＮＴＴ、東京電力、中部電力、関西電力の格付けも、一ノッチ引き下げた。

さらに、今後の見通しについても引き続きネガティブとし、さらなる格下げの可能性を示した。

「債券相場のほうはどうだ？」

「そっちもほとんど反応してませんねえ。小口の売りは少し出たようですけど、後場に入ってもみ合い状態です」

「まあ、日本の国債は九五パーセントが日本人の保有だし、この株安の環境下で、投資するといったら、国債くらいしかないもんなあ」

日経平均株価は、現在、一万四千円台である。

「政治家やＭＯＦは、一等国から落とされたみたいに感じて、かんかんのようですけど」

米、英、独、仏、伊、スイス、ベルギーなどはトリプルＡで、ダブルＡというのは、シンガポール、カナダ、デンマーク並みだ。

宮沢喜一首相は、午前の閣議後の記者会見で、格下げについての感想を訊かれ、「ありませんね、コメントは。日本の国債は世界で一番信用がある」と憮然として答えた。また、政府の首脳は「世界最大の債権国の国債を、最大の債務国の格付会社が格下げするなんて生意気だ。日本が米国債を売ったらどうするんだ？」と感情を露にした。

民間の大半は「世界最大の債権国の国債の格下げは解せない」とする態度だったが、一部には、「日本を見る海外の目の厳しさを考えると、格下げはやむを得ない」とする意見もあった。

政府税制調査会会長の加藤寛千葉商科大学学長は「格下げは当然」と述べた。理由は「政府が国有財産を隠しているから」で、「一般政府の純資産が四百兆円超あるのに、政府は、国有財産が九十一億円しかないという『資産隠し』をしている。これがなければ、格下げはなかったはず」と語った。

「まあ、俺たちにとっちゃ、当面の問題は、日本国債の格下げより、日債銀の国有化だよなあ」

部長がいった。

長銀に続いて、日本債券信用銀行も、近々、金融監督庁の検査で債務超過が認定され、国有化されるだろうといわれている。日比谷生命は、同行に対して、劣後ローンや普通株、優先株など多額の債権を抱えている。

「ううっ……また胃の痛くなるようなことを」

沢野は顔をしかめた。


日本国債の格下げを機に、米系格付会社、とりわけマーシャルズに対する日本国内の不満が一層高まっていった。

この時期、国債やトヨタ自動車の格下げと並んで、マスコミの注目を集めたのが、マーシャルズに勝手格付けで、B2という投機的等級の中でも低い水準にされた出光興産のケースだった。

「当社は株式も公開していないし、直接金融も今のところ予定していない。したがって格付けを取得する理由はない」と述べる出光興産に、突然マーシャルズから手紙が送られてきたのは、去る五月中旬のことだった。

「外資系金融機関から要請があり、近々、貴社の格付けを発表させていただきます。格付けは、国内外ですでに入手した貴社に関する資料にもとづいて行います」

これに対して出光側は、「当社は社債もＣＰも発行を考えていない」という趣旨の返事を出したが、マーシャルズからは返答がなく、八月四日に、格付けを発表したいという電話連絡があった。

出光側は、八月中旬にマーシャルズのアナリストを招いて、面談の場を設け、出光興産は「人間尊重」と「消費者本位」を掲げており、その考えを理解する取引先や金融機関との相《あい》対《たい》取引を中心とする経営方針で、それゆえに、不特定多数の一般投資家との取引はなく、格付けは必要ないと説明した。しかし、マーシャルズ側はそれを聞き入れなかった。

また、マーシャルズが「アメリカで石油業界の規制緩和が行われたとき、ガソリンスタンドの淘汰《とうた》が進んだ。スタンドを再開発するときに、タンクからガソリンが流れ出し、土地が汚染され、損害賠償など膨大な費用が生じた」と主張したのに対し、出光は、「日本では、消防法などでしっかり環境対策がなされているので、そんな事故は起こり得ない。現に、神戸の震災でも大丈夫だった」と説明したが、この点についても、マーシャルズは納得しなかった。

結局、九月二十一日に、出光側の反発にもかかわらず、B2という勝手格付けが発表された。

プレスリリースに書かれた主な理由は、「同業他社に比べて財務基盤が脆弱で、ガソリン価格の下落に伴って事業環境が厳しさを増している」というものであった。

同日、出光興産はプレスリリースを出した。

『1．出光は、創業以来「人間尊重」、「消費者本位」を社是として経営を行なってきており、必ずしも「経済合理性」だけを追求してきたわけではありません。したがって、経済合理性と資本の効率を中心に考えるマーシャルズにとって、理解しがたい面があると思います。出光の評価が低いのは、理解できない面がマイナス評価されているからだと思います。

2．出光としても、現下の競争社会に生き残っていくために、「人を中心」にしながらも、できる限りの「合理性」、「効率性」の追求は行なっており、同業他社に比べて、販売力、コスト競争力の面で遜色はないものと自負しています。（中略）

4．必要な関係先には、コスト削減計画、借入金の削減計画を含む中期計画の説明を行なっています。主要な金融機関からも引き続き支援の約束をいただいており、将来の資金計画にも不安はありません。』

4

十二月下旬――

門前仲町にある日系格付会社の会議室で、乾慎介が、ホワイトボードを前に、セミナーの講師を務めていた。

地方銀行の企画部や融資部の幹部を対象とした、最近の証券化の動向に関するセミナーであった。

「……それでは次に、今年（一九九八年）に入って、日本の銀行も積極的に使い始めたクレジット・デフォルト・スワップ、略称CDSについて、ご説明いたします」

ハンドマイクを手にしたワイシャツ、ネクタイ姿の乾は、黒のマジックペンでホワイトボードに、銀行が一千億円の融資をCDSによってリスクヘッジする図を描く。銀行の融資債権に向かって延びるCDSの矢印の線を右に引っ張り、ケイマン諸島に設立したSPC（特別目的会社）がCDSを引き受けていることを示した。

「このCDSというのは、いわば保証にあたるデリバティブ契約で、アメリカのJPモルガンが開発したものです」

　ＪＰモルガンは米国の名門商業銀行で、一九八〇年代から投資銀行業務への傾斜を強めている。

「平たくいうと、銀行は、ＣＤＳによって、自分のところの融資債権を保証してもらうわけです。融資がデフォルトした場合は、ＳＰＣによって、損失額が支払われます。……では、ペーパーカンパニーであるＳＰＣの支払い原資はどこからくるかといいますと……」

　乾は、ＳＰＣが七十二億円の債券（ＣＤＯ〈債務担保証券〉の一種）を発行し、債券から右のほうに矢印を引いて、それを投資家が買う図を描く。

　債券は返済順位に応じていくつかのトランシェ（部分）に切り分けられ、それぞれにシングルＢからダブルＡ程度のレンジの格付けが付与され、各トランシェのリスクとリターンが自己の投資基準に合致する機関投資家、金融機関、ヘッジファンドなどに販売される。

「この七十二億円というのは、格付会社が一千億円の融資のポートフォリオのデフォルト確率を統計的に計算して、ワースト・ケース・シナリオ（最悪を想定した場合）でも、これだけあれば、ＣＤＳの債務を履行するのに足りると考える金額です。ＳＰＣは、これに見合った額の債券を販売し、入ってきた資金を、トリプルＡ格の証券で運用して、一千億円のポートフォリオにデフォルトが発生したときのために、プール（確保）しておきます。

当然のことながら、七十二億円という数字は、ポートフォリオの質によって異なってきます」

「すいません、質問、よろしいですか？」

乾の前に、教室のようにすわった三十人ほどの中の一人が手を挙げた。東北地方の地銀の融資管理部の次長だった。

「もし、デフォルトが七十二億円を超えた場合、損は誰がかぶるのでしょうか？」

「その場合は、融資債権を保有している銀行が損をかぶります。ただし、七十二億円を超える部分も別途リスクヘッジすることは可能です」

三十代から四十代の男性が多い出席者たちは、うなずいたり、ノートをとったり、ホワイトボードを見詰めたりしている。

「この七十二億円を超える部分は、トリプルＡよりもさらにリスクが低いということで、『スーパーシニア』という名前で呼ばれています。この部分をヘッジするコストは、年率で数ベーシスポイント（一ベーシスポイントは〇・〇一パーセント）で、保険会社のＡＩＧなどがリスクを引き受けます」

ＡＩＧは、ニューヨークを本拠地とする米国屈指の保険会社で、トリプルＡの格付けを持つ。

「BIS（国際決済銀行）の自己資本比率規制で、皆さんの銀行も、融資のポートフォリオのリスクを移転することに関心をお持ちだと思いますが、このCDSのリスク引受けなどのスキームを使うと、SPCが債券を発行した七十二億円の部分は、リスクウェイトがゼロになって、自己資本を積む必要がなくなります」

八パーセントの自己資本比率を達成するのに必死の大手邦銀は、米系投資銀行が売り込んできたCDSに飛びつき、すでに富士、第一勧銀、三和、大和などが利用している。

「スーパーシニアの部分については、AIGのリスク引受けなどでヘッジすれば、当然、リスクフリーになって、自己資本を食いません。ヘッジしない場合でも、通常八パーセント必要とされる自己資本が、五分の一の一・六パーセントで済みます」

スーパーシニアのリスクウェイトは二〇パーセントである。

「こらまた、画期的な話ですなあ」

出席者たちの中ほどにすわった大阪に本店がある地銀の男性がいった。顔も身体も四角く、大阪人らしいあけっぴろげな話し方をする。

「しかし、一千億円に対して七十二億円ちゅうと七・二パーセントですわな？　ほんまに、そんなもんで足りますやろか？……格付会社さんは、どないして、その七・二パーセントちゅう数字を出すわけですか？」

「今、例として挙げましたのは、ＪＰモルガンのポートフォリオのケースで……えー、もちろん、融資はドル建てで、分かりやすいように円建てで申し上げたわけですが……このポートフォリオは実際には一兆円規模で、会社数は三百七あります。格付会社は、それらの会社の格付けをしていますので、どの水準の格付けだとどれくらいの確率で将来デフォルトするかという統計にもとづいて、デフォルト確率を弾き出しています」

「ほんなら、わたしらのような地方銀行がＣＤＳを使うときは、どうやってデフォルト確率を出すんですか？　わたしらのお客さんいうたら、中小企業ばっかりで、格付け持ってる会社なんか珍しいくらいですけど」

「中小企業の場合は、各社の財務データや業種区分、銀行の行内格付けなどのデータのほか、当該ポートフォリオにおける債務者の集中度合い（偏り）、債務者間のコリレーション（相関関係）などを加味して、モデルにもとづいてデフォルト率とか、予想損失率などを出します」

「コンピューターのモデルにぎょうさんデータをぶち込んで、確率を弾き出すちゅうことですか？」

「そうです」

「うーん……しかし、会社ちゅうもんは、生き物ですからなあ」

大阪の地銀の男性は、首をひねった。

「わたしらが、融資の見習い行員やった頃は、会社に行ったら必ずお便所を見なさいとか、経営者の顔を見なさいなんていわれたもんですし、日本電産やソフトバンクみたいにトップのカリスマ性が大きい会社もありますしねえ……。そういうもんは、コンピューター・モデルには反映されんちゅうことですか？」

「銀行の内部格付けには、その辺のことは一部反映されているんでしょうが……。それ以外は、モデルで統計的に処理して、格付けを出しますね」

「うーん、そうなんですか……。なんや知らん間に、世の中ずいぶん変わったもんですなあ」

四角い顔と身体の地銀マンは、ますます首をかしげた。


その晩――

（確かに、経営者の資質とか、会社の戦略なんかは、数値化しようがないんじゃないか……？）

マフラーにコート姿で書類鞄を提げ、師走の寒風が吹く川崎市多摩区の夜道を、自宅へと歩きながら、乾は考えていた。

（米系の格付会社がやっていることは、本当に正しいんだろうか……？）

乾は、マーシャルズ本社のウェッブサイトや、その他のインターネットサイトから英文の資料をダウンロードしたり、邦銀のニューヨーク支店に勤務している友人に頼んで、ＣＤＳや米国の証券化に関する資料を送ってもらい、英和辞典を引きながら毎日のように読んでいた。近頃では、休日や深夜に自宅で資料を読んでいて、香に、「慎ちゃん、銀行員時代に逆戻りしてるじゃない」といわれ、頭を掻いたこともある。

自宅の前まで来ると、いつものように家の窓に灯りが点っていた。

（家族との夕餉《ゆうげ》に間に合って帰宅できるのは、いいもんだな……）

立ち止まって、灯りが点る窓を見上げ、しみじみとした嬉しさにひたった。ここのところ、証券化の案件が多くて、忙しいことは忙しいが、効率よく仕事を進めれば、夕食に間に合う時刻に退社することができる。

「ただいまー。……ん、何かあったのか？」

自宅の呼び鈴を押し、玄関のドアを開けた香の顔を見た乾は、怪訝そうな声を出した。

いつも明るく乾を迎える香が、どんよりと沈んだ暗い表情をしていた。

「おい、何かあったのか？　華か？」

内心どきりとしながら訊くと、香は今にも泣き出しそうな顔で、首を振った。よく見ると、目の周りが腫《は》れていて、泣いた形跡がある。

「どうしたんだ？　親にでも、何かあったのか？」

乾の父親は亡くなったが、母親は健在だ。香の両親は二人とも健在だ。

「違う……そんなんじゃない」

香は、首を振った。

「じゃあ、何なんだ？」

乾は、努めて優しく訊いた。

「白井さんの奥さんが、亡くなったの。……今日の夕方、マンションの屋上から、飛び降りて、自殺したのよ」

香の両目から、堰を切ったように大粒の涙が流れ始めた。

「ええっ⁉」

乾は愕然とした。

白井というのは、同じ町に住む主婦で、乾らと同様、障害児の息子を抱え、香と仲がよかった。

「と、飛び降り自殺⁉　ほ、ほんとか⁉　……と、とにかく、居間に行こう」

乾は、三和土《たたき》で革靴を脱いだ。

リビングはきれいに片付いていた。華は二階の自分の部屋で、絵本を眺めているという。女の子らしく、ミツバチや動物の物語が好きである。

「慎ちゃんゴメンね。夕食、なんにも用意してないのよ。……華には、昼の残り物と果物なんかを食べさせたんだけど」

食卓にすわって香がいった。ブルーのサマーセーターにジーンズ姿であった。

「夕食なんか、コンビニで買ってくればいいんだから、気にすんな。……それより、白井さんの奥さん、飛び降り自殺したって、本当なのか？」

上着を脱ぎ、ネクタイを外した乾の顔は青ざめていた。

「うん。……マンションの敷地の中で、血を流して倒れているのを発見されて……警察が自宅を調べたら、息子さんが電気のコードで首を絞められて死んでて……そばに『ごめんなさい』って走り書きされた白井さんの遺書があったんだって」

香は、鼻水をすすりながら、消え入りそうな声でいった。

「しかし……どうして自殺なんかしたんだ？　あんなに明るくて元気そうだったのに……」

三十歳を過ぎたばかりの白井夫人は、いつも明るく、会社員の夫と二人で、三歳になる障害児の息子を健気《けなげ》に育てていた。

日本は、欧米諸国のように行政のケアが行き届いていないので、香たちは、障害児を持つ親のサークルを作って、情報交換をしたり、講師を招いて健康相談の会を開いたり、会報を発行したりしている。白井夫妻は、そうした活動にも前向きに参加していた。

「普段、努力して明るく振る舞っていても、やっぱり障害のある子を持って育てているってことは、すごい心の重荷になっているじゃない……わたしたちだって」

「う……うむ」

華が障害児だと知らされた頃に比べれば、二人ともずいぶん精神的に立ち直って、現実と闘う気構えで生きている。しかし、それでも落ち込むことはある。

最初の頃は一日中落ち込んでいて、それが数日に一度になり、やがて月に一度くらいと間隔が延びていった。しかし今でも、二、三ヶ月に一度は発作的にやり切れなくなったり、運命や神様を呪ったり、「自分たちが死んだあと、華はどうやって生きていくんだろうか？」と不安の泥沼に何日間もはまり込んで、抜け出られなくなったりする。

「白井さん、ここのところ、落ち込み気味で、わたしも心配していたのよ」

香が、片手で涙を拭いながらいった。

「わたしの前で泣いたことも、最近、一、二度あってね」

「本当か？」

乾が知っている白井夫人は、小柄でいつも快活な笑顔を浮かべていた。

（香も、俺の知らないところで、泣いたりしているんだろうか……？）

目の前で、ハンカチで涙を拭っている香が不憫に思えた。

居間の窓から見える夜空は、きれいな星空で、白井夫人と息子の魂が、天に召されて星になるのではないかと思わせられた。

しばらく白井夫妻や華のことを話し、乾は、腕時計に視線を落とした。

「香、今日はもう遅いから、明日、白井さんが亡くなった場所に、お花を供えに行こうや」

背中を優しくさすりながらいうと、香はこくりとうなずいた。


十二月二十八日――

国際金融情報センター（ＪＣＩＦ）が『主要格付会社の特徴と評価』を発表した。

Ａ４判で百四十三ページからなるレポートは、外資系四社、日系二社の格付会社を対象に調査したもので、外資系は、マーシャルズ、Ｓ＆Ｄ、フィッチＩＢＣＡ（昨年十二月に、米系のフィッチ社と英系のＩＢＣＡ社が合併）、トムソン・バンク・ウォッチ（米系）、日系は、日本格付研究所（ＪＣＲ）と日本格付投資情報センター（Ｒ＆Ｉ、去る四月に、日本公社債研究所と日本インベスターズサービスが合併）である。

レポートは、当初マスコミが「逆格付け」と煽ったほどには過激なものではなかったが、米系格付会社に対する日本企業の不満をある程度代弁するもので、主な内容は次のとおりだった。

①マーシャルズが、五年前に長期債務を投機的等級に格付けした日本企業二十五社は、これまで一社もデフォルト（債務不履行）を起こしていない。全世界ベースでは、同社が投機的等級に格付けした企業のデフォルト率は、一九七〇年以降の平均で一一・四パーセント、一九九〇年前後をとると二〇パーセントを超えており、マーシャルズは、日本独特のコーポレート・ガバナンス（企業統治）を軽視していた可能性がある。

②発行体（格付けされる側）からの評価が高いのは、日本格付研究所、マーシャルズ、S&Dの順である（なお、フィッチIBCAとトムソンは、日本企業の格付けが少なく、比較はやや困難）。格付変更の際に十分な説明をし、説得力のある理由で変更を行なっていると評価されているのは日系二社。外資系格付会社の評価は総じて低く、アナリストの質に関しても、多くの発行体が不信感を持っている。

③投資家からの評価が高いのは、S&Dとマーシャルズ。日系二社は、客観性と先見性で劣

り、特に、邦銀の不良資産問題についての認識が甘かったと指摘されている。
④アジア通貨危機については、市場心理が不安定な中での格下げが、各国の通貨・経済危機を増幅させた可能性がある。

5

翌年（一九九九年）二月初旬——

米国アリゾナ州の州都フェニックスから北東に二九キロメートル行った「砂漠のマイアミ」スコッツデールの高級ホテル、ザ・スコッツデール・プリンセスの広々としたレセプション会場に、スマート・カジュアルの男女数百人が集まり、シャンデリアの光の下で、グラスを手に談笑していた。

すでに陽は落ち、大きなガラス窓の外には、月光を浴びた棗椰子《なつめやし》の木々が、蒼《あお》い夜空に浮かび上がっている。その先には、砂漠に囲まれた十八ホールのゴルフコースが広がり、彼方に、茶色い岩山が影絵のように連なっている。

「……well, the securitization market is one of the first to revive in the wake of a financial crisis.（……まあ、証券化は、金融危機のあとで、いち早く回復する市場であるからねえ）」

マーシャルズ・インベスターズ・サービスのストラクチャード・ファイナンス（証券化）部門の共同トップ（co-head）で米国における証券化案件の総責任者、アレキサンダー・リチャードソンは、上機嫌でシャンペンのグラスを傾けた。

「アジア通貨危機やロシアの金融危機も、少しずつ落ち着いてきて、証券化の案件が復活してきている。中でも注目は、中南米だ」

金髪で額が狭いリチャードソンは、淡いピンク地に紫色のチェックのストライプが入った洒落た長袖シャツを着て、首からプラスチック製のＩＤカードをぶら下げていた。

二月でもアリゾナは日中の最高気温が二十度を超える温暖な土地である。

「中南米の証券化案件のボリュームは、去年は八十六億ドルだったが、今年は、百二十億ドル（約一兆三千九百億円）くらいまでいくだろう」

リチャードソンを取り巻いた人々は、世界中の金融機関、発行体、機関投資家などから「第六回証券化シンポジウム」にやって来た人々だった。

年に一度、四日間にわたって開かれているシンポジウムは、一種のお祭りで、日中、「最近の証券化に対する規制について」、「増加するデリバティブとシンセティック（合成）証券の分析」、「信用補完手段のコストと有効性について」といったテーマのパネル・ディスカッションが行われ、午後はゴルフや乗馬などの親睦《しんぼく》行事、夜は様々なレセプション・パーティーが開催される。

「そして、中南米以上に注目できるのは、日本だ。去年、ＳＰＣ法ができて、証券化が一大ブームになりそうな勢いだからね」

顔にしたたかそうな皺が刻み込まれ、引き締まった顎のリチャードソンは上機嫌でいった。

「セイン、きみは、日本の証券化市場は、今年、どれくらい拡大すると思う」

リチャードソンは、そばにいた日本人の男に、顎をしゃくった。

「去年、日本の証券化案件のボリュームは、総額で百十九億ドル（約一兆三千八百億円）でした」

スコッチのグラスを手にした、抜け目のなさそうな縁なし眼鏡の男がいった。最近、米系投資銀行から、マーシャルズ・ジャパンのストラクチャード・ファイナンス部門の幹部に転じた三条誠一郎であった。名前の最初の「セイ」の音をもじって、欧米人風に「セイン」という愛称を使っている。

「おそらく今年は、百八十億ドル前後までいくでしょう」

三条の言葉に、リチャードソンはうなずく。

「日本はきわめて有望なマーケットだ。いずれはヨーロッパを抜いて、世界第二位の証券化大国になるだろう。マーシャルズとしても大いに楽しみにしているし、スタッフも拡充していく方針だ」

リチャードソンは、自信に満ちた口調でいった。昨年、マーシャルズのストラクチャード・ファイナンス部門は、一億四千三百万ドルの収入を上げ、社債格付部門（同一億四千三百八十万ドル）と肩を並べた。

リチャードソンは、営業重視の姿勢に反発するベテラン・アナリストや、古くからいる二十人以上のアナリストを解雇したり、ある証券化案件で、バンク・オブ・アメリカの証券化チームから「マーシャルズは、信用補完の金額を多く求めすぎる」と苦情をいわれると、担当アナリストを交代させて、銀行側の求める条件で格付けを出すなどして、業容の拡大に邁《まい》進《しん》している。

「ところで、アレックス。一つお耳に入れておきたいことがあるんですが……」

話が一段落し、人々が、別の人の輪のほうへと移って行き始めたとき、三条が、囁くようにいった。

「駐日代表のジロー・ヤナセ（梁瀬次郎）が、利益相反ではないかとマスコミに叩かれ始めているのは、ご存知ですよね？」

「ああ、以前、ちょっと耳にしたことがあるが。……たしか、ワイフの問題だったよな？」

シャンペングラスを手にしたリチャードソンが、三条のほうを見る。

二年ほど前に、梁瀬次郎は、マーシャルズ・ジャパンのアナリストだった女性と結婚した。女性のほうは、その後、マーシャルズを退職し、日本銀行に中途採用され、金融市場局で働いている。そのことを雑誌『プレジデント』がとり上げ、「独立・中立・公正、そして信頼性を唱えるマーシャルズの企業ポリシーから見て、梁瀬代表の夫人が、（一九九八年に）情報漏洩《ろうえい》で問題となった日本銀行の金融市場局（旧営業局）に入行することは、果たして職業倫理的に疑いを持たれたり、利益相反になったりしないのであろうか」と指摘した。

これに対してマーシャルズ・ジャパンは、顧問弁護士をつうじて「マーシャルズの社員は、高いレベルの倫理上、社会上の責任を負っており、梁瀬次郎と同夫人の両名が、常に高度の倫理基準にしたがって行動し、それぞれが所属する組織から求められている守秘義務を遵守しているものと確信しています」というコメントを出した。

「あの問題は、おさまりがつかないのか？」

リチャードソンが、三条に訊く。

「どうも、明日あたり、国会でもとり上げられるようです」

「何、国会で⁉」

リチャードソンは、驚いた表情になった。

「アレックス、去年の日本国債の格下げ以来、日本では我が社に対する風当たりが強くなっています」

ブルーとグリーンのチェックの長袖シャツを着た三条が、リチャードソンの目を見る。

「ここまで風当たりが強くなった原因の一つは、梁瀬氏が、勝手格付けをはじめとする、日本の企業文化を無視した、ハイ・ハンデッド（高飛車）な営業をやってきたことにあると思います」

「………」

「わたしは、これを機会に、梁瀬氏を更迭して、今後、成長が見込まれるストラクチャード・ファイナンス部門の人間が駐日代表になることが、組織にとってベストだと思います」

「なるほど……ストラクチャード・ファイナンス部門の人間を日本のトップに、か」

リチャードソンの目が、きらりと光った。

同じ頃――

時差が十四時間の東京は、翌日の午前中になっていた。

千代田区永田町の国会議事堂で第百四十五回通常国会が開会中で、衆議院の予算委員会で民主党の議員が質問に立っていた。

「……最後に一点だけ、格付問題について質問させていただきたいと思います」

高い天井から、煌々とシャンデリアの光が降り注ぐ大きな会議室に、小渕恵三首相以下、与野党の議員約八十五名、政府委員その他として速水優《はやみまさる》日銀総裁や涌井《わくい》洋治大蔵省主計局長ら約七十五名が詰めかけていた。

「大蔵大臣、ＡＰＥＣ《エイペック》（アジア太平洋経済協力）の首脳会議で、この格付問題、格付会社の活動の見直しについてお話し合いをされましたね」

大学時代は柔道部に所属していた七十歳の議員は、がっしりとした体型で、頭髪は染めて真っ黒である。

「今、総理はじめ皆さん、一生懸命に、六十兆円もの公的資金の用意や、三次にわたる公共事業の補正予算を組んで努力されております。ところが、この格付けによって銀行のランクが下がってみたり、企業のランクが下がってみたり、国際的な信用というものが非常に大きく左右されるわけであります。しかし、この格付けも、ある面では、勝手格付けとかいろいろな思惑がある中で、それぞれ民間企業の業績その他について調べて決めている。きちんと調べて公正に格付けをされるんだったらともかく、そうでなくて格付けをされたら、大変迷惑であります。ＡＰＥＣで問題になっているんですから、これらについて、大蔵大臣、どのように対処されたのか、お訊きしたいと思います。それから最後に、日本銀行にお伺いします。このマーシャルズ・ジャパン、梁瀬さんという人が駐日代表なんです。ところが、その奥さんが別姓で日銀に中途採用され、現在働いている。マーシャルズが日本の色々な格付けをしているんですよ。そして、その会社の代表の奥さんが別姓で日銀に採用されている。どんなルートで、どんな仕事で、その格付けとの因果関係はないんですか、そのことを明確にお答えいただきたいと思います」

会議場のほぼ中央にある国務大臣席から、背広姿の宮沢喜一大蔵大臣がゆっくりと立ち上がり、緋色《ひいろ》の分厚いカバーの上にマイクが三つ置かれた答弁席に歩み寄る。

「一般に格付会社は投資家の便宜になるために仕事をしておるというふうに考えられます」

額が広く禿げ上がった宮沢は、評論家のように淡々とした口調で話し始めた。

「その格付会社の決定が後になって根拠を欠いたものであったということになりますと、自然に投資家の信用を失う、そういう意味での自由経済における存在として、それ自身のパフォーマンスによって評価される、あるいは滅びていく存在であると考えるべきだと思います。もとより、その中で、まったく根拠に基づかない、あるいはインサイダー取引になるようなことにつきましては、それぞれ処罰される場合があるというふうに、今考えております」

宮沢は答弁を終えると、隠居のように飄々《ひょうひょう》とした動作で自分の席に戻った。

続いて、薄い頭髪を八・二に分け、いかめしい顔をした速水優日銀総裁が立ち上がった。

「日本銀行におきましては、昨年来、中途採用者をかなり採っております」

染みのある顔に、通貨の番人としての自負と威厳を漂わせた速水は、答弁席に立って話し始めた。

「ご指摘の職員につきましても、昨年の暮れに採用したわけですが、本人の能力や資質に照らしまして、中央銀行職員としてふさわしく、かつ必要な人材であるというふうに思いましたので採用したわけでございます。現在、本人は金融調節や金融・資本市場の調節等を担当する金融市場局に所属しておりますが、個別の金融機関の問題を扱っておるわけではございません。中央銀行としての各種のリスク管理手法に関する一般的な調査分析を担当しております。日本銀行職員は、日本銀行法で課せられております厳格な守秘義務の下で業務に従事しております。かつ、公正中立な業務を遂行することが求められております。したがいまして、ご指摘の点につきましては、わたくしどもとしては、まったく問題はないと考えております。また、何か偽名を使っているというのは……」

「偽名とはいってません！　別姓といっているのです！」

質問者の民主党議員が叫んだ。

「偽名じゃなくて別姓ですね。失礼しました」

速水は落ち着いていい直す。

「別姓といいましても、この人はずっと旧姓を使ってやっている人でございまして、今一般の職場でも、旧姓を使う人は、特に特技を持った人は、旧姓を使っていると思います」

答弁を終えると、速水は一礼して、自分の席に引き上げた。

（下巻につづく）

この作品は二〇一〇年五月日経ＢＰ社より刊行されたものです。

トリプルA

小説《しょうせつ》 格付会社《かくづけがいしゃ》（上）

黒《くろ》木《き》亮《りょう》

平成24年8月5日　初版発行

発行人――石原正康
編集人――永島賞二
発行所――株式会社幻冬舎
〒151-0051東京都渋谷区千駄ヶ谷4-9-7
電話　03(5411)6222(営業)
　　　03(5411)6211(編集)
振替00120-8-767643

印刷・製本―図書印刷株式会社

装丁者――高橋雅之

幻冬舎文庫

ISBN978-4-344-41900-1　C0193　く-16-1

幻冬舎ホームページアドレス　http://www.gentosha.co.jp/
この本に関するご意見・ご感想をメールでお寄せいただく場合は、
comment@gentosha.co.jpまで。